Jianghe You Sheng

江河有声

瑛 子 ◎著

时代出版传媒股份有限公司
安徽文艺出版社
天津出版传媒集团
百花文艺出版社

图书在版编目（CIP）数据

江河有声/瑛子著.—合肥：安徽文艺出版社；天津：百花文艺出版社，2024.5
 ISBN 978-7-5396-7843-6

Ⅰ.①江… Ⅱ.①瑛… Ⅲ.①长篇小说－中国－当代 Ⅳ.①I247.5

中国国家版本馆 CIP 数据核字（2023）第 165609 号

| 出 版 人：姚 巍　　薛印胜　　策　划：韩新枝　　张妍妍
| 责任编辑：张妍妍　　张 烁　　装帧设计：张诚鑫

出版发行：安徽文艺出版社
　　　　　百花文艺出版社
地　　址：合肥市翡翠路 1118 号　　邮政编码：230071
　　　　　天津市和平区西康路 35 号　　邮政编码：300051
营 销 部：（0551）63533889　　（022）23332656
印　　制：安徽新华印刷股份有限公司　　（0551）65859551

开本：700×1000　1/16　印张：15.75　字数：200 千字
版次：2024 年 5 月第 1 版
印次：2024 年 5 月第 1 次印刷
定价：58.00 元

（如发现印装质量问题，影响阅读，请与出版社联系调换）

版权所有，侵权必究

目 录

第一章　非常诉讼 / 001

第二章　走马上任 / 054

第三章　迷雾重重 / 097

第四章　蛛丝马迹 / 127

第五章　背水一战 / 162

第六章　拨云见日 / 198

尾　声　绿水青山 / 237

第一章　非常诉讼

1

一早睁开眼,透过窗帘缝隙,感觉窗外白茫茫的,不知是雪还是霜。

成玉皎翻身下床,移步窗前。

拉开窗帘,只见片片雪花轻舞飞扬,飘飘洒洒,满世界洁白,仿佛一个童话世界。

如果这个世界永远像眼前这个模样,晶莹剔透、一尘不染,那该有多好。然而这是不现实的,成玉皎无比清楚,这个天真的念头,不过是一厢情愿的臆想罢了。

成玉皎今天的心情,与眼前洁白无瑕的世界,隔着一个跋山涉水的官司的距离。

今天,是碧城平安区法院关于成玉皎起诉华美公司环境污染损害案宣判的日子。碧城小镜区实验小学数学老师成玉皎,向校长请了半天假。作为原告,她要出庭。

这个案子,双方律师经过了数轮激烈控辩,各种证据当堂呈供,法官进行了严肃的庭前调查与当庭审理。第二次庭审结束时,法官宣告"择日宣判"。

今天便是法官"择"出来的日子,她等这个日子等得有点儿心慌。成玉皎望望窗外的天气,抚抚胸口,心里有个声音告诉自己:瑞雪兆丰年,这场雪,或许是个好兆头。

成玉皎取出一件白色羽绒服。衣柜里可供选择的外套不多,这是她最喜欢的一件冬衣。白色干净,却不耐脏,干洗一次要七八十元,平时不怎么舍得穿。她认真地把它穿在身上,一丝不苟地拉好拉链。雪一样洁白的颜色,和窗外的世界毫无违和感。

对着镜子,成玉皎拔掉一根不知何时冒出来的白发,试着对自己笑一下,嘴角稍一上扬,眼角的细纹便毫不客气地呈扇形,在两只眼睛外围刷起清晰的存在感。差不多有五六年没有对面部进行悉心护理了,胶原蛋白流失的速度触目惊心。三十三岁的女人,打眼一看,说是三十七八岁也没人怀疑。

第三次来平安区法院,也算熟门熟路。

宣判庭不大,肃穆庄严。法槌敲响,在庭人员全体起立,法官庄重的声音敲击着庭内每个人的耳膜。

"关于原告成玉皎与被告华美公司环境污染损害纠纷一案,本院经过2020年10月3日首次开庭审理,与2021年12月10日二次开庭审理,后经合议庭合议,现宣判如下:由于成玉皎提供的证据,不足以证明华美公司的生产排污行为与其女儿冯月月的慢性铅中毒及死亡具有直接因果关系,成玉皎提出由华美公司对其女儿冯月月死亡承担全部赔偿责任的理由不成立,本院不予支持,驳回其诉讼请求。而华美公司提交的证据,也不能证明其免责事由以及冯月月的慢性铅中毒和死亡与该公司旗下印染厂的生产排污行为不存在因果关系,故本院认为,根据医院的诊断证明,成玉皎之女冯月月的死亡由慢性粒细胞白血病、重度贫血、多器官功能衰竭、慢性铅中毒共四种因素相结合导致。慢性铅中毒,虽会对人体的肝、肾等多器官功能造成损害,有可能引发贫血,但慢性铅中毒不是冯月月死亡的唯一原因和主要原因。冯月月生前患有慢性粒细胞白血病诊断明确,该疾病能使机体丧失正常的免疫耐受性,综观全案,冯月月所患白血病致其全身多器官功能衰竭为主要死因,但慢性铅中毒,可能会加速其病情变化,故华美公司应承担10%份额赔偿责任为宜。具体赔偿如下:依据《最高人民法院关于审理人身损害赔偿案件适用法律若干问题的解释》的规定,结合两次庭审查明的事实,确认成玉皎之女冯月月死亡损失的项目及数额分别为医疗费、误工费、护理费、住院补贴费、交通费、丧葬费、死亡赔偿金等总计608966元,故由华美公司承担损失10%即人民币60896.6元为宜……案件受理费4500元,由成玉皎承担4050元,华美公司承担450元。"

原告席上,成玉皎突然失声哭泣。

尽管在走进宣判庭之前,律师高朋有过委婉提醒,有可能判决结果与预期存在距离,叫成玉皎调整好心态,成玉皎也做了一定程度的心理建设,可看到法官的嘴巴一张一合念到"驳回其诉讼请求"这一刻,她还是无法遏制地心如刀绞,无法控制自己。

"这就是法律?公理呢?公正呢?铅从哪儿来的?天上掉下来的?好好的孩子,怎么会慢性铅中毒?华美公司在安乐村建厂之前,村里的土地多么干净！村民的身体哪得过那些奇奇怪怪的病？"成玉皎满脸是泪，悲愤欲绝，撕心裂肺地爆发出痛斥，面部表情变得从未有过的狰狞。

立于旁侧的律师高朋连忙示意成玉皎控制情绪。成玉皎非但未加理会，反而愤怒情绪愈加如万马奔腾。她突然抬起手，细长的手指指向华美公司的总经理沈俊驰，怒斥道："还有你沈俊驰！你摸摸胸口，晚上睡得着安稳觉吗？伤天害理，不怕遭报应吗？我不接受这个结果，我要上诉！我要上诉！"

"肃静！"法官敲着法槌，责令法警维持法庭秩序。

被告席上站着华美公司的代理律师赵长信，站在他身边的，是华美公司的法定代表人沈俊驰。沈俊驰西装革履，留着纹理烫二八分发型，他对诉讼人成玉皎的情绪发作似乎早有预料。他并不气恼，也不屑回击，只在唇边流露出一缕不易觉察的笑意——胜利者的微笑。

旁听席第一排，华美公司的董事长沈灵均，以公司员工的身份参与旁听。

沈灵均身着得体的黑色羊绒大衣，领口处露出一圈粉色衬衣衣领，裙式的大衣下摆以及修身的剪裁设计，使年轻女性特有的腰部线条如舞蹈演员的一样优雅动人。虽然目测不过二十六七岁，但几天之后，她的三十三岁生日即将到来，这是上帝也无法改写的岁月真相。

真是一个多事之秋。在此之前，沈灵均做梦都没想过，华美公司会以这样的方式出现在被告席上。但无论多么不情愿，公众场合都不能有失风度。作为华美公司的最大股东，沈灵均安静地站着，黑色长发微微卷曲,簇拥着白皙的鹅蛋脸,浑身上下散发出一种夺人眼球的气质。

听了法官的宣判,沈灵均一言不发,朝沈俊驰递过来一个眼神。这眼神意味深长又不失凌厉,向沈俊驰传递一个清晰信号:上诉。

沈俊驰微微一怔,立刻心领神会:即使仅仅承担十分之一的赔偿责任,公司也拒绝接受。

沈俊驰是沈灵均的弟弟,是华美公司的二老板,也是沈灵均的左膀右臂。赵长信律师通过姐弟俩微妙的神情变化,同步领悟到老板的心思:对这个自己做出了最大努力的结果,老板并不满意!

沈灵均脸上的凝重与冷静,一如室外的冰天雪地。至少,从她的脸上,看不出来多大情绪波动。但这种平静底下的固执与坚决,如同海面下汹涌的波涛,翻滚着杀伐果决的力量。作为跟随她多年的副手与合作者,沈俊驰和赵长信都可以纤毫毕现地感知到。

沈俊驰与姐姐的视线隔空对接,沈灵均目光里的飞刀不可抗拒。

沈俊驰将同样的眼神杀向身旁的赵长信,赵长信略一沉吟,当即向法官道:"我要上诉!"

双方都要上诉。

法官按照法定程序,宣告双方于规定时间 15 天之内,向上一级法院,即碧城市中级人民法院提起上诉,然后法槌一敲,转身离去。

成玉皎双目发直,眼泪还在吧嗒吧嗒地掉着,双腿发软,仿佛被抽去筋骨,身体歪歪斜斜就要倒在地上。两名高度警惕的法警一左一右架起她的胳膊,将她架出宣判庭,把她交给她的律师高朋。高朋是个三十岁出头的高个儿青年,他没有像法警那样去架成玉皎,他试图搀扶她,然而成玉皎的身体似乎无法正常站立,她瘫软着,一下子坐到庭外台阶上,垂头抹泪。

"我已经尽力了。"高朋摊摊手说。

说这话的语气,就像主刀大夫从手术室走出来,摘下口罩与手套,面无表情,告诉病人家属"已经尽力"。弦外之音给患者亲人带来的绝望感,体验过的人都懂得。

"高律师,我要上诉。"成玉皎满脸是泪,抬头望着高朋律师。

"我感到遗憾,"高朋声音不高,语气里却不含任何犹豫,"一审判绝不达预期,这已经验证了我的失败。成姐,我们的合约到今天已经正式结束,上诉我希望您另请高明。"

高朋低头瞅瞅自己的当事人,叹了口气,掏出手机,联系冯月月的父亲冯志浩。冯志浩曾与他有过交代,有什么事可随时联系。

沈灵均拎着樱花粉的爱马仕凯莉包,在沈俊驰、赵长信以及其他几位属下的簇拥下,从成玉皎与高朋身边走过去。

那个窈窕俏丽的背影,目不斜视,写满了孤傲与高冷。

在宣判庭前的台阶上,浑身冰冷的成玉皎呆坐了一个多小时后,冯志浩急匆匆赶了过来。

成玉皎不记得自己是怎么回家的。

只记得冯志浩带她离开区法院大门时,突然有一名中年男子不知从哪儿跑出来,像猴子一样迅速而敏捷地爬上法院大院西侧的一根电线杆。男子边爬杆边喊:"不服判决,要上诉!"

雪花还在飘,电线杆上尚未结冰,男子抱着电线杆,一撮头发在高空被雪花染白,白得悲壮。一名中年妇女追到杆下,哀求爬杆男子:

"赶快下来,天冷,风大,别冻坏了,也别摔着。"妇女的神情与声音饱含疼爱。

看样子是一对恩爱夫妻。

成玉皎泪水涟涟地望了一眼那对夫妻,觉得自己的命比他们还不济。起码他们还恩爱。恩爱的夫妻感情,于她已经十分遥远。

冯志浩送她到家门口,主动站住了。

"我曾经劝过你,不要打官司,没什么意义。"他叹了口气说。

仿佛这个未如愿的结果,在成玉皎启动官司之初,他已经未卜先知。

成玉皎脸上的泪已干了,脑袋已逐渐从由悲愤和无助导致的浑噩状态恢复至冷静与清醒。这时候她想起,自己还是一名为人师表的人民教师,她为自己在法院的失态感到羞愧。

启动官司之前,华美公司希望私下调解,以"人文关怀"的名义,主动给出30万元人民币作为对逝者的抚慰金。成玉皎拒绝接受,非要走司法途径。现在结果出来了,司法判决6万块。

在所有人甚至冯志浩的眼里,她打官司的目的就是为了钱。

她不想对任何人做一个字的解释,哪怕是眼前之人。

此时此刻,望着眼前这个变得陌生的男人,她一字一顿道:"这场官司有意义,今天这10%就是意义。"

"没什么公平可言,"冯志浩又道,"他们有钱有势,肯定有势力保护,有些事情没你想得那么简单,很复杂的。"

"我不信天底下找不到一点儿光亮,"成玉皎道,"畏首畏尾什么都不干,那才一丁点儿希望都不会有。"

"我还是劝你,"冯志浩叹了口气,"及时止损。"

说完,他转身离去。走到楼梯口,忽又转身,道:"有什么需要,随时找我。"

"谢谢。"成玉皎的表情是木的,望着他的背影在楼道里消失。

这是和她曾经在婚姻里共同走过七年的男人,现在,他是她的前夫。

整个人瞬间有些空掉的感觉。空掉也不能去死。死,不是她有资格考虑的事。下午学校有一场家长会要开。只要还有一口气,工作就不能耽搁。

2

办公室内四季恒温,一尘不染。落地窗前,沈灵均穿着自己设计的衬衫与冬裙,像一只仪态优雅的布偶猫,蜷缩在欧式转椅里,一双盈若秋水的大眼睛凝视着窗外的皑皑白雪。

这样的大雪,飘落在东部沿海城市,罕见如自然界赐予的一场奇象。大片雪花如精灵在空中飞舞,完全具备了鹅毛大雪的恢宏气势。雪花的纯然与洁白,给窗外这个世界营造出冰清玉洁的艺术美感,沈灵均有些看呆了。

如果雪一直这么下着,过了今夜,明天地面上将会积上厚厚一层,天地间白茫茫的,适合撒欢儿、照相、恋爱……哦,那是小女孩喜欢的浪漫,不适合眼下的她。眼下的她,想大哭一场。但良好的克制力,使她没有让眼泪掉下来。

官司判决下来的第一时间,华美制衣的股票瞬间被打入跌停板。

之后在跌停线上有过微弱挣扎,截至中午收盘,仍在跌幅8%的状态弱势徘徊。

从法院回来,沈灵均就以这个姿势,一坐就是两个小时,不想回到现实中来。可现实的纷争如蛛丝结网,让她像活在网中的虫子,左冲右突,无处可遁。

这是坐落于碧城东部总高二十二层的华美大厦。

这栋楼背依青山,面朝大海。大楼底座下面这块土地,是沈灵均父亲沈海天二十五年前出全资购下的私产,华美工厂的原址就在此处。十五年前,受城市规划以及环境因素影响,也由于厂区在城内受各方条件所限,经政府约谈,沈海天配合城市建设与环保要求,将厂区迁往距主城区一个半小时车程的平安区安乐村。

选择安乐村,是沈海天经过对碧城九区近百个村镇实地考察后做出的选择。

原因有三:其一,平安区、安乐村,这两个名字寓意美好,沈海天不是迷信的人,但对寓意吉祥的事物,会抱以没有理由的个人偏好,且十分笃定;其二,平安区安乐村地处碧城东北方向,天地广阔,居民稀少,一年四季多数日子晴空万里,适合服装产业的生产加工和贮存;其三,也是最重要的,作为平安区政府招商引资的重点项目,华美得到了区政府在税收方面的诸项优惠。

迁厂后,经政府协调,沈海天与本地一家知名开发商合作,在原厂地块上,由开发商出资,推倒老厂房,建起五栋二十二层高的海景写字楼。其中四栋由开发商卖掉,留下一栋位置最优的无敌海景楼,产权归属华美公司所有,被沈海天命名为华美大厦。

也是那一年,华美公司成功登陆 A 股,股票名为华美制衣,那是华美的高光时刻。

华美制衣公司总部就在华美大厦,占据了第二十一层整层楼的面积。顶层是公司的私人会所以及员工健身房。二十层及以下的楼层,全部对外出租。

这是父亲留给沈灵均的基业。近年来,公司发生过数次危机,每逢经济不景气、业务下滑、现金流周转不灵,企业都是靠华美大厦的租金和抵押贷款支撑着,一次次渡过危机。

无论如何,股价都不能再跌。沈灵均想。华美制衣总股本 10 亿,当初发行价 1.5 元每股,上市当天 6 元每股,历史最高价 15 元每股,近年受市场景气度衰落及业绩下滑等诸多因素影响,股价逐年下滑,今日盘中价已跌至历史最低:3.1 元每股,距"破 3"一步之遥。

有人敲门。

沈俊驰端着一只标有华美标志的餐盘走进来。

三菜一汤,摆到沈灵均办公桌上,他提醒姐姐该吃午饭了。

这是华美的工作餐。工作时间里,沈灵均的用餐与员工同一标准。

沈灵均把椅子转半个圈,视线从沈俊驰身上扫过。

沈俊驰换了一身浅色休闲西服,双肩端直,长颈,好看的面部轮廓与好看的五官组成一张好看的脸。猛一看,仿佛刚从校园出来不久的学生,事实上,他大学毕业已十年,在华美工作也已十年。

"不让你去旁听,你非要去,听完了又生闷气,犯不着啊!"沈俊驰说,"成玉皎就是个无赖,到处污蔑华美排污含毒,上蹿下跳往死里折腾,无非一个目的,多弄点儿钱,她做梦都想突发横财,连亲生女儿的人血馒头都下得去口。跟这种人较真儿,不值当。"

"能不能积点儿口德?"沈灵均眉头微蹙。她不喜欢"无赖"这种侮辱性的词语。

"行,你菩萨心肠。"沈俊驰示意姐姐先吃饭,别凉了。

沈灵均没食欲。她从沈俊驰的表情里看出不愉快的信号,叫他先说正事。

坏消息接踵而来。其一,加拿大COTTE服装公司刚刚发函,因销售受市场寒流影响,暂定取消下年度订单;其二,上海的思儿假日酒店来电,告知老板因有事临时出国,下周关于酒店制服的商务谈判时间后延。

"两家合约总额多少?"沈灵均问。

"COTTE公司800万美金,思儿酒店800万人民币。"

"我就不明白了,法院为什么判决我们排放了铅污染?依据呢?我们提供了五年内所有的检测报告,华美严格按照国家标准生产、排污,与生产有关的任何一种废水、废渣,都符合国家标准,甚至远远低于行业标准,没有任何证据指出华美的排污产生重金属,判决华美承担部分责任,依据是什么?"

沈灵均终于爆发了。

她猛地从椅子上站起来,情绪激动,与法庭旁听席上冷静的她判若两人。她目光凛冽,又道:"我就奇怪了,自然界也含铅,成玉皎为什么不去起诉大自然?"

"姐,你就是心太软,"沈俊驰语气平和,"找人把她收拾一顿,灭掉她气焰,她自然就闭嘴了。"

沈灵均沉默了一下,目光如刀地飞向沈俊驰,道:"现在什么舆论环境?华美处于绝对的弱势,你要清醒点儿,任何时候不能给我犯浑!华美品牌形象,绝不能毁于一旦!"

纵观如今的网络,但凡有冲突发生,舆论习惯性偏袒卖惨的一方,强势的一方稍有不慎,轻则被骂成筛子,重则被扒出老底。沈俊驰自嘲地笑笑,说自己也就一句气话,做那种没智商的蠢事不是他的风格。他让姐姐先消消气,这事还需从长计议。

"华美提供的检测报告法院可以不采纳,他们可以自己去检测,可以委托第三方机构检测,可以请市里、省里、国家等任何专业检测机构来检测,他们指证华美排污含铅的报告在哪儿?既然拿不出来,又依据什么下的判决?"

"姐,企业被举报,被投诉,被诉讼,环保部门或法院立案,需要企业自己提供证据来证明不存在污染行为。企业提供不出不存在污染行为的证据,即使对方也提供不出存在污染的证据,法院也会判决企业承担一定责任,这是《环境保护法》规定的。"

"赵长信是个废物吗?"

"老赵已经尽力了,"沈俊驰道,"我们需要冷静下来,理智地想想这个事最好的解决办法,和原告达成和解,大事化小,小事化了。激化矛盾,对谁都没好处。"

沈灵均视线慢慢定格到沈俊驰脸上。现在不是她要激化矛盾,是成玉皎不依不饶。那个女人哭着喊着上诉,她能做的就是奉陪到底。

沈灵均走到办公桌前,伸手摁了一个键,叫秘书送进来两杯不加糖和奶的咖啡。

"俊驰,说这么多话,渴了吧?"沈灵均指着一杯咖啡道。

"我不喝这么苦的玩意儿。"沈俊驰心领神会地笑笑。

"这是工作!"

沈俊驰端起咖啡,像在酒桌上饮酒,一仰脖一杯咖啡一饮而尽。

"苦吗?"沈灵均问。

"苦。"

"吞咽苦水的滋味不好受吧?凭什么要我吞食苦果?"沈灵均道,"你口口声声说那个人是个无赖,现在要我向一个无赖低头?跟一个无赖和解?早干吗去了?为什么没在她启动官司之前把事给办利索?现在闹得满城风雨,想缩头?还有余地吗?"

"你说了算,姐。"

"那就找证据啊,赵长信是干什么吃的?"沈灵均的视线从沈俊驰脸上移开,窈窕的身体在阔大的办公桌前来回踱步,话锋再次如刀锋甩过来,"我要求你们拿出成玉皎女儿死亡与华美不存在任何因果关系的证据,必须!告诉赵长信,二审上诉,华美只有一条路:不能输!必须赢!"

说这话的时候,沈灵均的眼睛里腾起隐隐杀气。

沈俊驰站在距姐姐身体两米远的地方,眼神与那股杀气交会,点头道:"明白。"

"不要只说'明白',你要做到心中有数,万无一失!"

"我尽力。"

"我要你一句肯定答复,华美到底有没有事?铅从哪儿来的?"

沈俊驰作为华美主管生产的总经理,工厂生产什么,使用什么原材料,一道道排污如何处理,每个环节使用何种排污处理技术,技术处于哪种标准与水平,没有人比他更清楚。

一审应诉之前,正是他信誓旦旦告诉沈灵均,任何一种检测手段都使用过了,华美的排污完全、绝对符合国家安全标准,不产生任何重金属,不存在任何污染问题。

应该说,沈灵均对沈俊驰的信任,在某些时候会超过信任自己。自己偶尔会感情用事,沈俊驰不会。这些年来,在企业面临寒冬的全球大环境中,沈俊驰的兢兢业业,给了她无可替代的帮助。没有他竭尽全力的工作与贡献,华美可能撑不到今天。

"姐,关于华美的生产与排污,今天在法庭大门外,你对记者那番承诺与详尽表述,也正是我要对你讲的,没必要重复了。你只需要相信华美的排污处理系统是当下顶尖的水准,也要信任我,其他事情由我来处理,出了问题我扛着。"

"别扯那些没用的,你给我交个底,华美经得起掘地三尺地查吗?"

"以目前情况,我向你保证,环保方面,经得起。"

"那好,上诉!"沈灵均咬着牙,一字一顿道,"冯月月铅中毒和华美没有一丝一毫的关系,别说10%的责任,我们一分钱的责任都不能承担!"

"你放心,这个事件我尽全力。"

"不惜代价!"

"意气用事是要吃亏的,企业要生存,代价要考虑。"

"那是你考虑的事!"

"当然。"

沈灵均在办公桌前坐下,准备吃饭。拿起筷子,忽然又想起什么,问:"对了,新工厂的设备都安置妥当了吧?"

沈俊驰成竹在胸地告诉她,新园区一切就绪。

华美引进了全球顶级的生产设备,重金聘请高级人才,设立了大师工作室、时尚工作室,研发出个性化服装定制柔性生产线,接下来华美的发展方向,将致力于打造区别于传统电子商务的智能商业生态,通过消费者个性化的定制需求,降低渠道成本,从商业和生产形态两方面,形成华美制衣自己的独特模式。

"现在是万事俱备,只等搬迁了。"沈俊驰说。

"马上就要过年了,年后就搬,"沈灵均若有所思道,"眼下先解决官司的麻烦,这个事不能再有闪失。"

沈俊驰点点头。不夸张地讲,沈灵均的话在沈俊驰这里如同圣旨,他不会违逆任何对她有利的决定。华美公司是沈俊驰的安身立命之本,姐弟俩利益捆绑在一条船上,一荣俱荣,一损俱损,这条航行在茫茫大海上的船,不能出任何差池。理智上,他比沈灵均更要深刻地明白:一审这个判决结果不能接受。

即使承担10%的责任,接受即意味着承认了华美公司存在重金属污染行为。环境污染意味着什么?不仅会毁掉一年前与欧洲两家大型服装销售公司达成的五年供货合约(每年数千万元的合约订单会就此泡汤),还会面临因负面影响带来的巨额赔偿。还有两家在谈的航空公司空勤制服的订单也将因此而落空。那样,在相关机构重罚之下,华美会被联名封杀,进入环保、水利系统的黑名单,包括银行,也将贷不出款来，客户闻声而散，各种意想不到的后果、后患、连锁反应，就像多米诺骨牌被推倒，会面临各种意想不到的麻烦，安乐村任何一名患有重症的病人都可以提出索赔，这将不堪设想。恶性循环持续下去，股票就不是狂跌的问题，而是有可能被迫退市，企业未来如何生存，前途未卜，继续恶化下去，灭顶之灾就在不远处。

想到这里，沈俊驰心里猛地打了个冷战。他转过身去，欲开门离开。

"你跟我站住！"沈灵均喊了一声。

沈俊驰停住脚步，转过身来。

沈灵均坐在办公桌后，一边味同嚼蜡地吃着午饭，一边痛心疾首向弟弟道："你考虑的，首先是经济上的损失，对吧？"

沈俊驰不说话，只是微微颔首。

"假设，我说的是假设，"沈灵均夹了一块排骨，送到嘴边又停下，她神色凝重，目光重重地落到沈俊驰的脸上，道，"假设华美被坐实了环境污染这项罪状，那就是噼噼啪啪往市领导的脸上打耳光，这让魏叔该有多难堪？！"

"魏叔"就是魏市长。沈灵均之所以私下称对方"叔"，是因为沈父在世时与对方有点老交情。

闻听此言，沈俊驰面不改色，但心里的寒战禁不住又连打几下。

十八大以来，中央政府以前所未有的力度抓生态文明建设，从思想、法制、体制、组织、作风上全面发力，做出一系列重大战备部署，总书记反复强调用最严格制度和最严密法治来保护生态环境，碧城市委市政府主要领导作为本市生态环境保护的第一责任人，对碧城的生态环境质量负总责,这个,沈俊驰是清楚的。

七年前,"魏叔"还是副市长的时候,为了帮助华美转型升级,到华美工厂蹲点,了解工厂发展和项目建设情况,回去就给华美批了专项资金,当时华美用于改善排污设施的主要资金,就来源于政府的支持和帮扶。桩桩件件,历历在目。这些,沈俊驰也不会忘。

"政府为什么支持我们?靠你的脸吗?"

沈俊驰摇摇头。

"那是出于对我们的信任,期望华美能够更好地回馈社会。"沈灵均说。

"是的,我对此一直心存感激,"沈俊驰点头道,"我也一直身体力行,尽量做得更好一点。"

"我们就是用这样的污染官司去回馈社会的吗?"沈灵均瞅着沈俊驰的脸,道,"市委市政府贯彻中央环保政策的力度和决心你没看到吗?它不是喊一下口号做做样子给你看的,它是真金白银来帮助企业改善排污、防污治污的。换句话说,如果你阳奉阴违,说一套做一套,胆敢碰触红线,政府宁可不要GDP,也要关停企业!到那时候,就不是损失几个订单的问题,是要彻底完蛋!"

这些年每次市里面领导到工厂视察工作,都会不厌其烦地强调中央环保精神,生态环境是关乎民生的重大社会问题,为了绿水青山,可以舍弃金山银山,更何况绿水青山就是金山银山,这是国家的顶层设计,是原则性问题,是高压红线。这些环保方面的政策,沈俊驰在心里滚瓜熟烂。

"姐,我们没有违规啊!"沈俊驰辩解道,"咱不能往自己头上扣帽子。"

沈灵均不顾沈俊驰的辩解，继续道："我倒不是怕完蛋，我是觉得丢脸！对不起咱爸！对不起市里面这些年对华美的重视、认可、扶持和帮助！对不起日夜给华美工作的两千名工人！我们做企业，不仅有责任配合政府做好生态环境保护工作，更重要的是，我们要从思想深处、从根本上转变理念。很多年以前，排污设施老化、落后，那时候企业野蛮生长，为了发展经济，牺牲环境难以避免，现如今设备都更新多少代了，污染问题如果还不能得到彻底解决，说得过去吗？以经济目标为第一位的老观念已经不适合这个时代了，我们必须从脑袋瓜里彻底根除以前的老观念，认清楚防污治污就是常态，与企业共生共存，排污不达标，企业没办法活下去，现在老百姓对干净空气、安全水源、优美环境的要求越来越高，如果工厂存在污染问题，还有工人愿意给你干活吗？哪个傻瓜愿意为你的产品埋单？一个企业，一个品牌，至少要让给你干活的人感到踏实、放心，让买你产品的人感到安全、安心。企业要生存，必须顺应时代，只有保障绿水青山，才能抓住金山银山，反之，如果不能绿色发展，那只有死路一条，这些最基本的生产理念和经营理念，还需要我苦口婆心一遍遍给你灌输吗？"

"这些道理我都懂，姐，你放心，我向你保证我们的排污是达标的，不存在任何问题。"

"你每次都信誓旦旦跟我说没问题，那成玉皎这个事情为什么死咬着华美不放呢？"

"成玉皎女儿的事情让她受了刺激，我怀疑她精神出了问题，"沈俊驰说，"你不必杞人忧天。相信我，我们任何一项排污数据都是符合国家标准的。"

"行了行了,"沈灵均皱着眉头放下筷子,摆摆手,"一口也吃不下,端出去吧。"

沈俊驰上前端起餐盘,带上门出去了。

3

开家长会。心里攥着横七竖八的伤口,但作为班主任,成玉皎必须保持平静,甚至向每位家长笑脸相迎,和蔼有加。与不同的家长交流各自孩子的情况,该表扬表扬,有问题需要提醒时委婉提醒,不然一言不合引发师生矛盾,处理不当,被投诉,学校则要扣分扣钱。

成玉皎二十一岁从师范学校毕业,考进平安区一所镇中学,做了体制内老师,干了四年,在镇上看不到什么发展,便想到城里来。刚好遇到小镜区实验小学招聘合同制老师,她便毫不犹豫来应聘。面试时,当时作为主考官的校长问她有何特长,她想了想说,没别的特长,就记忆力好。于是她当场把唐代诗人张若虚被誉为"孤篇压全唐"的《春江花月夜》倒背如流,是逐句倒背,从最后一句倒背至正数第一句,没出一句错,包括校长在内的几位面试官,皆被震撼,她当场被录取。她原想做语文教师,但学校缺数学教师,于是教数学。虽然没有编制,但总算进了城,最重要的是薪资比镇上的高出一截。于是她签了合同,一年年续下来,八年转瞬而逝。时光太快,八年前觉得八年后是遥远的未来,未来一定可以过上幸福生活,如今就走在过去想象的未来里,生活仍然一地鸡毛。而成玉皎已由一个披着长发的苗条女子,变成一个双手粗糙、痛失孩子后时时被焦虑袭击的母亲。

下午放学后,从校园走出来,看着身边三三两两的学生被候在校门口的家长们陆续接走,成玉皎脑海里又抑制不住浮出月月的身影。如果月月还在,今年六岁了,到了明年夏天,该入小学了。六岁的月月会长成什么样儿呢?她环顾四周,看到一个身体纤细的一年级小姑娘,扛着一个大书包,走在奶奶身边。细细长长的小身体像一棵豆芽,但小女孩精力充沛,活力四射,扎着马尾的小脑袋摇摇晃晃,两脚蹦蹦跳跳,脸上是灿如朝阳的明媚,和身边身体臃肿、满面沧桑的老奶奶形成鲜明反差。哦,这就是年轻生命与垂暮生命的差别吧!

成玉皎用无比柔软的目光追逐着小女孩的身影,有点儿不舍移开。六岁的月月也会是这个样子吧。月月自幼纤瘦,爱笑爱动,两只眼睛会说话,苹果般的圆脸蛋儿比十五的月亮还要皎洁……女孩的身影随着奶奶钻进一辆小汽车,很快消失了。成玉皎低下头,抹抹眼泪。不敢想。每次想起心都会碎,碎成无处不在的玻璃碴儿,扎得五脏六腑血淋淋地痛,痛到心脏窒息……

等了十分钟公交车。站在街边,冷风如刀割在脸上。成玉皎曾经拥有过自己的车子。月月一周岁时,成玉皎用积蓄买了一辆10多万元的国产车做代步工具,也为未来接送月月上学做准备。没承想月月两岁半时查出疾病,治病期间被迫卖了车,仍没能挽留住月月的生命,仅仅四岁半便撒手人寰。

一辆公交车徐徐驶来。三站路到家。这是一套租来的房子,60平方米,一室一厅,简装。当时看上这个房是图便宜,房东刚收拾出来,还是空房,除了一台旧电视机,什么也没有。房东问她需要什么家电家具,可以配置,租金会相应提高。房东报出的费用超出预算,她就没让房东配,而是自己网购了一张单人床、一个单人沙发和小茶几,还有一台小冰箱和洗衣机。离婚后一个人生活,居住环境满足最基本生活所需就可以了。

天色已暗,成玉皎进门后没有立即开灯,而是坐在小客厅一张简易的布艺单人沙发上,不玩手机,也没看电视,什么也不干,可以说在休息,也可以说在发呆。在类似的空间里,一家三口也曾有过欢声笑语的幸福时光。小月月一两岁时,每个周末,她从母亲家把孩子接回来,到了饭点,成玉皎在厨房里欢快地挥着锅铲,鸡鸭鱼虾,煎炒烹炖,变着花样做出丰盛的美食,冯志浩陪小月月在客厅里玩耍。

有时候冯志浩躺在沙发上,任女儿在身上爬来爬去;有时候让女儿骑在脖子上,张开双臂,脚下疾走做飞行状;有时候会跪在地板上,让女儿骑在背上抓着衣领"驾驾驾"地当马骑……凭良心讲,那时候冯志浩是一名称职的父亲,是典型的"女儿奴",那些时光里,成玉皎觉得女儿是天底下最幸福的小公主,而自己是天底下最幸福的妈妈。

遗憾的是,所有的欢乐与幸福像梦一样,被定格在已经逝去的往日,凝结在记忆,再无复原的可能。如今她面对的是冷清到如同墓穴的空间,孤身一人,时不时被回忆和撕心裂肺的疼痛感吞噬。

肚子因饥饿咕噜直叫,晚饭不能不吃,吃晚饭的时间也着实不能再拖下去,成玉皎这才起身,开灯,了无生趣地走进厨房。葱花炝锅,煮了一碗清水挂面,打了个荷包蛋,一顿晚饭,从做到吃,不到二十分钟完成。

洗漱完毕,重又回到客厅,坐到沙发上。看看时间,到了本市晚间新闻的播出时间,拿起遥控器打开电视。成玉皎平常不看电视,但今天不同。她要看新闻。

碧城新闻频道正播着晚间新闻。听到"华美"二字,成玉皎目不转睛地盯着屏幕,沈灵均在法庭门口接受采访的镜头正在播放。

"请问沈总,原告成女士坚持认为华美工厂存在违法排污和重金属污染行为,作为华美的当家人,您认为华美工厂到底存不存在生态环境污染问题?"

"我对成女士的遭遇深表同情,但我可以肯定地、负责任地答复您,华美从印染到制衣,任何一道生产工序,都严格遵守国家生态环境保护法的标准程序。华美拥有当今世界最先进的排污处理设施,在执行生产任务的过程中,华美定期进行不同方法的排污检测,环保部门也严格遵照国家有关法律法规,定期到工厂进行严格检测,所有的数据都可以证明,华美制衣生产流程的每一个环节,都不会产生任何重金属,更不涉及重金属铅,不存在任何违排问题。试想一下,这些年国家环境监察如此严格,工厂但凡存在丁点儿问题,早就被关停了,不可能运转到现在,请大家相信科学,相信法律,不要轻信谣言……"镜头里的沈灵均优雅淡定,美丽如一颗夺目的宝石,浑身散发着明星气质。

成玉皎心里霎时烧起一团火。

屏幕里那张脸上无辜的表情,使她足可以当演员,奥斯卡都欠她一个"小金人"。成玉皎想把手里的遥控器狠狠砸到那张脸上。

还是忍住了。电视机是房东的,尽管是台尺寸不大的二手货,但仍然明码标价白纸黑字写在租房合同的附件里。砸坏了,需照价赔偿。

摁了关机键,电视屏幕变黑了。手指一松,遥控器跌落到地板上。

目光触及挂在电视背景墙上的月月的照片,成玉皎又泪流满面。

她的身体突然从沙发上滑下去,额头触到膝盖上,崩溃地抓着自己的头发,为什么要这样?为什么?为什么老天爷要这样惩罚自己?

十分钟后,成玉皎擦去眼泪,神情恢复平静。起身穿了件外套,从家里走出来。走出小区,一个人在雪地上漫无目的地游荡。眼角残留的泪已被风吹干,心里滴着擦不去的血。一个失败的母亲,一个失败的女人……正行走在不忍卒睹、遍体鳞伤的失败的人生路上。这世上除了亲妈,没有人爱过自己,连自己都没有好好地爱过自己,她在心里喃喃自语,而她最爱的,是那个名叫月月的小女孩。如今,最爱她的人和她最爱的人都已经离她远去。

可是令人愤恨难平的是,到现在她都没能把女儿的真正死因给弄明白。

她与冯志浩结婚第二年生下月月,新生命的降临给年轻的夫妻俩带来无尽的激动和喜悦。那时还住在冯志浩的房子里,那是套一室一厅的小房子,是冯志浩与成玉皎恋爱后,为了结婚,拿出全部积蓄、使出浑身劲儿买来的二手房。那套小房带着简单的装修,原房主一家三口在里面生活过五年,因生二胎换大房子才出售。房子保养得好,同时也为了省钱,冯志浩与成玉皎没有进行二次装修,在成玉皎的巧手布置下,房子虽然狭小,倒也五脏俱全,舒适温馨,成了两个人下班就想回去的窝。

女儿出生后,各类儿童用品不断增加,房子越发显得狭小。坐月子时,成玉皎的母亲吴桂秀住到家里,精心照料她。那阵子母亲每晚睡客厅的临时床,时间一久,腰酸背痛。另外,母亲在城里生活不适应,在农村老家住宽敞小院习惯了,临时住女儿这鸽子笼,无时无刻不觉得憋闷。

休完产假,小两口儿工作忙,请阿姨费用太高,而且吴桂秀也乐意帮忙带外孙女,一家人商量后达成一致,小两口儿把半岁的月月送到平安区安乐村的母亲家,周一至周五由母亲帮忙照料,周五晚上再把孩子接回来。按原计划,待女儿三岁上幼儿园时正式回城。

然而他们没有等来女儿走进幼儿园的那一天。两岁半的月月有一天突发高烧,吃饭呕吐,喝水都会吐出胆汁,吴桂秀忙把孩子送到村卫生院,村医在简单用药后,发现孩子同时还伴有视力障碍。村医意识到病情严重,建议立即送大医院诊疗。

成玉皎与冯志浩如晴天霹雳。惊慌之余,带着孩子奔波于各大医院。先是经碧城市医院专科诊断后,两岁半的月月被确诊身患三种疾患:1.慢性粒细胞白血病;2.自身免疫性溶血性贫血;3.慢性铅中毒。

一家人当时不敢相信,希望是误诊。换家医院重查,相同的诊断结果。于是住院治疗,症状缓解后出院。抱着美好的希望在家调养,不到半年又复发,再住院,再治疗。那段时间,成玉皎几乎无心工作,请了长假。好在学校里知道了这个情况,校长也没为难她,同事们纷纷帮忙,本该由她负责的课时由其他几位老师均摊了。市医院表示没办法了,她带着孩子去省医院。由于病情反反复复,他们先后辗转了五家医院,历时近两年,数番诊治,西医的手段用到穷途末路,绝望中的成玉皎抱着孩子去看中医。去邻市,甚至长途奔波到外省,去朋友介绍的老中医那里给孩子做调理。

痛心的是,奇迹没有出现。小月月的身体越来越虚弱,整夜无法睡觉,起满水疱的小嘴巴不停地喊疼,直到最后双目失明,大小便失禁,瘦成一把柴,连喊疼的声音都发不出来。一年半前,年仅4岁半的小月月在市儿童医院经抢救无效死亡。死亡原因为呼吸循环系统衰竭。最终诊断死因为四种:1.慢性粒细胞白血症;2.重度贫血;3.多器官功能衰竭;4.慢性铅中毒。

为什么会得白血病?成玉皎与冯志浩两人的家族里都没有这个病史。成玉皎怀孕至生产,都住在那套没有经过重新装修的二手房里,二手房的原房主一家三口都好好的,孩子已上小学了,非常健康。而母亲吴桂秀在安乐村的老房,是三十年前用成家的宅基地建的,十年前进行过修缮,近十年内没有重新装修,所以甲醛中毒这个因素可以排除。

更令成玉皎百思不解的是,又为什么会铅中毒?哪儿来的铅?还是慢性的。

自打女儿发病以来,这个问题就像蘸了毒的尖锐钉子,揳进她的心里,拔不出来。彼时她天天抱着虚弱的孩子往返奔波于各家医院的路上,日子过得惶惑不安又兵荒马乱,无暇分身他顾。直到一把骨灰撒向大海,这世上从此再也见不到自己的小天使,日子和心灵忽然变空那一刻,揳进心脏的那颗钉子一夜间呈几何倍数放大,气势磅礴又鲜血淋淋,似万箭齐发,虐心绞肠!

才四岁半!女儿出这个事之前,成玉皎大脑里始终有个执念:她会看着女儿慢慢长大,会陪着女儿读书,从小学到大学,会目睹女儿穿上嫁衣,成为新娘……然而这一切都成了梦。

祸不单行的是,女儿病故两个月,母亲吴桂秀因自责过度——她一直认为是自己没带好孩子,在一天清晨突发心梗,倒在安乐村的老屋里,再也没有醒来。

安顿完母亲后事,成玉皎一纸诉状,把华美公司告上平安区法院。原本健康的小孩子,绝不会无缘无故铅中毒。月月发病前在安乐村生活了两年时间,而安乐村所在区域最大的污染源,就是位于安乐村南端距母亲所住小院两公里处的华美制衣厂与华美印染厂。除了华美的厂区,村里没有其他第二家企业和工厂。制造环境污染的罪魁祸首,除了华美,她想不出第二家。

成玉皎起诉华美公司不是没有依据的。

平安区以前不叫平安区,叫平安县,十年前撤县设区后,更名为平安区。自月月被确诊为慢性铅中毒后,成玉皎无数次废寝忘食、点灯熬油地查阅县志,翻烂了几个不同版本的县志,她可以负责任地对法官讲,在冯月月出事之前,安乐村乃至平安县,自有记载以来,从没发生过村民因重金属慢性中毒致死的事情!

冯志浩尽管没有明确反对她打官司,但也没有表示出鼓励和支持。他的态度是回避。成玉皎曾经哭着问他:"难道你不想弄清楚你女儿铅中毒的原因吗?"冯志浩也流泪了。他说:"我不是不想,我是不敢,也不愿反复去撕开那个伤口,我怕自己在原因找出来之前先疯掉。"

在成玉皎着手诉讼的那段时间,冯志浩常常早出晚归,有时候彻夜不归。理由是加班太晚了,在单位值班室对付一宿。有一天冯志浩早上出门时,成玉皎喊住他,提出和他认真谈谈:"难道不想过了吗?"冯志浩沉默了一下,坦诚地说:"我不想回家,太压抑了,我感到随时都有窒息的可能。"

是的,自从女儿生病后,这个家里再也没有了往日的笑声。女儿离去后,成玉皎终日面色阴郁,在家里触景生情,随时随地都会泪崩。有时候终日发呆不说一句话,有时候整夜失眠饮泣,所有的情绪发作最直接的承受者就是冯志浩。冯志浩不是不负责任的男人和父亲,在她抱着孩子四处求医的近两年光景里,只要能腾出空,只要能请出假,他都会从早到晚陪着娘儿俩,订车票、找旅馆、托熟人、求医生,该尽的责任他都尽了,能做的事情他都做了。陪孩子看病的同时,他还不能像她那样放弃薪水请长假,他在本市一家事业单位的档案管理室做资料管理员,从农村出来的穷小子,没背景,没后台,要养家养妻儿,工作不能丢。他也不是对女儿没感情。女儿离世后,他也曾不止一次在黑夜里和她一样失声恸哭,悲伤欲绝。一直以来他没有做错什么,她找不到责备他的理由。

"你在逃避我吗?"成玉皎问。

"原谅我,你自己走不出来,我恨我自己没有能力帮助你走出来,因为我也很痛苦,我不知道这种压抑何时是尽头。"冯志浩说,"如果我劝你,或许我们再生一个孩子可以缓解这场伤痛,以我对你的了解,你不一定会同意。"

成玉皎明白了,他疗伤的办法是再生一个。他确实还是了解她的,不是不一定会同意,是一定不会同意。在月月铅中毒这个事情得到彻底解决之前,她不会有心情做任何事情。月月那双纯真的眼睛经常在夜深人静时望着她。再生一个?打死她也做不到。

但她不能耽误他,也不能以道德的名义绑架他,那样对他不公平。

他还年轻,他需要也有能力再做爸爸。

成玉皎主动提出离婚。冯志浩很不理解。他再三解释他并不想离婚,他并不想失去她,他自省或许生性懦弱的原因,导致他只是害怕面对家里这种压抑的环境,他请她给自己一点时间……但成玉皎很坚决。她利索地从他的房子里搬出来,没错,那是他的婚前财产,于情、于理、于法,都该留给他;又利索地起草了离婚协议,租了房子,一个人住进出租屋。

他要从痛苦中解脱,她没有理由阻止,没有理由不允许他开始新的生活。只是遗憾,她不能。眼下她没能力改善家里压抑的氛围,没办法回到往日的欢声笑语里。眼下她最想要做的事,就是查清楚女儿慢性重金属中毒的原因。究竟是什么夺去了女儿如花的生命?这个问题弄不清楚,她不可能开始什么新生活。

在她的坚持下,两个人就此离了婚。

4

新一天的太阳冉冉升起。

一辆紫晶石色的保时捷卡宴疾驶在碧城通往平安区的高速路上。

沈灵均正驱车前往位于安乐村的华美老厂区。

"灵均"这个名字是父亲沈海天起的。这两个字来自屈原的《离骚》,寓意"聪明、灵巧、精灵"。从她出生的时候,父亲便通过名字寄托了对女儿的期待:希望她成长为一个机智灵敏、乖巧温柔、智慧正派、在事业上有所建树之人。

事实上呢?

她并不是一个成功的继承者。

1993年,沈灵均还只有五岁时,沈海天辞去一家国有服装企业的工作,一手创立华美制衣这个品牌,主要从事女式西装的生产、制作、销售以及外贸代工。沈海天是一位有着天才想象力的服装设计师,华美成立后,沈海天投入全部热情与精力,借着改革开放的春风,使企业迅速发展壮大。

沈俊驰是沈家的养子。沈俊驰来到沈家之前,生活在山东农村,小名叫铁蛋。铁蛋父亲和沈海天是发小儿,小学和初中,两个人在村里有过几年结伴上学的难忘岁月。正是沈海天创业那年,铁蛋年仅四岁,村里发生了一场流行性传染病,铁蛋的爷爷奶奶、爸爸妈妈在一周之内相继染病过世。沈海天闻信赶回老家,从疫情环境中将生命垂危的铁蛋抱出来,送医院捡回一条命。孩子痊愈后被送回村里,没想到铁蛋的直系亲属里,七大姑八大姨对孩子纷纷避之如瘟神。主要的问题是穷,没人愿意承担起抚养一个孤儿的重任。没办法,沈海天将铁蛋带回碧城,让失去亲人的孩子感受到家庭的温暖。年幼的沈灵均从此有了一个对她唯命是从的"小跟班"。

沈俊驰这个名字是沈海天取的,源自"俊彩星驰"。

沈海天一生都属于不甘人下的强者,他对自己抚养的两个孩子寄予无尽厚望。那时候沈海天工作繁忙,经常到全国各地出差,沈灵均13岁那年,母亲有了外遇,被沈海天发现,一怒之下将她扫地出门。母亲和那个比她小两岁的相好的,灰溜溜地离开碧城,从此失去联系,下落不明。那段暗无天日的时光,是沈俊驰陪着沈灵均度过的。父亲不在家的时候,姐弟俩相依为命,相互照料。他功课忙时,她照料他;她课业忙时,他照料她。到了高中,弟弟不仅会给姐姐做好吃的,还经常因为她,跟别的男生打架打得头破血流。

华美最鼎盛时期,公司扩张为华美集团,登陆 A 股,成为碧城赫赫有名的上市公司,旗下拥有纺织、印染、制衣、鞋帽、袜子、围巾等十几家大、中、小公司。最繁荣时年营业额高达 10 亿人民币,业务范围遍及亚洲、欧洲等十多个国家及地区,利润率高达 25%,连续多年给当地财政部门做出巨大贡献。

沈灵均大学时在法国一所服装学院学设计,每年过生日,父亲都会亲手给她设计时装作为生日礼物。穿在身上,那份独一无二的设计感与精良的制作工艺,让她幸福得像公主。那时的她,生活在男同学的爱慕与女同学的羡慕中,的确过着公主般的日子。

大学毕业后,沈灵均赴伦敦一所大学读 EMBA。九年前的一个夜晚,正在英国一家图书馆里为毕业论文查资料的沈灵均接到噩耗,父亲突发心梗入院。沈灵均连夜订机票赶回,到医院才知,近两年内,父亲已是第三次心梗发作。沈俊驰当时还在北京,大学毕业正准备考研,沈海天撑着最后一口气,等姐弟俩来到病床前,一左一右站在身边。他一手握住女儿的手,另一手握住沈俊驰的手,望着姐弟俩,眼睛里流出混浊的泪水。他想说句什么,却已经说不出话来。

按照沈海天的遗嘱,时年 24 岁的沈灵均正式接手华美集团。沈海天在遗嘱里叮嘱,由沈俊驰辅佐姐姐,把华美发扬光大。或许出于情分,或许出于留住沈俊驰让他效忠于企业的目的,沈海天赠予沈俊驰 15% 的企业股份。

沈灵均结束了英国的学业,开始了她的接班人生涯。同年沈俊驰终止了考研计划,与姐姐一起经营华美。令沈灵均没想到的是,自她接手后,华美的生意便每况愈下。尤其近年,受到互联网的疯狂冲击,传统制造业受伤极其严重,服装企业尤其苦不堪言。在现实大环境的逼迫之下,沈灵均与沈俊驰想方设法引进人才,投入巨大资金,开展电商业务,在研发设计、加工生产、品牌渠道运营等方方面面不断地进行改革、创新。

但无论如何呕心沥血地改革、创新、转型升级,都挡不住同行激烈竞争的挤对,尤其随着劳动力成本越来越高,商场专柜等流通环节的费用越来越高,企业利润越来越薄,盈利空间不断被挤压,连续几年,营业额不断缩减,规模不断萎缩,知名度不断下降。面对严峻的现状,沈灵均与沈俊驰在审时度势后,不得不对华美的业务进行全面收缩,砍掉了鞋帽、围巾等诸多旁枝工厂,核心力量主要集中到最初起家的专业:印染业与服装生产。

尽管缩了又缩,仍然举步维艰。在服装制造业全球大环境的寒冬下,华美的日子越来越不好过。最近三年,企业的经营收入与净利润也就维持在勉强运转的水平上。四年前,平安区在税务方面,突然进行了大幅度向上调整,这让华美的经营雪上加霜。

华美老厂区设备已落后,产能落伍,跟不上新的生产需求,如果不进行新的改制与提升,华美的发展将会更难。沈灵均经过反复权衡,动了迁厂之念。姐弟俩通过反复考察,在与平安区一河之隔的春雨区找到一块地,在魏市长的亲自斡旋和帮助下,经过与区政府协调,把地块拿下来。春雨区地理位置更偏一些,但土地成本低,区里招商引资在税收上给予了大幅减免政策。

三年前,春雨区的新厂区开始基建工程。在区政府的支持下,各项审批手续基本上一路绿灯。新园区面积是老园区的两倍大,生产线及排污设施引进了全球顶级设备。到今年年底,各项配套建设以及全新生产线的安装已经顺利完成,并通过国家各相关部门的严格验收。

新工厂正式开工暂定为年后的农历二月初二,选择"龙抬头"这个日子,是请风水师算出来的。

旧厂属于过去,新厂属于未来。沈灵均虽然对新园区以及未来的改善与向好抱以期待和憧憬,希望有一个全新的开始,但想到旧园区就这样舍弃,心底难免有些惆怅。毕竟是自己打拼了九年的阵地,就像养育了九年的孩子,有一种植根于内心的情结。可她并没有把它养好,不仅没有发扬光大,连守都没守好,老本营都要丢掉,父亲交给她一艘远航的豪华游轮,在她手里变成一叶找不到岸的小舟,如今小舟小心翼翼漂泊在汪洋大海上,一不小心就会遭遇巨浪吞噬的风险。不过她并不悲观,此番下决心建设新厂,也是放手一搏,拼尽全力寻求新的生机,扭转颓势。传统制造业在新时代转型期经历巨大阵痛,但政府一次次强有力的支持和帮扶,让沈灵均看到希望,对企业的未来充满信心。

万万没想到,就在迁厂这个节骨眼儿上,摊上了环境污染官司。

沈灵均接手企业这些年,各种官司纠纷没少遇到,但环境污染纠纷,还是第一次遭遇。

更可怕的是,牵涉人命,尤其是幼儿的生命。

她清楚地记得,父亲和自己谈过安乐村的建厂经历。当时沈海天着眼于长远布局,投入巨大人力物力,在厂区主体工程建设的同时,项目需要配套建设的环境保护设施也同时投入建设。所有建设标准依照国家《建设项目环境保护管理条例》的规定进行安全施工,验收达标后,工厂才正式投产使用。

七年前,区环保局接到村民举报,流经安乐村的安水河变混浊,怀疑是华美公司排污所致。环保部门约沈灵均谈过话,沈灵均和沈俊驰十分重视,针对厂区排污设施落后、老化等问题,华美向政府有关部门递交情况说明书及申请报告,市里面非常重视,当时主管环保的魏副市长亲自带队到工厂蹲点、调研,之后特批了专项资金。有了这笔钱,华美对工厂的排污设施进行了一次大规模的升级换代。之后每年,华美在厂区治污、防污、排污方面的维护费用都会有一笔巨大投入,以确保周边生态环境不受损伤。为避免纰漏,沈灵均对华美自己的检测部门要求极其严格,对工厂生产排放的废水、废渣定期进行严格样检。

华美在安乐村的工厂,近年来主要集中在两个项目:印染业和服装生产。这两个项目的生产流程只产生废水与废渣,不产生废气,废水与废渣并不会产生任何重金属。自发生女童冯月月慢性铅中毒事件以来,沈灵均要求工厂的检测人员对生产过程的排污排水与废料反反复复进行过十多次检测,从不曾检测出铅这种东西。国家相关部门的相关检测也印证了沈灵均和沈俊驰的自信:华美没有问题,华美可以随时接受国家环境保护部门的严格检测。

即便如此,法院仍然判决华美公司对冯月月死亡事件承担部分责任。

沈灵均拒绝接受。

如果华美确实存在重金属污染,她认,可是没有任何证据证明华美存在重金属污染,为什么要承担这个后果?

虽然判决只承担十分之一的经济责任,可仅仅是赔偿几万块钱的事吗?社会声誉呢?

任何有损华美声誉的污点与瑕疵,沈灵均都不能容忍。任何造成负面社会影响的不良事件,不仅关系到企业的生死存亡,关键是,作为一个企业家,如何向支持、帮扶企业的政府交代?拿什么底气去面对社会公众?

成玉皎啊成玉皎,那个来自村里、看上去斯斯文文实则带着点儿乡野味儿的会查县志的小学女教师,简直就是沈灵均的噩梦!

现如今做个生意多不容易。沈家一直兢兢业业做企业,没掘成家祖坟,成玉皎为什么非要跟沈灵均过不去?为什么一定要置华美于死地?为了钱吗?嫌给她的钱少是吗?那么她要多少钱才可以满足?

安乐村一百多户村民,住在华美厂区两公里处的村民有六户,为什么只有成家的小孩铅中毒?沈灵均都奇怪,这个铅从何而来?成玉皎为什么非要把这个事情死死摁在华美头上?她确定她母亲家那个小院的地底下就没有别的什么污染源?

退一万步讲,孩子出了这个事,是谁故意的吗?华美公司作为长驻安乐村的企业,在闻知冯月月患病后,以人文关怀的名义,派人送去五万元医疗费,可是被成玉皎拒绝了!

在成玉皎启动官司,非要把这个"铅中毒"坐实在华美公司头上时,沈灵均作为企业领头人,本着息事宁人、解决问题的态度,主动要求沈俊驰出面与成玉皎谈和。为了表达解决问题的诚意,沈灵均主动把人文关怀抚恤金从五万提高到十万、二十万、三十万。可是成玉皎贵贱不点头,非要打官司,不打这场官司仿佛活不下去,沈灵均能怎么办?

沈灵均视华美若生命。关系到华美声誉的事,哪怕丁点儿瑕疵,她都视之为洪水猛兽,以灭火抗灾的架势全力抵抗。这些年,但凡村里有人发生重疾,只要病人或病人家属对华美排污产生疑问,她都会迅速安排"人文关怀",以避免这些人在外面凭着猜疑胡说八道。

她的丈夫周术,是一名有着十四年从医经验的外科医生。他告诉她,如今社会上重疾率逐年增高,如果村里每逢有人生病,华美都要进行"关怀",如果狮子口越张越大,她管得过来?周术表示,他不是在意钱的事情,他更在意的是,她对待这类事件的态度,善良要有底线,爱心不能滥施,有时候,愚善会把自己推进深渊。

沈灵均不把周术的劝告放在心上,一意孤行。她认为他不懂经营,不懂企业和慈善的关系。父亲在世时,是有名的慈善家。她身上流淌着父亲的血,她和父亲一样愿意做慈善,只要力所能及,每年她都会或多或少做一点儿。工厂在安乐村这么多年,村民们前赴后继在工厂打工,为工厂做出巨大贡献。家里遭遇不幸的村民,只要找到她,她都不会袖手旁观。每次出钱的时候她都会想,这是做慈善。通过这些年和村民打交道,沈灵均发现,安乐村的村民大都朴实,有时候稍稍受点儿恩惠,都会把沈灵均当菩萨。沈灵均热爱这个口碑,她绝不允许这个多年积攒下来的口碑崩塌在任何负面事件上。

没想到遇到成玉皎这个难缠的主儿。用沈俊驰的话说,这是个重度受迫害妄想症患者,360度无死角的"刁民",最可恨的是,她是个造谣者,四处散播华美工厂重金属污染的谣言。

既然成玉皎热衷于打官司,那么沈灵均也不能被动挨打,上诉成了华美被迫无奈的必须之举。

车子来到华美工厂的老园区。

工厂还在有序地生产。一年前接了几个北美的大订单,工人三班倒,工厂连轴转,需要连续生产十八个月。虽然利润被压低至华美所能承受的极限,好歹还能维持企业的一口气,维持两千名工人有口饭吃。

沈灵均在几个车间里转了转。各个车间主任,以及每个看到她的工人,都会递给她一张憨憨的笑脸。这种时候,她觉得全世界都是善意的,她喜欢并深深地迷恋这种感觉。他们需要她,常年在这里劳作的来自周围二三十个村庄的两千名工人需要她。

一匹匹五颜六色的布料,通过饱含设计团队心血的创意,通过工人们勤劳的双手,变成一件件制作精良、标注华美品牌的服装,发往全国各地,发往世界各地,这让沈灵均感受到活着的意义与价值。

只要机器还在隆隆轰鸣着,就像农民有田种,有粮食收,沈灵均心里就会踏实。

今天到工厂来,主要是为了参与一年一度的辞旧迎新联谊会。

这是华美传统的企业文化。一年年沿袭下来,经济好时盛大一些,经济差时简约一些,哪年都没有缺席过。主要事务由沈俊驰一手策划与操办,不需要沈灵均做什么。她的作用就是过来致个辞,向工人们发表个致谢语,中途有个抽奖活动,她要给特等奖获得者颁个奖。

联谊会办得有声有色。时间从下午两点开始,地点就在工厂园区的小广场。文艺表演者不畏严寒,大叔大婶们说学逗唱样样齐全,虽然都是些乡村水准,但能带来热烈的欢乐气氛。当沈灵均看到一群二十来岁的年轻女工,在舞台上扭动柔软的身体,伴着悠扬旋律跳着青春的舞蹈,她强烈感受到华美焕发出青春的生机和活力。

华美需要这样的活力。这种活力是生命力,也是创造力的源泉。到了颁奖环节,获奖者是位四十多岁的大嫂,身材肥胖,面容粗糙,她因为个人脱口秀赢得特等奖。她第一次如此近距离地靠近董事长,沈灵均颁完奖,主动张开双臂给了大嫂一个拥抱,大嫂受宠若惊,激动得浑身发抖,她告诉沈灵均,她小女儿在读高中,如果到时候连三本都考不上,就让她回来进华美。她大女儿也在华美。

沈灵均喜欢这种其乐融融的场面与氛围,她需要工人们表达对华美的热爱与忠诚。岁岁有今朝,这是她发自内心的愿望。

在全球服装业寒冬的大环境下,无论多难,企业必须生存下去,华美这个品牌必须传承下去,对得住父亲的托付,这是支撑沈灵均一步一步走到今天的最执着的信念。

5

碧城东部寸土寸金的写字楼,海游律师事务所不显山不露水地隐居其中。

上午九时半,陈锦像往常那样来到所里。

进门后助理孙立递来一个眼色。顺着孙立视线,陈锦看到会客区的沙发上,坐着一名大眼睛女子。女子身着白色羽绒服、紧身牛仔裤,脚穿短靴,从服装面料与款式来看,应该不属于淘宝货,有点儿文艺小清新的味道;头上是没有经过精心打理的齐肩发,发质略显枯涩却梳得整齐。五官清秀,只是面部暗淡的神态与缺乏光泽的肌肤,透露着被生活摧残过的痕迹,同时也泄露出缺乏滋养的情感状态。脚上那双短靴,确切地讲是双旧靴,稍稍有点儿变形,但被擦拭得一尘不染。

多年的职业生涯,使陈锦练就出一双洞穿人际世事的眼睛。一个陌生人出现在眼前,只消一打眼,从其身材、衣着和神情,即可精准地判断出对方拥有的生活品质与所处的社会阶层。

尤其女人,过了三十岁,倘若还能保有人见人爱的姣好容颜与窈窕形体,除了高度自律,凭借的就是大把人民币与大把时间的堆砌。像眼前这个女人,毫无疑问正处于各种压力之下疲于奔命的阶段,哪有时间进美容院与健身房,更别说大把金钱的消耗。

陈锦的视线没有在女子身上过多停留,只淡淡扫过一眼,边向孙立要了一杯现磨咖啡与下午开庭的资料,边快步走进自己的办公室,开始一天忙碌的工作。

下午有案子要开庭。是个民营化工企业的环境污染纠纷案,涉及数千万的赔偿额。开庭前的材料整理,需要心细如发和电脑程序般的严谨推敲。她没有时间浪费在无效的事情上。

女子却不见外,跟在陈锦身后,三步并作两步来到门口,手指在透明的玻璃门上叩了两下。

"哎,这位女士,我刚才跟你讲过要等主任安排时间……"孙立冲过来欲制止成玉皎,被陈锦以眼神制止了。

在陈锦的点头应允下,女子走了进去。

孙立将一杯咖啡与一摞资料送进来,退出去。

咖啡香气在室内飘溢,陈锦端起咖啡,用小勺搅着,抬头望着女子。

无预约前来敲门,属不速之客,这让她略感不快,但没有表现出来。

"陈主任,我叫成玉皎,我是慕名来找您的……"成玉皎试图挤出礼节性的笑意,却没能笑出来。她眉目间忧愁紧锁。

来这里之前,成玉皎在网上做过功课。据可靠信息,陈锦是这个城市律师界做环境污染纠纷案最厉害的律师。她的光辉履历要追溯到十年前。当时有一个标的额数千万的接近死案的案子停滞了八年,原告公司已经绝望,抱着死马当作活马医的态度,提出以标的额百分之五十的酬金招募律师,试图绝地反击。因为看不到希望,没有律师愿意虚耗时间,时年28岁的陈锦接下案子。她历时三年,三年间没做别的案子,全心全意死磕那个其他律师眼里不可能有结果的案子。当时几乎所有和她关系不错的同行都提醒过她注意风险。主要是时间风险,如果官司失败,她将一无所获,还要搭进去大好时光。但陈锦认定目标,不因他人的议论与看法有所动摇。她抽丝剥茧,殚精竭虑,做了一个顶层设计,最终以强有力的证据,查出被告公司隐藏起来的财产,被告公司不得不卖楼赔偿。那是一场堪称教科书级的漂亮战役。那场战役使陈锦在律师界声名鹊起。

十年后的今天,陈锦成了这个城市律师界著名的"死磕派",擅长环保纠纷案,并且形成了气候。

在她的官方网站上关于她的介绍写着,她办案的准则只有两个字:依法。

期限是:过去,现在,永远。

这是成玉皎通过网络了解到的关于陈锦律师的基本资料。

一审没达预期,成玉皎觉得自己请的律师太差,没有尽力或能力有限。

每个走进这个门的人都称"慕名而来"。陈锦望着成玉皎,不失礼貌地问:"我们没有预约吧?"

"是的,我很抱歉,"成玉皎道,"我这个事情比较急,所以冒昧打扰您……"

来之前成玉皎打来电话,助理告诉她,陈主任一周内都没有时间。而成玉皎等不了太久,二审上诉所限的时间摆在那儿。

"陈主任,能给我几分钟时间吗?或许这个案子您会有兴趣。"

成玉皎的口才与表达能力相当不错,她以简洁、快速、直白的语言,把自己事件缘由以及此行目的完整清晰地叙述出来。

这个圈子不大。华美公司那个环境污染纠纷案,陈锦有一定了解。

一个没落的服装企业。不过,瘦死的骆驼比马大。那是十五年前平安区敲锣打鼓招商引资引进来的,如今仍是区里的纳税大户,解决了安乐村及相邻二十几个村子两千名青壮年劳动力以及中年妇女的就业问题。

在华美进村之前的漫长时光里,安乐村及周边那些村子,都是有名的空巢村,村里的青年男女及中年男女一年四季在外打工,只剩老人和孩子。华美进驻以后,在外面打工的和做苦力的人回来了一部分。年轻女孩考不上学的,也不往外跑了,或者跑出去混不好,又回来了,回来了就进华美工厂。华美给村民的工资待遇,据说还是蛮厚道的,至少村民没有因为薪资问题或企业拖欠工资闹过事。这就是贡献。尽管是日薄西山的企业,依然是有贡献的企业。

那个沈灵均,陈锦没见过她本人,但在《企业家》杂志上见过照片。从她姣好的面部特写与曼妙的身姿可以看出,这是一个肌肤状态与精神状态都特别好的女人,是那种容易让男人产生向往,让女人引发嫉妒情绪,像星星一样浑身上下都熠熠闪光的女人。不过,这些外在的东西并不算什么,真正让陈锦在心里有一点"刮目"的是,沈灵均作为海派回归的二代企业家,她那些关于智慧营销与时尚的理念令人耳目一新,尤其在发展企业的过程中,她提倡绿色发展、把环保问题视为重任,宁可损失金钱也不能损失生态环境的理念,与她父亲那一代企业家为了经济增长不惜牺牲环境的经营模式截然不同,陈锦看过那篇关于沈灵均的采访后,有那么一瞬,对这个女人肃然起敬。从采访文章看,是一位有担当、有觉悟、有社会责任感的企业家。然而令人费解的是,这样一位有着国际视野与先进环保理念的企业家,怎么会摊上环境污染官司?

人心都是复杂的。陈锦又想。表面一套,背后一套,说起来一套,做起来又一套,如今这样的双面人多了去了。面对镜头时,只是一个人设而已,不必当真。

眼前这个女人,和那样一个女人正在进行一场战斗。她是对手吗?

任何人都有战斗的权利。这个世界的奇妙之处就在于,一切皆有可能。只要你敢想,怎样不可思议的梦想,都有实现的可能。

陈锦沉默数秒,望着成玉皎,以不疾不徐的语调道:"成老师,我最近手头案子比较多,忙不过来。"

陈锦没打诳语。最近确实特别忙,手头签了合约的案子就有二十几个。但这都不能成为拒绝的因素,主要原因是,两天前,华美的沈俊驰先于成玉皎来拜访过。沈俊驰也是慕名而来。碧城是个小城市,律师圈也就巴掌大,哪个律师在哪个领域做过什么漂亮的案子,会第一时间传遍江湖。

沈俊驰的诉求是:二审目标达到零赔偿。

陈锦简单跟他分析这个官司的利害,告诉他,零赔偿是一个非常困难的目标。

沈俊驰希望她能够想办法"运作运作"。

陈锦表示考虑一下。她报出一口价200万元的代理费,沈俊驰不假思索地答应了。对他来说,钱不是问题,关键是要实现目标。双方的合作尚未最后敲定,约好今天中午见面再具体谈一下合作细节。陈锦没想到的是,成玉皎居然在这个时候找上门来。

"陈主任不想接这个案子,是吗?"成玉皎脸上流露出近乎绝望的表情。

陈锦明确道:"是,我没兴趣。"

"陈主任,来之前我了解过您,我很佩服您,敬您是条'女汉子'才来找您,您不会是害怕对手强大,连接都不敢接吧?难道那些江湖传闻都是假的?事实上,您根本就不敢迎难而上?"

不用激将我,没用。陈锦心里想,这个女人太无知,做律师的,如果害怕对手强大而不敢接案,在这一行能混到今天?再说了,你敬不敬我有什么关系?全世界敬不敬我都没关系,我根本不在乎别人敬不敬的。我做案子,在乎的是自己愿不愿意,有没有兴趣,能否给律所创造价值。

"成女士,我确实没时间,你已经浪费了我八分钟时间,抱歉,我要工作了。"

成玉皎觉得心脏被鞭子猛抽几下,再说什么都是徒劳,不得不起身从那扇玻璃门里走出去。

助理孙立送她到门口。他是一位二十岁出头的年轻人。他对这个案子也有耳闻,出于同情与善意,他告诉成玉皎,以他的经验,她这个案子,从对她最有利的角度出发,接受私下调解是最好的选择,不要再耗时耗力诉讼了,老百姓,不要轻易启动官司。

成玉皎机械地说声谢谢,一脸沮丧地离开了。

6

上午十一时,这是原定沈俊驰来律所敲定合作细节的时间。

然而陈锦并没有等到沈俊驰,却接到了他打来的电话。沈俊驰在电话里非常诚恳地表示抱歉,他告诉她,因临时出差,今天不能如约前来,案子的事儿回头再聊。

陈锦沉默了两秒钟,立即回道:"这个案子,就不用再谈了,我认真考虑过了,您的诉求,我运作不了,我办案的准则只有两个字,那就是——依法!"

在陈锦眼里,不守信誉是一种比不善良更恶劣的品质,对这种没信用的浑蛋,她一向深恶痛绝。

沈俊驰在电话那端轻笑一声,表示知道了。

华美大厦,沈俊驰坐在办公桌后,放下手机,唇边露出一缕冷笑。他没有出差,原本打算今天和陈锦把合同签了,可是计划赶不上变化。

昨晚与几个朋友吃饭,聊到华美眼下这个官司纠纷,沈俊驰谈到请陈锦律师做二审代理的打算,没想到,一提到这位知名律师,立即招来一片吐槽。一位姓邓的哥们儿谈到自己的亲哥和陈律师打过交道。邓哥是个亿万富豪,几年前因一个化工项目,引发环境污染纠纷,被人告上法庭,邓哥慕名找到陈锦,提出请她设法帮助转移一部分资产。陈锦表示,转移财产是违法的,她不能这样做。邓哥提出可以给她20个点的酬金,陈锦二话不说,当即就把合同签了。那场官司先后折腾了两年,陈锦收了邓哥一大笔钱,但最终资产转移并没按预期完成,而且官司还给打输了,支付了大笔赔偿,工厂关停告结。由于这场官司涉及商业秘密,法院几次庭审都没有对社会公开。

在座的另一个朋友也听到过这位大律师的各种江湖传说。在陈锦专业做环境污染案之前的年轻时代,主要替死刑犯、杀妻犯和强奸犯做辩护,经她之手输掉的官司超过了赢的案件。但这些事在网络上是查不到的,因为这位神通广大的律师早已经改头换面,并且通过各种方式把自己洗得一清二白了。还有,这位陈锦律师个性古怪,在本市法院方面,人缘并不好,内部消息有传,她曾与一位大法官开过战火,吵过大架,当庭责骂法官不依法行事。有几位庭长级的法官听到她的名字就犯头疼病。

在座几位对陈大律师有点儿了解的哥们儿对陈锦无不拍案惊奇:这位律师原本就是一条大尾巴狼,何故短短几年,摇身一变,竟把自己包装成头戴桂冠的律政女王?

沈俊驰总结了一下，觉得从外面另请律师没什么必要了。头顶光环的大律师尚且如此，其他律师就更不必盲目仰慕了。身边的赵长信虽然没什么光环加持，但专业的扎实性不逊色于那些所谓的大律师。关键是双方合作多年，知根知底，比那些大混子要靠谱太多。这很重要。

对于沈俊驰的爽约，陈锦很快释然。

这很正常。在这个圈子混了这么多年，类似的事情遇过太多次。每一次与当事人的合作，与商场任何一种交易谈判没什么不同。有的人高喊着慕名而来，还没谈两句先问收费，一听费用转身就走了；有的人谈着谈着基本谈差不多了，却突然莫名其妙消失了；有的人当她以为对方消失已经另请高明了，没想到突然又莫名其妙回头找她了。有的案子她觉得棘手，真不想接，对方会软磨硬泡乞求她来做；有的案子她很有热情和兴趣，合同都签了，可对方不知何故突然毁约去找别人了。什么人都碰到过。什么事都算不上奇事。每一个来了又去、去了又来的人，她从不追问原因。她笃信万事皆有因缘，所有的来与去，冥冥之中由缘分注定，存在的就是合理的。

从律所出来，成玉皎有一种想要放声大哭的冲动。

当然不可能当街大哭，不然连她自己都怀疑是否该看心理医生了。意识到有眼泪从眼角滚出，她用手抹了抹，背过人，抬手给了自己一记耳光。有什么值得掉泪的，没出息的东西，眼泪霎时被打了回去。

她推测这位大律师拒绝她，可能是因为担心她出不起律师费，从她身上榨不到多少油水。或者根本不屑于榨她。活成连律师都不屑于榨的人,得有多落魄。成玉皎低头瞅瞅脚上廉价的靴子,确实寒酸了点儿。但实力确实就在这个层次,自孩子生病到去世再到现在,她没有逛过女装商场,没有给自己添置过新的衣物和鞋子。此时此刻更没有时间和精力顾影自怜。

在海游律所所在的大楼下,成玉皎抬头朝上面望了望,瞅见一个窗口贴着另一家吴姓律师的电话。病急乱投医,她拿出手机拨号,很快接通了。她提出想过去咨询法律问题,对方告诉她,吴律师最快也要下午一点才能腾出时间。

看看时间,成玉皎决定在这儿等。心想下午一点上去谈事,谈半个小时就回学校,下午还有两节正课与一节自习,学校的工作不能耽搁。上午出来时与别的老师调了课,还向校长请了假,她能感觉到校长对她频繁请假的行为已经产生了不满。

成玉皎忽然困惑。下一步能走到哪儿,她完全没把握。连那个素昧平生的助理都劝她,不要打官司,她相信对方出于善意。

可是,真的是她愿意打官司?难道她喜欢打官司吗?她不愿意调解吗?

月月第一次住院,成玉皎出于对铅中毒的疑惑,曾找过华美公司。那是她第一次去找华美,接待她的是华美集团的办公室主任王先德。王先德没有置之不理,态度非常好,表示待公司了解清楚具体情况后,一定给她答复。

两周后答复来了,王先德代表华美公司,向她展示了公司各项排污指标全部符合国家标准的检测报告,然后明确告诉她:"大家都很忙,请不要再打扰。"

月月第二次住院,再次找华美公司,仍然是王先德出面,还是老一套,告诉她,华美生产和排污不存在重金属污染,请她不要在没有证据的情况下制造谣言、乱扣帽子、无理取闹。

除了华美的工厂,安乐村没有第二家生产企业。成玉皎不认为自己对华美存在制造谣言、乱扣帽子的问题。她觉得跟王先德谈不出结果,判断王先德只是一个执行者,而非决策者,她就去华美公司找华美的老板。那天在华美大厦找到总经理沈俊驰的办公室,走到门口,还没敲门,只听到虚掩的门里传来两个人谈论她的对话。

一个声音说:"沈总,那个女人又来了。"

另一个声音道:"是那个疯子吗?"

说她是疯子的那个声音,充满了轻蔑与傲慢。

成玉皎气就气在这儿,他们制造了污染,还不允许别人说出来,说出来就诬蔑你为疯子!

成玉皎觉得受到侮辱,一时气愤交集,一把推开办公室门,指着沈俊驰破口大骂:"沈俊驰!你才是天底下最大的疯子!我现在真希望自己变成一把火枪,一腔怒火喷死你们这群道貌岸然、污染环境、祸害社会的垃圾!"

沈俊驰一脸惊愕,目睹这个貌似老实巴交的女人当面发飙,太彪悍了,他有点儿不相信自己的眼睛和耳朵。

那是成玉皎与沈俊驰的第一次交锋。

能把一名人民教师变成野蛮人的人,其行为得有多恶劣?成玉皎原本是来谈事的,根本没想吵架,结果事没谈成,两名保安迅速追过来,像对待犯罪分子一样一左一右抓住成玉皎,强行把她拖了出去,并警告她,不要再来骚扰,否则报警处理。

被逼无奈,成玉皎向平安区环保部门多次投诉。环保部门对儿童铅中毒这个事件非常重视,约谈了华美公司。华美公司可能也不想把事情闹大,派人送来五万元"抚慰金",名义是"企业人文关怀",叫成玉皎签字。同时签署协议:接受"关怀"后"永不打扰"。

成玉皎觉得,这个字不能签。

一个孩子的健康权和生命权,在他们眼里就值五万块钱?她反复去找他们就是为了讨五万块钱,还落一个"疯子"的称号?这让她感到受到了奇耻大辱。

她认为女儿慢性铅中毒是华美工厂长期生产排污造成的,尽管暂时拿不出证据证明这一论断,但她对自己的直觉毫不怀疑。好好的孩子,怎么可能无缘无故地慢性铅中毒?母亲家的小院,有一块菜地,菜地旁有一口水井,三十年来母亲吃自己种的菜,喝井里的水,母亲认为她吃的是天底下最安全的菜,喝的是天底下最安全的水,月月半岁之前,一直健健康康的,去母亲家生活了两年,就慢性铅中毒了。什么原因?月月查出这个问题后,成玉皎特意让母亲吴桂秀也做了相关检查,吴桂秀查出慢性肾炎,并没有查出铅中毒,是因为孩子免疫力低下?抵抗力弱?

陪孩子治疗期间,成玉皎花钱请来检测机构,对小院里的土壤与水井里的水进行检测,检测结果得出,土壤与井水的矿物质包括重金属都是符合国家安全标准的,小院也干干净净的,小院四周除了两公里外的华美工厂,没有任何污染源。铅是从哪儿来的?

另外,如果华美公司心中没鬼,为什么在接受环保部门约谈后,主动提出"人文关怀"？排污就是排污，污染就是污染，既然有过错，就要按过错赔偿，"人文关怀"是什么鬼？干吗偷换概念？

在各种痛苦折磨中，女儿和母亲双双离世。

成玉皎被迫走上了诉讼之路。是的，她是被迫的。她不愿打官司，她害怕一切劳民伤财又没有把握的事情。可这件事不启动官司，根本没办法得到解决。最恶心的是那个"疯子"的称号，她不能原谅。

收到法院传票后，华美公司先前的轻慢态度稍有收敛，派王先德前来找成玉皎谈判。先后谈了三次，华美主动把"人文关怀抚恤金"提高到30万元，目的是让成玉皎撤诉。

不是成玉皎清高，也不是不需要钱。恰恰相反，为了女儿一次次不惜代价的治疗，她倾尽积蓄，还欠了外债。她从心里不愿意两败俱伤，更不愿你死我活，她希望尽快解决问题，不想把事情闹得沸沸扬扬、不可收拾。她提出两个条件：其一，协议里"人文关怀"这个词，必须换成"过错赔偿"；其二，沈俊驰诬蔑她为"疯子"，她需要沈俊驰为他的侮辱性言辞正式道歉。

只要华美接受这两个条件，成玉皎就同意签署协议书，承诺并保证永不打扰。

可是，华美高层，坚持认为华美没有过错，坚决不同意"过错赔偿"。沈家姐弟，宁死不承认华美公司与冯月月的慢性铅中毒存在任何关系，更不承认工厂的排污问题造成冯月月重金属中毒从而间接致其死亡。

他们要成玉皎拿钱签协议，理由必须是"人文关怀"。

僵持不下，"和谈"就这样搁浅了。

既然沈家不承认有过错,为什么要主动给钱?有无缘无故给钱的好事?是做慈善吗?做慈善就能洗清资本家手心里沾着的血污吗?

在沈家人眼里,成玉皎确实是个穷人,但她不需要"被慈善"。既然人家没错,如果接受了这笔"人文关怀"费,算怎么回事?女儿病故,就找工厂讹钱?

如果她签了这份协议,那么不就是明确向全世界承认,自己做这个事,就是为了讹华美一笔钱,那不啪啪打自己脸吗?那样不仅承认了自己是个造谣犯,还承认自己是一个诈骗犯。

最初成玉皎去找华美公司,村里就风言风语四起,有人讥讽她"不过是要点儿钱罢了";她向环保部门投诉,有传言称她"嫌钱太少";她启动官司,传言变成流言在村里沸沸扬扬,称"人心不足蛇吞象,想拿到更多的钱";更有甚者,连成玉皎任教的小学,老师间都有传言,"华美是大公司,沈灵均是有钱人,成玉皎想趁机多要点儿,将来一家人的养老费用都有了"。

当初成玉皎找王先德谈这个事时,曾在情绪激动时口不择言,说过"给我一千万也没法弥补这个事情给我带来的心理创伤"。

于是,在村里沸沸扬扬的流言里,最突出的一条是:成玉皎想要华美一千万。

她倒不怕流言淹她,也不怕村民怎么戴着有色眼镜看她,她只是觉得冤,她只是受不得那份屈辱!咽不得那口恶气!更加不能容忍的是,女儿就这样不明不白地死了,最终连铅中毒从何而来,都没弄清楚!

有几位远房亲戚,先后劝过她,劝她不要"作"。

他们认为,不管是"人文关怀"还是"过错赔偿",结果都是你得一笔钱。为什么不呢？日子已经很难,人死不能复生。你去告,你去作,能让月月回来吗？如果能,我们大家都和你一起去告。

连大公司都称"打不起官司",你谁啊？你作得起？人家是资产以亿计的集团公司,你和人家打官司,你这不是以卵击石、自不量力吗？

那些拖后腿的亲戚,成玉皎已经不再来往了。

在律所附近一家包子铺,成玉皎买了两个包子,再次来到律所大楼的台阶前,边吃包子边等下午一点与那位吴律师会面。

街道上有一层积雪,成玉皎心里也一片茫然。

陈锦从大楼里走出来。

无意间的一瞥,成玉皎吃包子的身影,撞进陈锦的视线。

那个女人倔强地坐在台阶上,一手拿包子啃着,一手拿矿泉水瓶,头发被寒风吹得凌乱,脸上冻出两块"高原红",在一瞬间,炭火般灼痛了陈锦生命深处的某根神经。

二十五年前,也是万物肃杀的严冬,13岁的陈锦与10岁的弟弟头戴孝布,身着孝衣,肩披麻片,被母亲领着,长跪于本市城阳区一个十字路口,陈锦端着父亲的遗像,弟弟捧着一块牌子,上写:"恳求目击者现身,跪谢！"

在街头摆麻辣烫小吃摊的父亲,在一个冬夜被一辆不按交通规则行驶的汽车撞飞身亡,肇事者借夜色逃逸。报警后迟迟不能破案,母亲领着姐弟两人,在父亲出事的地点长跪一周。那一周,每天午饭和晚饭,都是早上从家里带出来的馒头。那时没有矿泉水,也没有随身携带的保温杯,母亲与姐弟俩,每人一个豆腐乳空瓶做的水杯,早上出来灌的是开水,等到中午,馒头与水都已凉透,岂止是凉?那是冰。馒头成了冻馍,水成了冰水。他们冻馒头与冰水当作午饭与晚饭,母子三人整整吃了一周。所幸,上苍有眼,一周后,终于有两位路人站了出来。警方根据路人的回忆碎片,复原出肇事车辆的特征,顺利侦破,肇事者归案并接受了惩罚。也是从那时起,长大后做一名法律工作者的理想,在陈锦幼年的心里固执地种下种子。

那以后的漫长岁月里,陈锦每次看到冷馒头与冰水,都会条件反射般胃部痉挛。那段她不愿回忆、有意回避,却永远烙进生命,让她每想起就会心脏抽搐的往事,平时轻易不会主动去触碰。

成玉皎啊成玉皎,这个女人怎么这样倔强!

陈锦已经说过,没兴趣做这个案子,她听不明白吗?她为什么没有识趣地离开?她为什么在这个冰天雪地,拿着矿泉水与包子当午饭?她为什么让陈锦想到当年母亲在寒风里瑟瑟发抖的身影?母亲在五年前因病去世,如今的陈锦和成玉皎一样,也是一个不再有娘疼爱的孤儿。

陈锦已经很久不流泪了,即使在别人的葬礼上。

没有人注意到,陈锦伸出手指悄悄抹去眼角的泪滴。陈锦一如既往地不动声色,途经成玉皎身边的时候,不经意地停下脚步。

"成玉皎,"陈锦冷静地说道,"周六下午两点,你到我这儿来,把材料拿齐了。"

成玉皎咀嚼包子的嘴巴,顿时停下来,拿包子的手也定格在半空中。她抬头呆呆地望着陈锦律师,无法相信自己的耳朵,眼睛闪出之前没有的光亮。

"陈主任,您改变主意,同意接我这个案子了吗?"成玉皎觉得不可思议,几个小时前,陈锦拒绝的态度还那么坚决。

"你没有听错。"

"我想知道您的收费标准。"这是扎在成玉皎心尖上的问题。

既然慕名而来,难道没有事先了解一下收费标准?这话陈锦没说出来。她说:"按照标准,需要预付前期调查费用1万元,看你也挺难的,这笔费用给你打五折,其他的后期收费。"

"后期有什么费用?"

"若赢了官司,按预期拿到赔偿,以所里标准总标的额20%收取酬金;若输,我认栽。"

成玉皎用力点点头。

陈锦又道:"但有一个前提,我这儿人力有限,没有人有义务为你劳动,除了必要的前期调查,很多事情需要靠你亲力亲为,我能做的,就是给你支支招儿、指指道儿,我做不到的,也请谅解。"

"我什么都愿意做。"成玉皎心想,大律师能给支支招儿,这已经是一份幸运。

"你的终极诉求是什么?"

"真相。"

"很好,"陈锦望着成玉皎的眼睛道,"你听着,这个案子,我们做两场诉讼:其一,行政诉讼,起诉平安区环保局行政不作为和监管不力;其二,民事诉讼,上诉华美公司环境污染,要求损害赔偿……"

第二章　走马上任

1

平安区环保局被起诉了。

诉讼缘由为行政不作为与监管不力，所致安乐村村民遭受重金属污染致病死亡事件。

收到法院传票时，平安区环保局局长尹红大吃一惊，她知道有个叫成玉皎的女人一直在闹事，因女儿出事而到处投诉，但万万没想到她会起诉环保局。待镇定下来，尹红第一时间召集属下，一方面紧急商议如何尽快"灭火"，一方面叮嘱属下"一定把事情给压住，千万不要捅到上面去"。

然而，纸包不住火。不过几个小时，事情还是给"捅"了上去。不知什么人"捅"的，不仅"捅"到区里，区领导还第一时间向市领导进行了汇报。碧城的环保工作以前由副市长魏鹏远分管，四年前魏鹏远履职市长，仍然主抓环保，几天前刚刚主持召开了该市第九次生态环境保护重点指标任务和中央生态环境保护督查反馈意见整改情况调度会，在会议上再次强调各地区与相关部门要认真落实省生态环境保护督察方面的各项精神,抓好抓实各项环境问题的查办与解决,重点强调尤其要重视乡镇、农村地区切实保护好水资源的问题,实现河畅、水清、岸绿、景美……会议上相关部门在汇报工作时,36项中央生态督察问题整改任务完成了33项,2878件群众投诉案件办结销号了2876件,形势一派大好的样子,自始至终没有任何人提到过发生在平安区的污染事件。当得知平安区环保局因为行政不作为和监管不力被起诉一事时,魏鹏远的震惊程度可想而知,进一步了解被起诉缘由后,现场电话办公,批示有关部门给予平安区环保局局长尹红同志"责令辞职"的行政处理,原因是"不作为、不担当、失职失责、形式主义、工作懈怠、造成社会不良影响"。

头一天收到法院传票,次日接到"责令辞职"的处理,尹红急火攻心,深夜突发脑溢血,凌晨时分被家人送往医院。尹红时年五十三岁,还没到正式退休年龄,原打算只要不出什么乱子,平平稳稳再过个两年就退二线了,将来退休享受个待遇,这辈子也算圆满了。没想到临了当了被告,还被责令辞职。按相关规定,"责令辞职"的干部,一年内不得安排职务,两年内不得担任高于原职务的领导职务,职业生涯基本"交待"了,原计划中退休后的待遇保障也就此泡汤。

三十六岁的郑纯临危受命,被火速调任平安区,接替局长一职。

在此之前,郑纯在碧城小镜区环保局做副局长兼环保监察队长,在职期间破获多个企业违法排污大案,获过二等功,市环保局局长周明在七八位候选人中,不假思索地选中了她,指派她到平安区处理棘手问题。

不过,她没有表现出升职的喜悦。平安区是有名的穷乡僻壤,资源匮乏,自然环境恶劣,基础设施薄弱,交通、教育、卫生等各方面条件都远远落后于城区平均水准。自十五年前华美公司在此建厂,村里经济状况逐步改善,村民生活水平明显提高。翻看多年前相关资料,华美在村里修路,建设小学校,诸多为人称颂的善举,曾一度被传为佳话。

这样一家企业,一夜之间卷入重金属污染纠纷,还连累区环保局当了被告。直觉告诉郑纯,这是一个烫手山芋,临危受命的她仿佛坐到一个火炉上。周明局长要求她"尽快查明平安区有可能存在的污染问题,尽快解决村民成玉皎反映的问题,处理好由此引发的诸项不稳定因素",说这是上级领导的工作指示,必须要办妥、办好、办扎实,不能有任何闪失。尽管没有明示"尽快"具体要多长时间,但郑纯切切实实感受到了压在肩上的千金重担。

她很清楚,华美这桩纠纷,涉及自然环境与村民生命安全,处理好了是本职工作;处理不好就是失职,不说遗臭万年吧,稍有不慎便成为污点,影响个人的职业生涯是小事,被当地百姓戳着脊梁骨吐唾沫星子那将终生抱憾。

上任头一天,郑纯穿着藏蓝色制服,自己开车过来。没有欢迎仪式,没有寒暄,没有缓冲,到办公室打个转,目测了一下新的"战斗"环境,放下包就迅速召集人员开会,针对华美公司生产排污的监察监测一事,进行全面分析与部署。

会议室里,与会人员清一色藏蓝色制服,东面一面墙的小黑板上,监察队队长雷风行娴熟地勾勒出安乐村居民分布情况以及华美公司的位置图。

一条安水河自北向南,依村而流。

安乐村位于河水西岸,从电脑3D图看,小小村落,如同一枚树叶,坠在安水河畔。166户村民,时而有序,时而无序地散布在"树叶"上。

华美公司也在河水西岸,位于"树叶"最下端,即安乐村南部,距安乐村约两公里距离。成玉皎母亲吴桂秀的家就在村子最南部的边沿上,她属于距华美公司距离最近的村民之一。

"安乐村患大病的家庭有统计吗?"郑纯问。

"安乐村现有166户居民,目前27户家有重症病人,平均每六户家里就有一个重症患者。"雷风行答。

"主要什么病症?"

"常见的大症、重症,癌症居多,没有规律性。"

"吴桂秀这种距华美两公里范围内的村民,还有几家?"

"一共六家,"雷风行立即心领神会,"其他五家没有人发现慢性铅中毒或其他重金属中毒的情况。"

"安乐村有没有其他生产小厂?比如隐蔽的小作坊之类。"郑纯问。

"华美工厂是这个村子唯一的生产企业。"

"安乐村周边20公里范围内的企业、工厂总共有多少家?"郑纯继续问。

"安乐村外围的安兜村和清水村共有三家工厂,分别为玻璃厂、饮料厂和饲料厂,这三家工厂在成玉皎启动官司这一年,我们进行了数轮排查,都没有问题,没有发现重金属中毒情况。目前嫌疑最大的,仍然是距安乐村最近的华美印染厂,印染厂主要涉及排水问题,但奇怪的是,即使我们对印染厂实施最严格的监察和检测,截至目前,都没有发现异常。"

"华美这家印染厂,每天的进水量和出水量相差多少?"之前做过五年环保监察大队长的郑纯,一针见血直指要害。

对企业偷排污水,环保监察有一个最重要也是最有效的监察手段:在合法排污的情况下,进水量和出水量原则上是相当的,即使有出入,也在合理范围内。比如一家印染厂,每天使用自来水公司10吨水,而排出只有3吨水,另外7吨水上哪儿去了?必然存在严重的偷排嫌疑。企业用水的进水量和排水量,都有水表与相关设备实时显示。环保监察部门通过电脑监测设备,实时监测跟踪。通常情况下,企业是否存在偷排行为,通过进水量与排水量的监测,立见分明。

"华美印染厂只要机器开动正常生产,每天使用水量15吨左右,排出水量15吨半左右,我们电脑里可以查到,华美近七年的进水量和出水量,没发现过超出合理范围的水量出入。"雷风行对答如流。

"怪就怪在这里,"办公室主任老毕说,"华美公司所有的排污指标,都符合国家生态环境安全标准。"

"现在符合标准。"郑纯继续追问,"七年前呢?"

"七年前我还没参加工作,对当时的情况还不熟悉。"雷风行说。

"有熟悉的吗?"郑纯目光落到主管环保监察的副局长程永利脸上。

程永利四十多岁,平安区本地人,在该局工作十五年,也是一名老环保人。

"那时候我们这方面的监察设备还比较落后,手段也没现在这样先进,如果没记错的话,七年前华美公司对排污系统做过一次改造,改造以后,排污方面一直符合环保标准。"

"有问题才进行改造的吧?"郑纯不放过一丝疑问,犀利地问道,"当时是什么契机让华美对排污系统进行改造的?"

作为一个干了整十年环保监察的环保人,郑纯再清楚不过,排污改造是需要成本的,需要人力物力以及大笔的资金投入。很多违法偷排企业之所以铤而走险,就是为了省钱。

"七年前的事情,记不太清楚了,当时有村民到局里反映情况,说是安水河河水颜色变黄变浊,局里约谈华美负责人,他们倒是配合,第一时间进行了改造。"程永利说。

"反映情况的是哪位村民?现在能联系到吗?"

"记得是一位八十多岁的老人。"程永利说,"可以试着联系一下。"

"马上联系,给我个准信儿。"

"是一位孤寡老人,两年前已经去世了。"另一个熟悉安乐村情况的监察队员道。

仿佛侦破的线索戛然断掉,案情进入扑朔迷离之地,在座所有人陷入沉默。

会议室内的一面墙上,挂着一幅书法作品。

"像保护眼睛一样保护生态环境,像爱护生命一样爱护生态环境",两行楷书,横平竖直,遒劲有力。这是郑纯的上一任局长尹红向书法协会的一位知名书法家请来的字。她把它镶嵌在木质镜框里,端端正正地挂在会议室里。

"安乐村的土壤、居民家里的自来水、华美印染厂排水口的水,以及华美厂区内部,有没有暗渠、暗沟、暗坑,从现在开始,实施顶级手段严查,铅来源必须查清楚!"郑纯的视线扫过在座的每一个人,斩钉截铁道。

在座每一位都清楚,环境污染的危害性一点儿也不逊于传染病,尤其是重金属污染,人命关天。对嫌疑企业保持高度警惕与合理怀疑,宁可严过头,也不可留漏洞,是郑纯一直秉持的执法原则。

雷风行道:"那就干!"

"不查个水落石出,自动让位,谁能干谁上,"郑纯道,"包括我。"

几位部门主管相互看了一眼。

"从现在开始,实行错时执法,加大日常巡查的力度与密度,夜里、暴雨天、暴雪天、节假日,不放松丝毫警惕,查出问题,不管是谁,绝不姑息。"

散会后郑纯留下老毕,要他跟海游律所的陈锦约一下,下午过去拜访。两分钟后老毕放下电话说,陈主任回复今天下午每个钟点都排满了。郑纯叫老毕约明天上午。老毕拨完电话道,陈主任说明天上午有案子开庭,明天下午时间也已排满。不过,今天中午午饭时有一刻钟时间。

郑纯抬腕看表,不假思索道:"马上出发。"

一辆半旧面包车,老毕开车,郑纯坐后座上,驱车近两个小时,从平安区出发,中午十二时五十分,准时出现在位于碧城主城区的海游律所,助理孙立把两个人领进陈锦办公室。

长方形的办公桌像一张谈判桌,双方在桌子两侧坐下。

陈锦一脸淡定,尽管郑纯心里烧着几把火,却不得不在脸上挂出一幅风轻云淡的风景,以免在气势上落下风。

"郑局长,无事不登三宝殿,"陈锦微微一笑,"时间宝贵,不妨开门见山吧。"

"那就直言不讳了,"郑纯道,"我的诉求是针对平安区环保局的诉讼,希望诉讼人撤诉。监察队正在严查相关嫌疑企业,我向您承诺,只要查出问题,局里一定会把报告公布于众,同时作为证据提供给贵方,配合贵方完成对污染企业的上诉。"

"我的当事人恐怕不会同意。"陈锦收起唇边的笑意,严肃道,"在过去的三年里,成玉皎因为女儿慢性铅中毒,先后十余次拨打区长热线,每次都会得到热情答复,答复她会尽快责成有关部门严办此事,但事实上每次到了'有关部门'这个阶段,也就是说,事情被移交到平安区环保局这个阶段,便不再有进展。贵局先是没有下文,迟迟不给答复。每次我的当事人不得不前往贵局反映情况,贵局态度非常好,但没有任何实际行动,在我当事人反复催问、跑断腿的情况下,终于在两个月前,得到贵局答复。行政答复上,贵局信访办公室一位工作人员竟然以"水利不上岸,环保不下河"为由,让我的当事人去找水利部门解决,把这个事情推到了水利部门……这个事我的当事人有录音为证,如果不是万般无奈,我的当事人是不会诉诸法律的。"

郑纯仿佛被猛扇了一记耳光,脸上火辣辣的,刚刚演出来的风轻云淡瞬间一扫而光,毕竟这一亩三分地现在由她在主政,哪怕是前任的遗留问题,也须由她负责解决。

"我很抱歉,"郑纯硬着头皮道,"这个事没有商量余地吗?"

"没有!"陈锦很坚决,"不过您不用担心,从法律上讲,您前任的遗留问题,不会影响到您个人的仕途。"

郑纯仿佛又挨了一记耳光。在陈律师眼里,她做这一切,只是为了个人仕途?

无功而返。回程路上,郑纯的脸色难看得吓人。

接任这个职位之前,她对前任尹红的履历有过简单了解。那时平安区还是平安县,幼时的尹红家贫,高考落榜没有复读,由于热爱文艺,在县文化馆谋了一份临时工做,几年后因工作出色而转正。之后被调进县文工团拉二胡,由于半路出家,专业水平有限,登不了台,后改做后勤,后勤工作做得非常出色,在单位有着较好的口碑。几年后从县文工团调进县文化局,一步步做到办公室主任的职位。又过了几年,尹红从县文化局调进县环保局做办公室主任。后来平安县撤县改区,尹红年纪也大了,就在区环保局扎了根,不再左右腾挪,后来干到副局长、局长,直至突发脑溢血。

在今天来律所之前,郑纯认为尹红的问题主要是在于缺乏专业水准。来过律所之后,这一看法有所改变。可以确定,尹红不仅不专业,且没有认真负责地履行过自己该担的职责。设身处地地想想,如果换作尹家人铅中毒了,她也能默认工作人员说"环保不下河"?成玉皎到处告状令人生厌,但忍了三年祭出这一招,也算能忍了。若换一个暴脾气的,估计早把尹红的家门给踢碎了,她的脑溢血可能来得会更早一些。

郑纯要求老毕回去后马上调查当初给成玉皎答复"水利不上岸,环保不下河"的工作人员是哪位,追究其责任。如此敷衍潦草、不负责任的工作态度,令人无法容忍。

没想到老毕说:"那是信访办公室的小章,是个临时工,九〇后,上个月辞职了。"

郑纯问:"为什么辞职?"

老毕说:"小章媳妇生了二胎,他在我们这儿拿这点儿工资养活一家四口比较困难,去东莞打工了,那边能多挣点儿钱。"

少许,老毕似替小章辩解,又道:"这事其实也怪不得小章。"

当初成玉皎数次到局里反映情况时,曾有监察队员向老局长尹红提出查华美公司的排水问题。尹红在了解了相关情况后,语重心长地对属下说:"成玉皎怀疑她女儿重金属中毒是排水造成的,而华美工厂的排水都流到安水河里去了,河里面的事,归属水利部门管,我们没有必要去管人家水利的事,也没有理由给人家水利部门添乱,我很赞赏你们年轻人的干劲与冲动,但中国有句老话也不能忘,'自家各扫门前雪,莫管他人瓦上霜',我们局里能干事的就这么几个人,可是平安区又不是只有一个安乐村,另外还有十几个村子,还有其他几家工厂企业,那些企业的排污问题也都要我们管,而我们的人力又十分有限,岸上的污染管明白了就行了,不要去插手水利部门的事。"

其间,监察队对华美的排污情况查过几次,始终没查出问题,加上尹红这个态度,事情就这样不了了之。

老毕没有把老局长这番原话转述出来。他沉吟一下,道:"郑局,前些年生态环境这方面,没现在这么严格,也没有联合执法这一说,按以前的老规定,老局长也没做错什么,可能就是不愿招惹麻烦。"

郑纯沉默着。如此看来,尹红在将要退休前的几年里,基本不干事了。不求有功,但求无过,不作为就不会出麻烦。面对问题,她堵住耳朵,蒙住眼睛,以为这样就可以蒙混过去吗?

2

华美大厦顶层,是华美的私人会所,名字叫尚湾。

尚湾不对外营业,只用来私人宴请。

踏进这扇门的客人,可以欣赏到世界上最艺术的餐饮文化空间,享用到来自广东顺德的国内顶级粤菜名厨的烹饪手艺,体验到最贴心的服务,最重要的是,这份尊贵的体验可以获得心理上的巨大满足。

尚湾有两个餐厅:中餐厅与西餐厅,分布在两个不同区域。中餐厅这边有两张餐桌,一张是可以容纳二三十人用餐的大桌,一张是仅供三五好友小酌的小桌。两张餐桌各成一统,分别坐落在两个区域,区域与区域之间被水系与绿地、雕塑与艺术品环绕。整个尚湾绿植成林,鲜花簇拥,270度瞰海,在夜晚的灯光下美轮美奂,如梦似幻。

这两天有好消息。

思儿酒店的老板从国外回来,沈俊驰飞了一趟上海,顺利完成谈判,如期拿下订单。另外,JE航空的空勤新制服,华美正在参与竞标,关于飞行员制服与空乘制服,几位设计师分别给出了十套可供选择的初步方案,JE高层均给予认可与赞赏,商务洽谈正在顺利进行中。

沈俊驰简直就是一个公关高手与商业天才。这些年,公司所有对外的业务活动,包括与工商、银行、税务等方方面面关系的协调,都是他一马当先地冲锋在前。得益于他的大包大揽与负责担当,沈灵均被保护得完好无损。长期浸淫于商界的她,平日可以做到任性地拒绝自己不喜欢的任何酒局。

借着沈灵均生日,沈俊驰摆了一场小范围的酒宴。

在尚湾中餐厅的大餐桌上,来客有二十来位,都是沈俊驰精挑细选出来的贵宾。尚湾这个圈子,从来都是有门槛的。商界的新锐、银行的要员、文艺界的精英,其他行业的老总、企业董事,还有两位媒体的一二把手。

有细心的客人发现,男主人——沈灵均的丈夫周术缺席了此次宴会。

周术是有名的"宠妻狂魔",在人们印象里,那个身形健美、一口白牙,在这个城市医学界赫赫有名的外科大夫,与这个城市最美丽的女企业家,他们的婚姻简直佳偶天成,一度被传为佳话。如此重要的场合,男主人的缺席有点儿反常,这是个令人心生疑惑的事。沈灵均微笑着向朋友们解释,周术此时正在医院手术台上给一位病人做一场大手术,但他的礼物,一套小克拉的蓝宝石首饰,已经提前送达。

喝的是年份白酒。酒桌上的沈俊驰风度翩翩,一杯接一杯。欢乐祥和的氛围里,沈灵均穿着自己设计的白色小礼服,像一位多才多艺的公主,坐在一架被绿植簇拥的钢琴前,弹了一首《秋日私语》。

这是一首诠释爱情的音乐,并不复杂的旋律,悠扬而抒情,抒写着低调的深情与华丽。音符经过她的纤纤十指,似精灵般行云流水地飞翔在空中,又如天籁,静静流过每一位听众的身体,把听众带入枫叶飘飘的浪漫秋日,又仿佛徜徉于广阔草原,心灵变得柔软而纯净,让人追忆着世间无数种美好。

听着这样美妙的曲子,任谁都不会想到,脸上保持着优雅微笑的弹奏者,正经历着各种不如意与烦恼心事的煎熬。

一曲终了,吹过蜡烛,分过蛋糕,客人们也喝得差不多了,夜已经很深,盛宴的上半场结束了,醉意蒙眬的人们意兴阑珊,开始下半场的自由活动:有好久未见的人一对一地亲密私聊;有人在餐厅旁的歌舞厅或一展歌喉,或翩翩起舞……沈灵均是今晚的主角,在客人离场之前,她不能失礼地提前离场。在一个无人注意的角落,沈灵均望着纵情狂欢的人们,一个人喝着闷酒。

这个生日更像是一场表演秀,她过得一点也不开心。沈灵均本来不想办这场秀,但沈俊驰坚持要办。在她结婚之前,每年的生日,只要姐弟俩在一起,沈俊驰都会给她买蛋糕,或者亲手给姐姐做蛋糕。用他的话说,她是自己在这个世界唯一的亲人,一年一度的重要日子,怎么可以潦草?再说,圈里朋友都知道,她的生日宴年年办,今年为什么要例外?就因为那个成玉皎?完全没必要。

不能让外界猜测华美真的有事,不能让那些在阴暗角落里等着看华美笑话的人得逞。

按原计划,沈俊驰还邀请了另外两位要客,也是沈俊驰最想邀请的两位客人。一位是主管经济的领导孙某,这位领导以老婆生病需要陪伴为由,婉言谢绝了;另一位是平安区的领导赵某。赵某算是实诚,语重心长地在电话里说,俊驰啊,眼下这情况,你姐姐的生日我还是不去了,有事电话里讲。

沈俊驰与二位的私人关系一向不错。逢年过节少不了往家里去坐坐,像养护幼苗一样悉心呵护这些关系。

现在,约顿生日饭竟难以成行。

那天在办公室,沈俊驰放下电话,沉默了一会儿,从牙缝里挤出一句脏话。

沈灵均没有那么偏激,她理解趋利避害的人性本能,但还是内心失落。她敏锐地觉察到,这似乎是一个信号,传递了某种负面的信息,而且这种向坏的连锁反应,正在悄然无息地生长。

而这一切,完全是始料未及的。

原本计划请陈锦律师来做二审上诉,沈俊驰对这件事情的处理让她失望。没请到倒罢了,不知何故陈锦竟站到敌方阵营。对此沈俊驰也颇感意外。他查了陈锦的经历,从她经手的案例来看,她属于功利派——为钱服务。能请到陈锦,成玉皎使了什么魔法?沈俊驰百思不得其解。

第二个没想到的是,在陈锦的布局和操控之下,成玉皎把区环保局给告了。更没想到的是,老局长尹红被"处理"了,一夜之间病倒了。这样的节骨眼儿上,尹红的倒下,对华美来讲,是重大一击,简直是打了个措手不及。

客观地讲,尹红与沈灵均姐弟没有什么特殊关系。尹红虽不与华美靠近,但也从不得罪华美。尹红最大的特点是胆儿小,不惹事,不做跟当地企业过不去的事。华美公司的事,只要不太违反原则,睁只眼闭只眼就过去了。七年前有人举报安水河河水变黄,写了三封信给区环保局,尹红约谈过沈灵均与沈俊驰,之后沈灵均向市里有关部门申请"扶持",在当时主管环保的副市长魏鹏远的支持下,获得一笔专项资金,有了这笔钱,沈俊驰及时对工厂设施进行升级改造,没有造成不良社会影响。

如果尹红还在任……可是,没有如果。

通过对郑纯过往工作经历的了解,沈灵均发现,这个出身于碧城一个县城胡同的女人,由于不甘忍受家境的贫穷,从初中起,每早五点起床背书,凭着一股超于常人的拼劲儿,通过高考改变了命运。参加工作以后,郑纯属于典型的工作狂,为了整治那些污染企业没日没夜地拼,手腕特别强硬,据说还是个"铁面",有些企业的负责人想请她吃顿便饭难如上青天。有个小老板想方设法打听到她家地址,在单元门口守了一个多小时才进去,将几袋红菇等并不值多少钱的土特产放到她家门口,她第二天就以顺丰快递的方式寄回到小老板的公司……这些都是传言。传言中就是一个不近人情、六亲不认的主儿。她为什么会这样呢?真的是一心一意为人民服务吗?沈灵均唇边露出一缕不可捉摸的笑意,或许,她似乎不甘心只做一名普通的环保工作者,她想弄出点儿大的动静,想要建功立业?要更高的职务以拥有更强有力的话语权?抑或小时候因家境原因在社会上受压抑太严重?即使如今成功跻身于城市中产,这个女人仍然要比一般人更需要一种发号施令、权力在握的存在感?不管怎么说,这是一个与尹红完全不一样的环保干部,一个让沈灵均想一想就会产生头痛感的人。

沈俊驰端着酒杯走过来,在姐姐对面的软椅上坐下。幽暗光影中,他仿佛看透姐姐的心思。

"她是一个难对付的人。"沈俊驰说。

他没有说名字,沈灵均立刻会意,他说的是郑纯。她没有回他。他把杯中酒一饮而尽,又道:"要么把她变成第二个尹红,要么……"

沈灵均与弟弟对视,从沈俊驰的目光中看到一股逼人的冷气,不觉心头一凛,脱口而出道:"沈俊驰,你给我听着,不能胡来!"

沈俊驰呵呵一笑,道:"姐,看把你吓得,我怎么会胡来呢?你放心好了,一切跟着规章走,照章办事,不会出错的。"

3

这是一条位于居民区的商业街,街道狭窄拥挤,道两边五花八门的店铺招牌与广告语,如同五颜六色的狗皮膏药,密密麻麻在各家店铺门楣上招摇,不起眼的鲜花店、咖啡店与时装店,间或隐居其中。在一家小服装店旁,成玉皎终于找到"成光超市"。

一间小超市,面积约六十平方米,经营日常生活用品、水果杂粮、熟食面点、各种绿色有机蔬菜。成玉皎向一名店员询问老板在不在。店员说不在。问什么时候能来。店员说不知道。成玉皎在店里转了转,大多数蔬菜价格比她平常去的农贸市场贵上一些,她选了两棵大头菜,只有大头菜比农贸市场每斤便宜一毛钱。付完钱,她在超市门口晃悠。

成玉皎来这里找人,找超市的老板吴成。

陈锦律师在审阅过案子一审的全部材料后告诉成玉皎,从双方提供给区法院的证据看,一审判决非常公正,所以,如果二审上诉不能提交强有力的新证据,做不到一剑封喉,这场官司就会失去意义,极有可能驳回上诉,维持原判。

可是,如何获取有突破性的强有力证据?

做前期调查时,陈锦敏锐地发现一个重要人物:华美制衣的前技术总监——吴成。

吴成是外地人,父母在某三线小城里的一家国有纺织企业做了一辈子工人。吴成大学念的是纺织印染专业，十年前毕业，受同学沈俊驰之邀来碧城发展，在华美公司从事印染厂的技术工作。在华美做了七年，从普通职员做到技术总监。然而奇怪的是，三年前，正当吴成在华美登上自己职业生涯的巅峰时，突然从华美辞职。之后他去深圳晃了半年，没有干成什么事，又从深圳打道回府，回碧城后，开了一家小超市维持生计。

陈锦有一种预感：吴成就是那个她苦苦寻找的可以对华美污染案一剑封喉的关键人物。

华美的排污情况，无论违法排污，还是合法排污，吴成都是无可逃避的知情人，他手里应该有本案最重要的真相：可以一刀扎在华美肺管子上的核心武器。

按几个事件的时间线倒推一下。

那年冬天，成玉皎女儿查出铅中毒，一周后这个事情在安乐村传开。一个月后，成玉皎第一次找华美工厂提出疑问，同时向平安区环保局反映情况。三个月后，吴成从华美提出辞职。

"从时间节点看，这不应是一种巧合，"陈锦说，"这些表面上看起来没有什么关联的事情，事实上有一种内在的必然联系。"

"也就是说，吴成了解一些华美的黑幕，我女儿的事情把他吓到了，担心出事后要承担责任，所以金蝉脱壳及时抽身？"成玉皎的理解力跟得上陈锦的思路。

"不要用'黑幕'这个词，"陈锦纠正她，"任何事情在掌握确凿证据之前，都不要轻易定性，我们要为从嘴里出来的每一个词负责。"

"内幕。"成玉皎顿觉双颊发热，不过很快回到正题，又疑惑，"这样的推理能够成立吗？"

陈锦道："吴成与沈俊驰的私交还不错，按常理，一个人在一个单位干得挺好的，为什么会突然辞职？而且辞职时间恰恰在居民发生铅中毒之后。"

这个思路，确实没办法不让人浮想联翩。

毕竟吴成离开华美后，去过深圳，但并没有得到更好的机遇与发展。在深圳受挫后重返碧城，开间小超市，眼下生意难做，也就糊个口，并没有比在华美做管理好到哪儿去。

"如果这一推断成立，说明这个人还有一线良知，良心未泯。"陈锦又道，"他心里非常清楚违排的危害与后果，不愿同流合污，又不敢得罪沈家姐弟，离开华美，明哲保身，是他能做的最好选择。"

那么问题来了。吴成愿意把他所了解的事实说出来吗？他愿意站出来做证吗？

成玉皎第二次来到成光超市。

头一次来，是前天。中午放学后，她从学校出来——一天中也就这个时间段能够稍微轻松点儿。到成光超市后她装作买东西，在里面"考察"了半小时，又在超市门口转了半小时，也算皇天不负有心人，就在她打算离开时，一辆皮卡车出现在狭窄的街道里，缓缓停在超市门口。车门打开，从驾驶室里跳出一个人，成玉皎一眼就认出是吴成——在此之前，她从陈锦提供的资料里见过吴成的照片。

他有着极高辨识度的相貌：个儿高肤黑，平头，长条脸，不爱笑，猛一看，有点儿像悬疑片里的冷面杀手。成玉皎印象最深刻的是吴成的眼神，冷冷的，眼底仿佛藏着两口万年不化的冰窖。

吴成与一位店员从车厢里往外搬卸货物,成箱的牛奶、酸奶和果酱卸在店门口。卸完了,又往店里搬。成玉皎就在旁边等着,等他们搬完,她主动走过去,做了自我介绍。

在这次见面之前,成玉皎按照陈锦提供的吴成的手机号,发过信息,拨过电话。但吴成电话不接,信息不回。成玉皎把号码存在手机上,试着加对方微信好友。几个小时后对方终于加了,但她刚刚自报家门,尚未展开话题,对方便借口忙,中止了谈话。成玉皎再发信息,对方已将她拉黑。

也正因有过这些联系,看到成玉皎在店门口突然现身,吴成没有表现出惊讶。

超市最里端有一扇小门,门里面是一间不足十平方米的办公室,非常隐蔽,一般顾客不注意还真发现不了。吴成在这间办公室接待了她。一张办公桌,桌上有一台积着灰尘的旧电脑,电脑旁有个烟缸,里面散落着几根烟头。

吴成指指桌前一只磨破了皮的皮革椅子,叫成玉皎坐。

吴成坐在办公桌后,跷起二郎腿,拿眼神斜睨了一下成玉皎,直截了当地问:"成玉皎,你干吗阴魂不散地缠着我?"

浑蛋!成玉皎忍不住在心里说了句粗话,我怎么阴魂不散了?我是鬼吗?不就是拨过两次电话,发过几条信息吗?

"有个事情,需要找你了解一下。"

"你什么也不用说,我只能告诉你一句话,"吴成的语气与他的神情一样冷淡,"你找错人了。"

成玉皎瞅着吴成的眼睛,吴成拒绝与她对视。直觉告诉她,陈锦的判断是正确的。要不然为什么她还没说什么事,他就认为她"找错人了"呢?

"人命关天,这个事儿如果得不到解决,以后还会有更多的人重金属中毒。"

"没凭没据,不要乱讲话,会有后果的。"吴成的手机信息响了一下,他拿起看一眼,猛地站起来下逐客令,"对不起,我还有事,失陪!"

成玉皎还欲说什么,吴成上前一步拉开房门,做了一个送客手势。

成玉皎不甘心就这样离开,站起来没动,但吴成已经三步并作两步离开了。

看着他急匆匆的样子,难不成前面有个上亿的合同大单等着立即签署?开个小超市,忙得跟上市公司董事长一样。成玉皎心想。

当晚成玉皎直奔律所和陈锦碰头,知会了与吴成见面的情况。

她确定了,吴成身上背负着某种秘密,这是通过吴成的眼神得出的判断。她记得很清楚,当她谈到重金属中毒时,吴成躲闪的眼神出卖了他竭力掩饰的内心活动。他明显在回避着什么,他害怕谈到这个话题。

"他有顾虑。"陈锦并不意外。

"怎么办?"

"没有利益驱动,不会有人愿意无偿做事,现在没有多少愿意纯粹付出的人了。"陈锦道,"你想想办法,让他开口。"

成玉皎能给吴成什么利益?她既不是有钱人,又不是客户,哪怕能管得着超市的一点儿小权力她都没有。什么都没有。吴成还没结婚,没有小孩需要上学或家庭教师,对吴成来讲,成玉皎是个没有任何利用价值的人。凭什么给成玉皎她想要的东西？难道要她靠卖惨博同情吗？一个需要自己做搬运工的超市小老板能有多少同情心呢？

今天趁午休时间,成玉皎倒了两次公交车,第二次来到成光超市。

成玉皎拎着两棵大头菜,在超市门口转悠。

正是饭点儿,整条街道弥漫着卤鸡爪、卤猪蹄、酱菜和海产品的味道。成玉皎饿得肚子咕咕叫,便在旁边小店买了一份关东煮。

超市门口的垃圾箱旁堆着成堆的空纸箱。成玉皎取来一只纸箱,压扁,垫在台阶上坐下,大头菜放腿上,一手抱着关东煮的大号纸杯,一手拿起一串煮香菇,正欲往嘴里送时,一名骑着山地自行车的年轻人路过身边,后车轮在她腿边蹭了一下。天没有下雨,车轮上携带着不知从哪里沾染的黄泥巴,蹭在了成玉皎的裤脚上。

成玉皎诧异地抬起头,这名染着黄发扎着小辫的"山地骑手"刚刚从眼前擦身而过,他发现她抬头瞅他,便刹了一下车,一只脚支在地面上,痛快地递给成玉皎一个得意扬扬的眼神,一脸的二流子模样。

成玉皎立即意识到,对方不是不小心,而是故意的。顿时心里不爽,送到嘴边的香菇串停在半空。她克制着不让自己发火,问:"能注意点儿吗?"

小辫哼了一声道:"路就这么窄,五星级酒店宽敞,上那儿吃去呀!"

"滚蛋!"成玉皎从牙缝里迸出两个字。

"叫谁滚蛋呢?这是你家地盘?"

"听不懂人话吗?"

"骂谁呢?"

"我没骂人,我骂的不是人。"

"喂,你这个老太婆怎么说话呢?刻薄歹毒,不是缺钱就是缺爱,我说得没错吧?"小辫说话间向后倒了一下车,不知是无意还是故意,后车轮再次蹭到成玉皎身上,这次比前次力度还要大些,如果不是成玉皎及时缩回右脚,这只脚极有可能被车轮轧到。

她感到了对方深深的恶意。

老太婆?这是骂谁呢?我吗?我才三十多岁。成玉皎有生以来第一次被人当面羞辱为老太婆,无法相信会发生这样的事。伴随着突然而来的愤懑,身体从台阶上一下子弹起来,一股火从心底蹿向胸口,不知出于自卫还是反击,手上的关东煮不由分说朝着小辫的脸砸过去。是的,必须要还回去,当受到欺辱的时候,不要忍受欺辱,而是要加倍地还回去。谁给你的,就要加倍地还给谁。

关东煮落在小辫左肩上,汤汁顺着衣服往下流。

"你打我?你这个老妖婆竟然动手打人?"小辫顿时像被疯狗咬了一样,从自行车上跳下来,把自行车往旁边一丢,扑过来对着成玉皎的脸左右开弓噼啪猛扇几个耳光。一系列动作用力之猛、下手之狠,似乎想要将成玉皎置于死地。成玉皎顿时眼冒金星,头晕目眩,嘴角出血。她挣扎着没让自己倒下,出于本能,在小辫一只手再次落下来时,她死死抓住他的胳膊,拼尽全力咬下去。两人顿时扭打在一起。

路边行人报了警。所有看客都没弄明白这一男一女为何会突然打起来。成玉皎自己都觉得不可思议,光天化日在大街上与陌生人打架。这还是自己吗?长这么大,平生第一次。

几分钟后民警赶到,两个人被带到附近的派出所。民警调取了超市门口的录像,确认小辫寻衅滋事过错在先,成玉皎也有过错,不该动手。随后以打架斗殴违反《治安管理处罚条例》,对二人进行了批评教育,各自罚款五百元人民币,并分别通知了斗殴者所在单位。

4

下午三时,小镜区实验二小校长铁青着脸,从派出所将成玉皎领出来。

同一时间,家长群里炸了锅。成玉皎"打架斗殴"的短视频,不知被什么人传到网上。然而奇怪的是,视频里没有打架的起因,没有成玉皎挨耳光的画面,视频不长,镜头里一开始就是两个人扭打在一起你死我活的场面。镜头里的成玉皎由于愤怒,面目表情近乎狰狞。这与平日温文尔雅的数学教师形象大相径庭,巨大的反差,把家长们吓坏了。我的天,这还是为人师表的教师吗?这还是孩子们的班主任吗?

在校长办公室,一把年纪的校长沉默许久,很克制地说:"成老师,你是想逼我对你说,明天不用来上班了吗?"

"为什么?"成玉皎感觉半边脸还在肿胀,隐隐作痛。但自身的伤痛,在这种时候已经被忽略。她会因此而失业吗?她是学校的合同制老师,当她的行为有违教师形象,有可能造成负面社会影响时,学校有权单方面解约。

"你的行为与学校的价值观不符,学校已经因此而蒙羞。"此时此刻,校长的眼神和表情里都明确写着叫她做好滚出学校的思想准备。

"解除合同吗?"

"你的遭遇令人同情,可是今天发生的事情校方没法向家长们交代。"

校长喜欢那种老黄牛似的循规蹈矩的老师,显然成玉皎还有差距。

成玉皎从随身的帆布包里掏出派出所的处罚书,递到校长办公桌上,说:"这是派出所根据现场录像做的处理,上面非常明确,对方过错在先,把这个展示到家长群,我相信面对突发事件,每个有独立思考能力的成年人都会有基本的是非观,不会被恶意剪辑过的视频和不明真相的舆论绑架,教师也是人,哪条法律法规规定,教师在受到欺辱的时候不能正当防卫?"

夜里十时,成玉皎独坐居民楼顶层的天台边发呆。

下午她从学校回来,一个人在房间里觉得闷,就来到楼顶。这是一栋20世纪90年代的老建筑,一共七层,她住六层,烦闷的时候就顺着楼梯来到楼顶看风景。事实上也没什么风景可看,视线所及,无非是一片连一片被岁月深度侵蚀过的老楼房的顶部结构。

没吃晚饭,她也不觉得饿。不知不觉间几个小时过去了,寒风如刀割在脸上,也没感觉到冷。七层的高度并不算高,间或朝楼下望一眼,楼与楼之间形成的沟壑,仍不免让人有点儿心惊。有那么几个瞬间,成玉皎觉得人生了无生趣。活得好累,好难,活够了。如果从这里纵身一跃会是什么感觉?长这么大,成玉皎从未像现在这样觉着自己距离死亡是如此之近——也就这么一跃的事。一跃之间,一切都可以一了百了。

成玉皎忽然被这个可怕的想法吓了一跳。她抬手给自己一个耳光,让自己清醒一点儿。这不是逃避吗?这不是自己最瞧不起的行为吗?手头还有那么多事没有完成,怎么可以一走了之?她的行为可能惹恼并得罪了校领导,不过得罪了也就得罪了,失去这份工作,自己这种完全靠教学质量立足的教师,不愁找不到新工作。只是舍不得教室里那些孩子。不过学校并不缺她一名老师,孩子们的老师也并非非她不可,没有了她,学校的运转会与之前一样快,很快会有新的老师取代她,时间是一位魔术师,要不了多久,孩子们会喜欢上新来的老师,会渐渐遗忘一名姓成的数学老师。就像她,小学时代的老师们,不论当时有着怎样感天动地的师生情,随着时光推移,终究都将渐行渐远。

对她来说,最重要的是月月的事。这个事情弄不清楚,怎么能坦然地去面对生活?

一阵寒风袭来,成玉皎在夜色里打了个哆嗦。

忽然间寒风似乎被什么挡住,一件柔软宽大的棉衣从天而降,覆盖到肩头。有些不真实,成玉皎伸手掐掐自己的脸,没有睡着,不是梦境,也非幻觉。她借着夜色低头看看,肩上多了一件厚厚的棉服。

一个身影出现在身边。

竟然是冯志浩。他身上只剩下一件单薄的毛衣。

他怎么来了?怎么知道自己躲到这里?她很惊诧。不待她开口,他主动说,过来看看你,刚才敲门没人应,就顺着楼梯找到这里。

以前两个人共同生活在那个小家时,每当遇到不愉快的事,她就会一个人爬到楼顶"透透气"。他还记得她这个习惯。楼顶风大,脚下的楼板上结着闪亮的冰碴儿。成玉皎下意识地欲脱下棉衣还给他。毕竟自己已经穿了一件羽绒服,这么冷的天,他别给冻坏了。她不想他因此徒增麻烦。

她脱衣的手被他的一只大手摁住。

"我天天锻炼,比你抗冻。"他说。

她看看他,他神情坚决。她便不再坚持。

冯志浩在她身边坐下。

"我也有过崩溃的时候。"冯志浩仿佛参透她内心的动荡。一个失去孩子的母亲,没有钱,没有高学历,没有社会地位,几乎没有朋友,伤心的时候,连个倾诉的人都找不到。她的绝望他可以感受到,就像感受自己的内心。沉默了一会儿,他低沉着声音道:"女儿刚离开那段日子,有一天晚上我情绪无比低落,当时那种悲观失意让我觉得,只有一死了之才能解脱,那晚你在学校加班,我一个人爬到楼顶,特别想跳下去,我觉得自己作为父亲非常糟糕。"

成玉皎愣住了,他也有过同样的想法吗?那段时间,她沉浸在自己的悲伤里不能自拔,根本无暇顾及他人的感受与情绪。

"后来还是没有跳,没勇气,"他又道,"也想到,一个有责任心的人,不辞而别总是不好。"

他在农村老家有父母双亲,隔三岔五打个电话回去问候,每年习惯了回去看看,逢年过节寄点儿钱物过去。如果有一天父母再也收不到儿子的任何消息,他们该如何活下去?

成玉皎已经失去父母双亲,失去女儿后,和眼前这个男人也解除了婚姻关系,可以说,她在这个世界上不再有任何牵挂。但也不是完全没有,就眼下来讲,她和陈律师的协议还没有履行完毕,又怎能不辞而别?陈律师在这个案子上已经投入了巨大的时间与心血,除了签协议当日收取5000块钱用于支付助理酬金做前期调查工作外,她没再收过自己一分钱,没吃过自己一顿饭,陈律师深夜研究卷宗,带着助理数次悄悄下村走访,决心干掉违排企业,关键时候,成玉皎这个发起人怎能临阵退缩,让陈律师之前的所有付出成为沉没成本,所有的心血和时间付之东流,最终一无所获?

"死很容易,只是解决不了任何问题。如果从这里跳下去可以让月月回来,让生活重新开始,我愿意和你一起跳,"冯志浩顿了一下,继续道,"事实是,那样我们只能成为笑话。"

成玉皎突然想大哭一场,却没有眼泪掉下来。

"回去吧,明天还要上班。"在凛冽寒风中,冯志浩上下牙齿忍不住打起战来。

她没有和他说白天发生的事情,没有说自己有可能面临的失业。潜意识里,早在离婚那一天起,她的事情已经和这个男人不再有任何关系,他对她已不再有任何义务,自己的烦恼自己担着,没必要把这些负面的东西传递给他。她觉得自己不能再这样"作"下去,此时气温已降至零摄氏度以下,尽管他咬紧牙关假装不冷,事实上也是肉体凡胎,如果他因自己冻出毛病,她不想因此而自责。

成玉皎站起身,主动提出回去休息。

冯志浩送她到门口,她把衣服还给他,忽然想到什么,问:"你最近还好吧?"

他摇摇头,似乎想笑一下,却没能笑出来。他说:"自从你离开,我再也没吃过热气腾腾的包子,我自己试着做过一次,做不出那个味道。"

一起生活时,她喜欢蒸包子。荠菜猪肉馅、芸豆馅、三鲜馅,不管什么馅,她都能做出鲜香无比的味道和口感。冯志浩和冯月月都爱吃,一年四季吃不够。往事不能回首。一想到冯月月,心脏尖上就会渗血般地疼。

"早点儿休息。"他向她道别。

第二天早晨太阳升起的时候,成玉皎重整心情,像往常那样来到学校。她心里已做好准备,如果校长下决心要解除合同,那也没办法强留下来。那样的话,当务之急是重新找工作,首先得生存。

刚在办公室坐定,短短几分钟时间,手机里突然涌进几十条信息。多是来自学生家长的问候:成老师您没事吧?成老师对不起我昨天误解您了。成老师,那个浑蛋该揍!成老师您受委屈了……这是怎么回事?点开家长群,这才发现昨天的事情因今早一篇文章发生反转。打开那篇文章,里面图文并茂、详尽真实地叙述了昨天成玉皎打架斗殴事件的来龙去脉与前因后果。文章作者在昨天事情发生后,亲自前往现场调查,因为没找到那家小超市的老板,就到超市隔壁的时装小店了解情况。幸运的是,时装店门口也装有全方位摄像头,清晰地记录了事件全过程。时装店老板是一名年轻姑娘,她对黄毛小辫光天化日找碴儿欺负女人的恶劣行为深恶痛绝,她主动配合,提供视频还原了事件真相。这篇文章图片证据清晰,理据分明,并配以完整视频,家长们得知原委后,纷纷谴责小辫的二流子行为,为成老师打抱不平。

作者用的是化名,但成玉皎一眼看出是冯志浩的文风。这个做档案管理的资料员,业余喜欢写点儿小稿,主要写杂文,也常往报纸杂志投稿,偶尔赚回几次一百两百的稿费。以前在一起生活时,她很少看他的文章,没时间。她的时间通常被备课、教学、批改作业、家长会、买菜、做饭、家务活儿占得满满的。后来有了孩子就更加忙碌了,偶尔挤出点时间读读书,她喜欢看小说、名家经典,他那些针砭时弊的杂文所折射的思想动态,日常饭桌聊聊就可以了,文字就不必费时间看了。她从来没想过,有一天,他的文字还能帮到自己。可昨晚冯志浩竟然只字未提。

5

雷风行带人到华美厂区,欲进厂检查,被保安拦在门口,死活不给开门。双方相持不下,发生冲突。

车间工人们受到召集,大批人冲出来,将雷风行与两名环保执法人员围个水泄不通。工人们先是怀疑雷风行出示的执法手续是假的,接着要求他们拿出华美污染环境的证据。拿不出来,工厂可以投诉甚至控告他们滥用职权,私闯企业,干扰企业正常生产。

几名妇女冲上来推搡雷风行,骂他是来捣乱的。雷风行一个男人,不能对妇女动手,只能左躲右闪。冲突最严重的时候,一名中年妇女冲到雷风行跟前,伸出粗糙的五指,愤怒地在他脸上狠狠抓了一把。

中年妇女是有理由的。到了她们这个年纪,上有老下有小,找份养家糊口的工作不容易,一家老少都等着这份薪水吃饭,想让工厂关闭,让她们失业,罪该万死!

中年妇女指责雷风行鸡蛋里挑骨头,仗势欺人,砸她们饭碗。

雷风行脸上挂了彩。

有一位五十多岁的大嫂,言语不那么尖刻,但说出来的话令人扎心。她流着泪语重心长地说:"华美在安乐村开厂有十多年了,我在这儿工作也十多年了,我们没读过书,没别的手艺,如果不是沈老板不嫌弃我们,对我们进行培训,给我们这个饭碗,而且从不欠我们工资,我们家可能到现在还住在四处漏雨的土坯房里,我也不知道自己还能不能人模人样地活到现在。雷队长,请您高抬贵手,别查了,我向您保证,华美公司没有问题,如果有谣传的重金属污染,我天天在这儿干活儿的人,还能活到现在吗?"

次日一早,雷风行坐在郑纯办公桌前汇报工作。雷风行额头缠着一块纱布,纱布里面发暗的血迹已经结痂。

郑纯正拿着手机看一段视频。这是与雷风行同去执法的监察队同事现场拍摄下来的混乱场面。现在环保部门执法,只要有条件,原则上要求现场摄像,其一留存工作档案,其二防患于未然,一旦企业控诉你"假冒执法人员、私闯工厂、干扰生产"时,有证据证明你是正当执法。

昨天雷风行被抓挠后,同事报了警,两名警察到场后对几名妇女进行了口头批评教育,随后带走两名抓挠雷风行的妇女。

"华美这个工厂问题很大,"雷风行说,"这是明目张胆地抗拒执法,我以前去厂里也不是一次两次了,几个老点儿的保安都认识我,现在却睁着眼睛说瞎话,说我是假冒的,死活不让进厂,我觉得工人们之所以这么干,一定是背后有人指使,平时他们都老实巴交的,不会有这个胆儿。"

"检查企业,协调工作是门学问,不能每次都弄到报警的地步,"郑纯道,"有礼有节,晓之以理,别弄得那么突兀,找一种让对方容易接受的方式。"

"问题是工人们不跟你讲道理,他们只听给他们发工资的人的话。"

郑纯沉默了。

办公桌上摆着厚厚一摞检测报告,是刚出来的最新检测结果。雷风行离开后,郑纯发了一会儿呆,然后强制自己从千头万绪中集中精气神,埋头看报告。一份份细阅,却越看越迷糊。

华美公司现有两条生产线,其中产生废水的是印染生产线,这条线的排水口伸向厂子东侧的安水河。昨天河面上结着冰,雷风行带人凿冰取样;同时取了华美厂周边两公里内六户居民以及安乐村其他四户居民家中的自来水水样、土样;还特意从成玉皎母亲吴桂秀生前居住的小院里取了土壤与井水的土样及水样。

最新检测结果显示:其一,华美印染厂废水处理设施排口的 Pb(铅)监测结果低于国家强制标准;其二,在华美厂区周围两公里范围内,即王小旦、周大水、马光文、梁二虎等十户居民家中,提取了自来水水样进行分析化验,水毒理学指标总 Cd(镉)、Ni(镍)、Hg(汞)、Cr(铬)以及 Pb(铅),均未发现超过相应的规范值或标准限值;其三,对安乐村土样进行毒理学分析检测,数据显示没有发现重金属异常超标现象;其四,对吴桂秀小院的土壤与井水进行分析化验,未发现重金属铅数值超标。

郑纯觉得自己陷入了某种迷魂阵。

常听说公安侦破容易进入迷雾状态,殊不知环保侦破也常遇疑云。各种扑朔迷离的情况让人如坠云雾。

生态环保讲究科学,数据最具话语权。从数据看,华美就是一家排污极其合格的企业,成玉皎到处闹腾,告企业重金属污染、告环保局不作为,她的依据是什么？就凭个人猜疑？华美那边反击说成玉皎是个疯子,脑袋进了水,似乎并非毫无道理。

不过,换个角度,数据可以造假。不是说环保检测部门造假,是企业在知道你检查它的情况下,所有一切生产排污按标准来,并且掩盖掉曾经存在过的违排痕迹。甚至能做到天衣无缝,让你抓不到狐狸尾巴。

郑纯意识到,这不是一场罗生门,而是一场攻坚战。

当天下午,郑纯赶回市区,前往市环保局参加一个座谈会。昨天接到周明局长的通知:今天下午魏鹏远市长到局里做调研工作,了解全市各区生态环境方面各项问题的落实情况。周明特意叮嘱郑纯,平安区的污染纠纷,市领导高度重视,你到平安区这段时间的工作进展,最好做一个翔实的现场汇报。你这边有什么阻力或困难,能想办法克服的就自己克服,实在克服不了的,可以提出来,我们能解决尽量帮你解决。平安区的问题比较棘手,也正是因为棘手才安排你过去,这是组织的一份重托,这次平安区的问题必须得解决好,牵涉到人命,绝不能掉以轻心,不然你我都不好向上面交代。

郑纯明白领导这番话的分量和弦外之音:为了确保中央关于生态文明建设各项决策部署落地见效,近年来整个城市把生态环境的改善和保护事宜提到一个前所未有的高度。平安区这桩污染纠纷,市领导已经过问了,必须得彻查,拿出结果来,没有退路,别无选择。

下午两点,魏鹏远市长在随行人员的陪同下准时抵达市环保局。

在市局的会议室,周明局长对近期全市生态环境方面最新发现的重点问题以及解决情况进行了汇报,各区环保主官分别对本区内防污治污的成效逐一汇报,郑纯汇报平安区的情况时,魏鹏远市长格外重视,他提出安水河作为平安区的母亲河,世世代代哺育着沿河两岸上百个村落,数十年前,那条河每到夏季,河水清澈,鱼翔浅底,是村民们劳作之后夜晚乘凉的好去处,如今还有人去河边休闲吗?还有儿童在河水玩耍吗?河水为什么时而变灰时而变黄时而变浊?近些年除了气候转暖等客观因素,有没有人为因素?这些问题什么时候可以得到根治?河流不会说话,但是容不得任何形式的践踏!尤其是村民与工厂的那桩污染纠纷,必须要彻查到底。我们不能冤枉一个规范生产、合格排污的企业,也绝不放过任何一个通过节约排污成本从而牟取利益试图钻法律空子的违规企业。对依法排污的企业我们要主动服务、加强支持,对疑似违排的企业要严查彻查、时刻保持高度警觉、严格落实环保政策。最后,魏鹏远市长再次强调,以生态环境高水平保护推动经济社会高质量发展,是一场长期的战役,在这场战役中,要坚决守住底线,以抓经济运行的力度抓环境保护,坚持精准治污、科学治污、依法治污,抓好生态环境保护督察交办问题整改,对突出生态环境问题综合运用管、罚、帮等举措,持续提升环境保护执法效能,扎实推进生态问题的修复工作……会议持续了三个小时。关于会议要领,郑纯在手机的备忘录里记了足足两千字。会后,周明局长送市领导一行人离去后,回到办公室,发现郑纯在办公室门口等他。

"小郑,还有什么问题吗?"

"有一点小问题,想请示下领导。"

周明局长走进办公室,在办公桌后坐下,郑纯跟进去,站在办公桌边,周明抬头瞅了她一眼道:"直说。"

"我们单位原来的无人机是几年前的设备,内在特别小,用起来容易卡,像素也特别低,成像不够清晰,"郑纯大大方方地说,"而我们自己的经费又特别紧张,想跟领导请示一下,看能不能给我换两台高端点的无人机。"

周明略一沉吟说:"以前尹红可从来没有提出过这个问题。"

"她是她,我是我,"郑纯说,"同样的工作不同的人去做,要求不同的工作设备也是正常的。"

"你的要求总是比别人高,"周明局长说,"工作还没什么显著进展,先来要设备。"

"领导对我的要求也比别人高呀,"郑纯说,"有了设备才方便进一步开展工作嘛。"

"你那儿经费紧张,我这边经费就宽松吗?"

"领导总是比我有办法。"

"我实话告诉你,局里的各项经费也非常紧张。"周明一只手指在办公桌上敲着。

郑纯望一眼局长的脸,从脸上看不出什么情绪来。

"但你这个事,我还是坚决支持,"周明说,"回去打报告吧,走流程,我给你签字。"

"谢谢领导!"郑纯说着从包里拿出提前写好的报告材料,欠身递上去,"报告已经打好了。"

6

从市局出来,已经过了正常的下班时间,郑纯直接驱车去了公婆的家。

婆婆魏惜柔两天前被确诊为结肠癌中期。先后做了两次检查,之前抱有的侥幸心理烟消云散。王熠作为独生儿子,连续两天,从最初的五雷轰顶到不得不接受现实,然后就是面对即将到来的具体手术问题,绞尽脑汁、殚精竭虑。

目前最迫切的问题是:病人需要尽快入院,尽快手术。

问题中的关键是:医院没有床位。

比这些问题更棘手的是:如果想请一位最牛的消化科大夫做手术,难度不逊于登蜀道。

对于肿瘤这类事,郑纯了解并不多。但以前听那些家里有过肿瘤病人的熟人总结出一个基本常识:肿瘤手术,手术大夫的技术至关重要。手术过程中,肿瘤细胞是否清扫干净和手术质量的优劣,直接关系到病人的愈后恢复与寿命。再一个特别关键的地方是术后化疗。同样的化疗药方,用药的给付量多一点儿或少一点儿,以及主治大夫的责任心,也直接关系到病人的性命。

36岁的王熠在大学教书,一年前评上了副教授,用他自己的话说,就是一名教书匠。教书匠有教书匠的好处,一周两天课,时间相对自由些。近两天他已经带着母亲在医院跑前跑后检查了一遍,面对棘手的现实问题,他深感教书匠的短板,自己所学的知识近乎百无一用。

他有一位在医院工作的熟人,坦诚地告诉他,在这个领域,哪位专家技术更精湛,哪位专家徒有虚名。王熠把自己的人脉资源划拉一遍,没找到一个可以联系到消化科大拿的人。在至亲最需要的时候,作为一名教书匠,他羞愧难当。

郑纯打开手机通讯录,把自己的"人脉资源"反复检阅几遍,最后悲哀地发现,在这个城市里,自己有所交往的人,都在环保界。至于医疗界,还不如王熠。她倒是与几名有头有脸的企业家打过交道,遗憾的是,这些人无一不是因查处企业非法排污而相识,且都让她查成了死对头。

王熠叫郑纯不必为此瞎操心,由他来想办法。

好在王熠天性乐观,即便乌云压顶,也不会用愁眉苦脸的方式对待身边人。更多时候,他习惯以热气腾腾的生活方式驱散身边人内心的阴霾。

郑纯进门时,晚饭已摆上桌,色香味俱全的四菜一汤,王熠做的。他有一手好厨艺。当初谈恋爱时,郑纯诚实地告诉他,自己不会做饭。他不假思索地说他会。婚后,郑纯才知道他是现学现卖,先是师从百度,后来有了抖音,便改换门庭跟抖音学厨艺。郑纯很惊讶,爱情对一个人的改造竟可以如此惊人。王熠在婚前从不关心蔬菜价格,几年的婚姻历练,渐渐成长为一个可以无微不至照料媳妇和家人的暖心男。

婆婆状态还好,主要是精神状态。她不知道自己的真实情况,公爹也不知道。王熠叮嘱郑纯,先不告诉他们,以免母亲情绪崩溃,影响手术效果。七大姑八大姨谁都不要说,免得这些人一窝蜂跑过来,哭哭啼啼抹一堆廉价的眼泪，反而成事不足，败事有余。

对婆婆只说查出一个肠息肉，等医院那边腾出床位，去做个小手术就好了。

饭桌上，魏惜柔说："得亏只是个息肉，如果是肠癌，我这辈子都不会原谅你爸。"

郑纯听得百转柔肠，但又不能表现出来。公爹一辈子做基层环保工作，与各种企业打交道，三更半夜去奇袭，与偷排污染环境的违法分子斗智斗勇，工作起来根本顾不上家。想起与这个家庭结缘，仿佛冥冥之中有一只无形之手在安排。

十年前的一个夜晚，王熠受母亲之命，前往父亲工作的环保局给父亲送消夜，在单位走廊里，与刚下夜班的郑纯擦肩而过。当时已是夜里十时，年轻姑娘白皙姣好的面容与匀称标致的身段，让王熠过目难忘。他停下脚步瞅瞅她，看到她眼神清澈得像个未涉世事的女学生，他像瞅着一位老朋友似的主动搭讪："咦，我们好像在哪儿见过？你叫什么来着？"

这么说的时候王熠就想，她有男朋友吗？如果没有，我就有机会，若能找这样一个好看的女孩子做女朋友，这辈子算没白活。郑纯摇摇头，说自己没印象。王熠猛一拍脑门儿，仿佛终于想起往事，笑着道："对对，就像前世走散的初恋女友……"郑纯顿时面红耳赤，心脏咚咚狂跳，觉得此人脸皮够厚，像个小流氓。她没搭理他，掉头疾走而去。他却迈不动脚步，回头瞅着她的背影，她似有感应，在走廊转弯处回头一望，走廊幽暗的夜灯下，他的微微一笑宛若四月春光，让年轻女孩心头顿感春光一片，涟漪荡漾。

那晚之后,王熠苦追郑纯两个月。交往下来,郑纯发现这个一表人才貌似泡妞高手的青年,事实上一点儿也不流氓。他非常绅士,年纪轻轻行过很多路,读过不少书,不仅做事靠谱,脾气性情也格外好,还会疼人,跟他在一起特别放松。郑纯每遇不高兴的事,他常常三言两语就能把她从阴霾情绪里拉出来,在他这里仿佛永远都是蓝天白云晴空万里。这让家在外地的郑纯,在这个钢筋水泥的陌生城市里找到了家一样的依恋与温暖。

恋爱一年后,他们顺风顺水地结了婚。也是在结婚后,郑纯从婆婆那儿才得知,王熠在父母家,自幼属于衣来伸手饭来张口,一日三餐事无巨细尽享母亲照料和疼爱的角色,换句话说就是典型的"妈宝男"。自从遇到郑纯,"妈宝男"竟然一夜之间长大,奇迹般地变了一个人。

连王熠自己都不得不承认,爱,从不遵循别人眼中的道理,或者根本就没有道理可讲。在爱情面前,什么个性、理性、习惯,甚至性情,都会阶段性失效。

儿子找环保行业的人做媳妇,一开始魏惜柔并不支持,但见小情侣感情甜得化不开,本着儿子的幸福出发,也就认了。魏惜柔对环保这行有意见,因为这辈子深受其苦。"命不好,干环保",老王跟排污违法分子做了一辈子猫鼠游戏,基层环保工作苦不堪言,家里大小事压在魏惜柔肩上,洗衣做饭,照料和培养孩子,哪样都要亲力亲为,孩子爸爸根本指望不上。魏惜柔曾经发誓,绝不让下一代干环保,万万没想到,找了个儿媳给续上了,或许,这就是命吧。

魏惜柔并非专职主妇,她在街道办事处工作了一辈子,去年刚办了退休手续，本以为可以享享清福了，没料到身体突然出了问题。所以她说，如果是肠癌，这辈子不会原谅他爸。这是一句饱含委屈的话，在郑纯听来，既伤感又无奈。

"怎么可能是肠癌？"王父说，"这种东西受遗传因素影响较多，你那边老一辈没人患过这类病，怎么着也轮不到你。"

王熠讲了两个刚看来的笑话，岔开话题，逗得父母哈哈大笑。郑纯也强颜欢笑，配合着吃了一顿其乐融融的晚饭。

晚饭后，郑纯与王熠回自己家。他们家距公婆家不远，开车十五分钟，位于碧城东部的一个中档居民区，120平方米，是九年前买的婚房，当时总价240万，首付80万，公婆出了40万，郑纯在县城的父母出了20万。郑纯与王熠各自贡献出工作以来的积蓄，掏光两代人三个家庭的口袋凑够首付，才终于有了自己的家。房子三室一厅，做书房的北屋可以看山景。九年过去，周围房价比买时贵了一倍。回头看简直后怕，若非当时公婆鼎力支持买下这套房，以两人的薪资收入，这辈子是否还能住得上属于自己的房子就不好说了，更别说什么山景房。为此，郑纯觉得命运之神眷顾自己，也因此特别感恩。

王熠在书房里，把母亲的病理报告发给朋友介绍的一位北京肿瘤医院的消化科专家，不停地接打电话。郑纯帮不上忙，在厨房榨了两杯橙汁，一杯送到书房，然后自己回客厅坐下，听着墙上的挂钟嘀嗒嘀嗒一格格前行的声音。

一个多小时后，王熠从书房出来，在郑纯面前坐下，一脸郑重地望着郑纯，道："有个事情，我必须和你知会一下。"

在母亲确诊之初,王熠第一想法是带母亲赴京治疗。他不怕麻烦,只要能治好母亲的病,他愿意停下工作,请假带母亲去这个世界的任何地方,如果单位给不了假,他辞职也在所不惜。遗憾的是,连续两天,他和郑纯各自联系过北京的同学、朋友和熟人,以及北京肿瘤医院、协和医院、301医院、中日友好医院,能找的关系都找了,反馈过来的信息是,首先住院就解决不了,哪儿都要排队。而母亲这个情况,必须尽快手术,一天都不能拖。没办法,只能就近从碧城打听靠谱的大夫。

目前通过各种渠道汇聚来的信息是,整个碧城医学界,肠道肿瘤领域,最牛的大拿级专家,名叫周术,就职于碧大医学院附院消化外科,现任消化外科主任。他的精湛医术不仅在国内处于一流水准,而且走在国际前列。

因此找周术大夫做手术特别困难。按正常排号,至少要排到半年后。病人等不起。若要插号,更加困难,周术在业界出名的不仅仅是医术顶尖,比医术更有名的是,他行医只讲规章,不讲人情。据说,曾有市领导的亲戚想插号都被他拒之门外。

功夫不负有心人。在王熠不懈努力下,这道难题终于解决了。

在打了无数个电话,联系过所有的人脉关系后,终于柳暗花明。一位在电视台做编导的高中同学告诉王熠,三年前他给一位做企业的高中女同学做过专访,这位女同学的丈夫,正是周术大夫。

这位女同学,名叫沈灵均。

上高中时,王熠与沈灵均并不在一个班,但在同一年级,教室相邻。记忆中沈灵均是校花,备受男同学追捧,王熠与沈灵均同窗三年,未曾说过一句话。但他对她印象深刻,她不仅貌美,还是一位富家女,锦衣玉食,像公主一样。听电视台的同学说,几年前建了同学群,沈灵均也被拉进去,平日她在群里不说话,但昔日同学谁家遇到困难,她都会出手相助,为人仗义,十分豪爽。

在电视台同学的帮助下,王熠与沈灵均取得联系。

他把母亲的情况跟她讲了。沈灵均不仅没有任何公主架子,甚至二话不说,一口答应了帮这个忙。

"等等,"郑纯睁大两只眼睛,吃惊地望着王熠,"你说的高中同学沈灵均,和华美公司的大老板沈灵均是同一个人吗?"

"这也正是我要和你知会的事,"王熠道,"我也没想到世界会这样小,她的工厂,恰在你辖区内。"

郑纯顿觉脑袋被什么炸了一下,嗡嗡直响。

郑纯的内心经历了短暂的十级地震,大脑如同电脑芯片,光速处理并消化这些被强行塞进来又不可回避的复杂信息。她命令自己稳下神来,正视已经发生的事情。

不久前被调往平安区时,压根儿没想到婆婆会突然出这个状况,简直是晴天霹雳。王熠为帮母亲渡过危机,手术要求非名医不可,万万没想到这位名医,恰是沈灵均的丈夫。而自己,正在调查华美的违排问题。

如果不是自己亲身经历,郑纯万万不会想到,生活竟然会给她开一个这样的玩笑。

"这个手术,必须这个人来做吗?"回过神来的郑纯发现自己内心有一种隐约的抵触。她和他一样希望找最好的医生给婆婆做手术,但眼前这个事让她觉得特别拧巴。

"我也没想到会遭遇这样的巧合,但目前没有别的选择。"王熠的语气是斩钉截铁的,"今天通过一位朋友的帮忙,终于与北京一位消化科肿瘤专家接了个头,对方说碧城啊,如果能找周术大夫做就根本不用进京了,周术的医术有口皆碑,他在这个圈了里非常有名。"

王熠一度对母亲这个突发情况追悔莫及,无法相信这样的灾难会降临到自己家里。母亲断断续续腹泻小半年,时好时坏的,他早就发现母亲这个情况,有几次提醒母亲去医院,每次母亲都抗拒,自我诊断为肠胃感冒,嫌排队挂号麻烦,犯不上小题大做。王熠一直忙着写论文、研究课题,见母亲不在意,也没太上心。直到几天前回父母家吃饭,发现母亲面色蜡黄,问她才知,不仅腹泻,还拉黑便。王熠吓了一跳,不由分说便带母亲去了医院。

"如果早半年做这个肠镜,就不会发展到现在这个样子。半年前还在早期,切了就没事了,连化疗都不用。"懊恼与悔恨如锋利的锯齿,撕扯着王熠的心。他痛悔自己的忙碌疏忽了母亲的身体健康,他觉得是自己做儿子太不称职才害了母亲。他坐在沙发上,垂着头,双手插在头发里,喃喃自语:"我不能原谅自己,几个月前我就发现她腹泻,心里闪过念头带她去医院,却没有真正行动,我整天都在忙什么,这是我的严重过失,这场手术绝不能有任何闪失,否则我一辈子都没法宽恕自己……"

王熠忽然泪流满面。

从恋爱到结婚,在郑纯记忆里,王熠一直都是特别开朗,走到哪儿就把笑声带到哪儿。这是她第一次见他掉眼泪,第一次看到他这么脆弱、无助。她想说句安慰的话,又一时词穷,这个时候什么样的语言都显得苍白。她坐到他身边,把他的头揽入怀里。她希望通过拥抱,把自己身上的力量和温暖传递给他。

第三章 迷雾重重

1

沈灵均与周术在一个月前已经分居了。

事情起源于一条微信信息。那是沈灵均无意中发现的。她没有查看他手机的习惯,那是劣质夫妻关系中才会存在的事情,那种缺乏信任和安全感的婚姻,本身就是有问题的。她一向笃信,她和周术的关系没有问题。他们对彼此信任,就像孩子相信自己的父母永远不会伤害自己一样。

那晚周术下班回来,在卧室换了衣服去冲澡,手机搁在床头柜上。一张大床,他睡的那一侧有个衣橱,衣橱里放着夫妻俩的内衣等居家衣物。

她要换件睡衣,走到他那一侧,不早不晚,那条信息就在那一刻弹了出来。

"我们的关系还能往下发展吗?"

沈灵均顿时有一种毫无防备地被子弹从背后击中的感觉,直觉告诉她,这是一种不正常的男女关系。

往下发展？这是什么意思？

这条信息至少透露出两人之间已经有了某种关系。没有"上"，哪来对"下"的试探和渴求？而他，至少在这个信息到来之前，并没有明确拒绝这种不正常关系，因此才有了对方进一步的欲求。

周术冲完澡，裹着浴巾从浴室出来，走到沈灵均身边，想抱抱她。沈灵均推开他的手，把手机扔到他面前。这种愤怒，不需要掩饰。

周术拿起手机，愣了一会儿，在床沿上坐下，垂下头，静静思考了一会儿。

他没有抵赖，没有推卸，而是以外科大夫拿手术刀时的冷静，将事情的经过和盘托出。

那个叫王鸣的女孩，是毕业后来到医院实习的医学院研究生。从来到周术科室的第一天起，她就向周术暗示了对他的仰慕和崇拜。周术带了三个实习生，那个女孩是最漂亮的一个。她对他崇拜的表达，从最初的目送秋波，落实到实际行动的嘘寒问暖。她可以为他爱吃的一口糍粑，在大清早一个人独自穿越整个城市，找到那家位于老城区胡同深处的糍粑老店，买来带给他吃。

周术平日工作压力大，情感方面特别需要悉心呵护，恰恰近两三年，沈灵均由于公司业务的繁忙、新厂区的建设以及迁厂的忙乱，还有官司的纠纷，对夫妻情感疏于经营。周术对此是有看法的。婚姻七年，因为沈灵均一心扑在事业上，至今都没有要孩子的计划，这是令周术心有不满的地方。暂时不要孩子倒也没什么，他也并不反对她浩浩荡荡的事业心，他只是认为，她不该把精力和时间向公司倾斜得太多，这种情感的缺失常常让他产生某种失落感。当初遇到她，他之所以一见倾心,除了她身姿容貌的美丽,更有她眼神里的如水柔情,令他怦然心动,不能自已。

在这种情况下,王鸣的温柔十分及时地填补了周术内心的空白。

一个夜深人静之夜,女孩以请教学术课题的名义敲开了周术值班室的门,她勇敢地向他表白,吐露了几句让人无法拒绝的情话。他理智上还在分辨,她到底是喜欢自己,还是希望从他这儿获得一些工作上的照顾和便利?

她冰雪聪明,仿佛猜透周术的心思,告诉他自己第一眼看到他时就被他打动,只因他笑起来神似韩国一位影星。事实上他在工作中笑的时候非常少,更多时候是不苟言笑。她又说,不苟言笑的时候更加神似。这话不止一次听过。十年前与沈灵均恋爱,沈灵均也说过类似的话。如今面对女孩甜糯热辣的表白,仿佛时光倒流,回到当初与沈灵均的恋爱时光。

周术没能抵挡住诱惑。他拥抱了她,亲吻了她。

不过仅限于此。因为他不能确保这个事情不会被泄露出去,他清楚一旦东窗事发,这件事对家庭可能造成的伤害与后果。这也是他以外科大夫的冷静与克制力,让这段关系止步不前的主要原因。女孩很尴尬,但是不甘心。那晚之后,女孩陷入一种爱而不得的焦灼之中。他告诉过女孩,他是有家庭的人。女孩说,她知道,她永远不会伤害他的家庭。

女孩突然发来那条信息,也是周术没有料到的。他若料到,就不会在洗澡时毫不设防地把手机放在床头柜上。

"你打算如何回复?"周术坦白之后,沈灵均冷着脸问他。

出了这样的事情,沈灵均的第一反应是离婚,叫他净身出户。

在深夜的值班室和一个年轻女孩拥抱、接吻,享受恋爱的感觉,只因担心东窗事发才没有进一步试探,这还是她那个自称有洁癖的丈夫吗?是那个她笃定地以为他"全心全意"爱着自己的老公吗?此时看着他的嘴脸,她感到难以描述的陌生和恶心。

一个感情的辜负者和背叛者,已经不配再享有正常的婚姻生活。但在离婚之前,有些事情需要理清楚,这口污水必须吐出去。

周术当着妻子的面,回复了王鸣一句话:"不能!请以后不要再打扰了!"

王鸣回了一个心碎的表情。

周术直接删除了王鸣的微信。

"你爱她吗?"沈灵均问。

"不爱。"周术摇摇头,非常干脆。

冷静下来整理内心,他可以确认那次相拥和亲吻是源自动物的原始冲动,没有情感投入。他也永远不会爱上一个主动引诱有妇之夫的女孩。在他内心里,这样的女孩,从本质上讲就是有问题的,情感取向与价值观都存在问题。一个接受过高等教育、价值观端正的年轻姑娘,不会在明知对方有家庭的情况下,想方设法地讨好对方并在深夜里主动投怀送抱。

"叫她从医院滚蛋。"沈灵均说。

"这个可以做到。"周术毫不犹豫就答应了妻子。

王鸣是实习生,业务上并不是很突出,随便找个理由就可以叫她走人。

"以后我俩无论怎么样,你都不能和这个人在一起。"对沈灵均来说,这是情感上最最恶心的一场羞辱,她绝不能容忍。谁让她难受、痛苦、不自在,她就必须把这份难受、痛苦、不自在加倍地返还给谁。

"我可以做到。"周术不假思索地说。

一周之后,王鸣因协助手术操作不当,被碧医附院解除了实习协议。周术以为事情得到解决,可以与妻子重归于好了,不料当日晚上,沈灵均把周术的衣物及日常用品打包,装进两只大行李箱里,从两人所住的别墅大门里丢了出去。

然后她叫来工人,把别墅的几道门全部换了锁。

白瓦红顶的德式别墅,坐落于碧城东部依山傍海、寸土寸金的风水宝地。房子独门独院,遥控大门,院落占地超过一亩半的面积,院内亭阁、水系、绿地,俨然一个世外桃源。这处房产是七年前结婚时两人共同出资购买,作为婚房搬进来的。当初购置这栋沈灵均相中的房子,尽管她可以自己独立轻松购买,但周术不想占女人的便宜,他拿出当时所能拿出的全部积蓄,卖掉了单身时购置的一套海景大宅,倾尽所有买下了这栋豪宅。室内装修时,两人联合设计师共同设计完成,房屋内外,每一段线条、每一件家什、每一片色彩,都刻印着爱情的甜蜜与温馨。这栋宅子是爱情存在过的有力证据。

遗憾的是,他背叛了爱情,背叛了承诺。他曾承诺这辈子只爱她一人。她曾问他,万一遇到漂亮姑娘的诱惑,他能做到坐怀不乱吗?

他说:"我不会给任何女孩坐怀的机会。"

那一刻,她特别感动。

她又问:"万一有意外发生呢?"

他说:"那就不配再与你一起生活了,我自愿净身出户。"

她相信了爱情,相信了他。

多少男人对她垂涎三尺,各种形式的诱惑她或深或浅地遇到过,但自打和他恋爱以来,无论怎样的诱惑,她都能以理智克制,从无越轨半步。在商界打拼多年,她没有因为个人或企业的利益,拿自己的情感或身体与撒旦做过交易,这是沈灵均这辈子最骄傲的事情。

可是他……她没想到的是,信任竟这样轰然倒塌。一直笃定地视之为幸福源头的亲密关系与高质量婚姻,近乎猝不及防地破碎掉了。

她把箱子扔出去的动作特别果决。爱有多深,恨就有多刻骨。他不仅弄脏了他自己,还污染了爱情,践踏了婚姻。既然他这么干了,必须付出代价。他的确已经不再匹配这栋专属爱情与婚姻的房子。

被赶出家门那晚,周术带着两个行李箱在门口苦等了半夜,反复打电话、发信息要求和她谈谈,希望她不要在愤怒和冲动的时候轻易做出决定。沈灵均很冷静,只告诉他两个字:离婚。

周术对离婚没有任何思想准备。打心眼儿里讲,自打和她结婚那天起,他就没想过离婚。他想的是一生一世。他在电话里诚恳地回答她:"我不想离。"

"不是你不想离就可以不离的,"她说,"之后我的律师会找你正式谈这个事情。"

他告诉她,他是爱她的,他不会离婚。她叫他不要再羞辱"爱"这个字眼儿。他说她对他有误会。她说就算有误会也是他造成的,成年人要对自己的一切行为承担责任和后果。之后,她不再接他的电话,也不再回他的信息。

她拒绝与他沟通,单方面起草了离婚协议,有些条款尚未最后敲定,因应付成玉皎的官司,安排律师和周术谈离婚的事还未及实施。恰在这时,沈灵均意外地发现,自己怀孕了。

她没有告诉他。再三考虑后,她决定不论与周术的婚姻最终是否走向终结,这个孩子她都要生下来。做出这个决定基于四个原因:其一,她需要做母亲;其二,她这个年龄,生育这个事已不能再拖;其三,孩子父亲是她爱过的男人,这个男人至今尚无人可以取代;其四,从基因学讲,周术从外形到智商,都优于这世间99%的男人。

生下这个孩子,有没有周术,她都有信心给孩子提供最好的生活环境与教育条件,所以,他知不知道这个事,不重要。重要的是她需要这个孩子。

眨眼的工夫,周术被撵出这栋房子整整一个月了。

被迫离开后,周术住进父母搬家后留下的一栋老房子里,每每夜深人静,他疲惫的身躯倒在床上,身边空荡荡的,惆怅的情绪便会难以抵制地笼罩内心。他惊讶地发现,自己已经无法适应单身生活,难以回到曾经单身时无所羁绊的快乐状态,每晚入睡前不能与老婆拥抱一下,世界仿佛塌了一个角,不再完整。

在悔青肠子、饱受煎熬的失落和沮丧的折磨下,周术又发现了另一个残酷事实:在这段关系中,不是她离不开他,是他离不开她,无关经济因素,完全是一种无法解脱的情感依赖。生活里突然少了这个人,他感觉心脏似乎被挖去一块,不仅仅是变空,还有一种比死还难受的窒息感。医学上,这种感觉叫失爱(失恋)带来的心碎综合征。

想起七年前在朋友聚会时与沈灵均初识。那时他年已32岁,由于眼光高,找对象高不成低不就,他已变成让父母操心不已的大龄青年。朋友拉着她的纤纤玉手给他做介绍时,她冲他莞尔一笑,婉约的气质,宛若艺术杰作的身体曲线,只一眼,周术胸腔内的心脏当即被某种神奇力量撞击到。后来回过神来,他明白了"只是一眼,便是一生"这句话的奇妙意味。

从恋爱到结婚,七年来,长达一个月的分离,这是第一次。

周术也觉得不可思议,人至中年的自己,竟会陷入"宁可死,不能没有她"的情绪泥沼。而比这更虐的是,这个占据他情感世界的女人,无法被其他任何女人取代。这么多年来,从眼前掠过的女人形形色色,但再没有哪个人让他产生过眼前一亮、怦然心动的奇妙感觉。可能潜意识里他不觉得还有哪个女人能够比她更好,所以没办法用移情的方式疗愈。她并不是完美的女人,他清楚她有太多性格上的缺陷,比如任性、固执、做事容易冲动……但就算有一百个缺点,他还是改变不了内心那种依恋的感觉。

在这个痛苦的反思过程中,周术认识到,与王鸣的那次接触,并非因为自己喜欢上了王鸣这个女孩子,他只是喜欢那种感觉,那种回到年轻时代恋爱的感觉,被欣赏和迷恋的感觉。那只是冲动,不是心动。在那种特定氛围、投怀送抱的诱惑中,如果不是王鸣,是张鸣或其他什么人,只要相貌算得上养眼,感觉又不太糟,中招是个大概率事件。

他狠狠地骂自己浑蛋。所幸还没有不可救药。

他没有迈出最危险的一步,也给自己留了条退路。想想都有些后怕。得亏沈灵均发现及时,把事情扼杀于萌芽之中。不然他不能确保自己能否继续抵抗住诱惑。如果真的发生关系了,那就真的没救了。

他了解沈灵均就像了解自己。这是一条底线,对于情感方面的瑕疵,彼此都是零容忍。

这段时间,除了机器似的拼命工作,周术不敢让自己闲下来。无论早上多忙,晚上多累,每早睁开眼睛第一件事,就是发送"早安"给她;每晚睡前最重要一件事,还是发送"晚安"。每天如此,成了一种仪式。这是他表达爱意和请求原谅的唯一方式。

但她从不回复,一个字都没有。

他不能确定她内心是怎样的,但可以确定的是,她没有正式提出离婚,没有安排律师找他进行财产分割的谈判,这就给他留下了挽回的希望和机会。

每次手机信息响起,他都希望是她,但每次都失望。渐渐地,当他已经不再期待她会主动找他的时候,她竟然主动来了信息。

"晚上回家,吃个饭。"

收到信息时,周术以为看错了。反复看,确定没错。

不是商量,是要求。这是她的风格。也不管他有没有别的安排,有没有时间。

但不管他忙不忙,他对她都随时有时间。当然,手术例外。所幸,收到她信息的时候,他刚从一台手术中下来。今天的工作就此结束,他觉得这是上帝的垂青。

这个在医院一向以"高冷"著称的男人,有那么一刻差点儿热泪盈眶。周术秒回信息:"晚上见!"

终于见面了。

分别一个月来,不是第一次见。事实上周术经常回来,常常晚上失眠的时候,情不自禁开车回到家门口。有时候在外面喝了酒,叫代驾下意识地又回到家门口。只是从来没有敲过那栋房子的门。没有死缠烂打过。他不想让她因为爱而产生的恨转变成厌恶。他宁可她恨他。只要还有恨,说明爱还在。恨是因为伤,他需要以实际行动帮她抚平伤痕。

每次他总是远远地朝那栋与她生活了七年的房屋眺望,有时候会看到她美丽的身影。她独来独往、形单影只。这也是他断定她还没有移情别恋的主要依据。她如果想找,多容易啊。多少男人爱慕她的美貌,觊觎她的财富,可是她没找。

回家之前,周术特意开车绕到一家花店。这是以前两人在一起时他常去的一家花店。店主是位二十多岁的姑娘,见到老顾客上门,热情地招呼说:"大哥您好久没来了呀。"周术笑了笑,要了二十七朵玫瑰。大红、粉红、黄色,三色组合在一起,绚烂又不失动人。

走进久违的家门,玲嫂看着久未见面的周术抱着花进来,没感到吃惊,她立即拿来一只花瓶。周术与沈灵均结婚前,玲嫂一直跟在沈灵均身边照料她的饮食起居,二人婚后她便跟着来到这个家,插花向来是她的工作,然而这次,周术谢绝了玲嫂,他要亲自动手。

一枝一枝的玫瑰,重新被修剪了,他认真地将它们插进一个水晶花瓶,插出花朵最美丽的形态,然后把一包花肥仔细地撒进水里。花肥是店家送的,花朵的生命可以因此而延长。

周术把插在水晶瓶里的玫瑰端正地摆放在长长的餐桌一端。

燕窝羹、清蒸东星斑、桂花焖小排、芥蓝菜心、红鲟老鸭汤。四菜一汤,玲嫂做的。玲嫂厨艺精湛,对中国菜有着多年悉心的研究,中国几大菜系,粤菜、鲁菜、川菜,甚至潮州菜,都是她的拿手菜。她精通饮食养生与营养搭配,对两位主人的口味熟稔于心。

沈灵均穿着一条休闲连身裙,长发精致地绾在脑后。尽管不那么正式,但也不像两人分居前在家里时那么随性。这样的衣着打扮,让周术感觉到她有意保持的距离感。

两人面对面在餐桌前坐下。周术对妻子露出了笑容。

沈灵均脸上没有笑,眼神里有一缕若隐若现的忧郁。

"遇到什么事了?"竟然没有丝毫生疏感,周术开门见山打破沉默。她凝重的神情令他怜惜。大脑里第一念头是,如果她遇到麻烦,凡他能做的,必竭尽全力,在所不辞。如果将来他有女儿,他想溺爱女儿大约也不过到这个份儿上。

"有事。"

"还是那个官司?"

"另外一个,"沈灵均道,"我一高中同学,母亲生病,需要住院。"

"哦。"周术点点头,这算什么事?只要不是她遇麻烦,其他都是小事。"哪个科?"

"就你这儿,没有床位,但病人需要尽快入院手术,这个手术需要请你来做。"

"床位确实紧张。"周术道,"这个忙,你必须要帮?"

"必须!"沈灵均不容置疑。

"把资料发给我。"

沈灵均从桌边拿起手机,将王熠转来的关于魏惜柔病情的详细资料以及病理报告,当场发至周术手机。周术浏览了一下,道:"叫他们明天上午十点去找我,我来安排。"

沈灵均没有说病人与自己的具体利害关系,但言外之意无不透露出这件事的严肃性和重要性。

周术也没多问。在他心里,除了工作,她就是自己的全世界。她的事比天大,她的需求重于一切。凡她需要的,凡他能做的,所有一切,他要无条件帮她如愿,因为这是他的责任和本分。她若能因此而露出笑容,对他来说就是欣慰和幸福的事。

"现在心情放松了吗?"他望着她,眼神里的溺爱就像望着宠爱的女儿。

"这台手术,你亲自做,必须成功。"沈灵均道,"病人一定要活下去,而且,保证是有质量地生活。"

"放心,经过我手的病人,不管是不是你的熟人,我都会保证手术成功以及良好愈后,这是最基本的要求。"周术说。

周术的手术,以"干净、漂亮、伤口小、出血少、时间短"而著称于业界。他的手术刀口往往小而隐蔽,能短一毫米,就绝不会长一毫米,能微创的就不会大开刀,他是闻名业界的"周一刀"与"周小口"。他看病,更看人,面对患者不可避免、不可或缺的手术,他考虑的不仅是手术成功,考虑更多的是患者的实际情况以及术后的生活质量。39岁的周术踏入医院十六年整,以实际行动把人文关怀践行到每一台手术中。

周术开了瓶干红,他想调节一下气氛。但沈灵均拒绝了。

她叫他回来是办事的,不是重修旧好的。从她的神情看,共进晚餐并不表示她宽恕了他之前的行为。不过换个角度,至少说明他对她还有价值。有价值,就好。

几杯酒下肚,周术忍不住又主动开口。

"如果不是这个事,就不会有这顿饭,是吗?"

"是。"沈灵均很诚实。

周术把一瓶酒喝完,又开了一瓶。他有点儿伤感,明早没手术,他允许自己放纵一下。

一顿话语不多的晚餐结束了。周术站起来,走到妻子身边,借着酒意,想抱抱她。

沈灵均很清醒,望着眼前的男人。他身体肌肉匀称,脸上肤色干净,眼神里满是柔情,他曾经无数次只凭一个动作或一个眼神就点燃她的身体激情,可此时此刻,她全身细胞竟然没有任何反应。往事如歌,她有点儿难过。一切美好中的美好,竟都成了过往。

周术一把拉起沈灵均的胳膊,揽住她的肩,想把她拥到怀里。

沈灵均却用力推开了他,她的眼睛里不含丝毫温情。

周术沮丧地垂下双手,但还是不甘心,说:"我可以留下来吗?"

"可以,但不可以上二楼。"沈灵均指指一楼的客房,"你住这儿。"

"也好,也好。"这是真心话。

起码能离她近一点儿,周术仿佛看到了希望的曙光。

2

郑纯带着老毕与雷风行,整个下午都在安乐村转悠。

安水河流经安乐村东侧,若从高空俯瞰,河水像一条宽阔的玉带,浩浩荡荡,由北向南,又由南绕东,安乐村及其他几个村落,像一枚枚树叶，散落在安水河两岸。

安水河古称安水，总长400多公里，属于黄河沿岸的重要支流。河床由卵石、泥沙构成，渗水性较好，深深浅浅，不曾通航。安水河流最宽处约120米，经平安区，流至安乐村时，在村子南边拐了个弯，向东甩出。拐弯处，河床宽度逐渐变得狭窄，最窄处只有12米，该段河道较深，沟深水急，间有滩湾，在安乐村流程共7公里，过了安乐村，河道如同扇面陡然散开，并逐渐拓宽，洋洋洒洒、曲曲弯弯地流经多个区、县、市，之后往东300公里处，汇入黄河。

如果说黄河是中华民族的母亲河，那么安水河两岸数以百计的村落，世世代代都是受安水河哺育，依安水河而活。魏市长说安水河是平安区的母亲河，这是铁打的事实。河流不会说话，但是容不得践踏。连日来郑纯大脑里时不时闪出这句话，关系到安水河两岸百姓的日常生活与生命健康，愈加坚定了找出真相，还村庄以青山绿水的决心。

华美服装有限公司目前有两家工厂——制衣厂与印染厂，依安水河西侧而建，位于安乐村之南。安水河拐弯"甩离"村庄之地段，十五年前为一片荒滩，三百多亩荒地，野草横生；但华美建厂之后，厂房与绿植有序地排列，焕发出全新的生机。

华美工厂的北部，安乐村与华美工厂之间，约有2公里的距离，中间有一个椭圆形的小池塘，把村子和工厂隔开。在小池塘的最北端，坐落着成玉皎母亲吴桂秀家的小院，以及其他五户村民的农家小院。成玉皎年幼的女儿冯月月当初就是在这里生活了两年，原本健康的孩子，被查出重金属慢性中毒。

这个下午郑纯的打扮一反常态。她围了一条花围巾，头上是一顶老太太式样的假鬈发,脚上穿着一双灰秃秃的淘宝款跑步鞋。猛一看,还真像一名村妇。老毕头一眼看到局长这副打扮,暗自吃了一惊,这打扮像一个地下工作者。关键是,作为年轻女性,郑纯一点儿不在意扮丑。

环保侦察和刑侦有相似之处,有时候需要出其不意。化装、伪装、乔装,都是常有的事。

三个人各有分工。老毕负责开车,雷风行负责沿安水河畔寻找华美工厂除正常排污出水口之外,是否还有其他隐蔽的出水口。郑纯则一个人在村里巡查。巡查了三个小时,郑纯不禁感慨,如果没有污染事件,这个背靠青山、依水而居的安乐村,简直就是传说中的世外桃源。

绿水青山,多么得天独厚的自然资源啊!

实地考察之前,郑纯在办公室无数次研究过无人机监测绘出来的安乐村三维地形图。

此时身处其中,郑纯越发对当地了如指掌。

其间王熠来过电话。他告诉她,妈的床位问题已经解决了,住院手续办得十分顺利,尤其令人喜出望外的是,病房是个朝阳的双人间。在一床难求的医院里,好多病人是三人间、四人间,甚至挤在病房阳台临时支起的病床上。至于双人间,王熠说,之前想都没敢想,简直是奢侈。

这是个好消息,郑纯心头一块石头落了地。王熠又强调说,这个事得益于沈同学,沈同学真是一个仗义之人,那天他冒昧打电话给她时还有些拿不准,没想到她这么利落就给办了。听到这儿,郑纯的心又莫名地一沉,仿佛被压上另一块石头。她很快又安慰自己,先不管那么多了,手术、治病要紧。

王熠似乎还要说什么,却欲言又止。

郑纯暂且松了口气,叮嘱他照料好妈妈,便挂了电话。

三个人聚在面包车内,晚饭是从村口小卖部买的一摞煎饼卷大葱,就着白水吃下的。雷风行吃了八张煎饼,老毕吃了五张,郑纯吃了三张。吃饭时,老毕对郑纯说:"下村蹲点就是这么艰苦,你能扛得住吗?"郑纯呵呵一笑道:"这才哪儿到哪儿?"

来平安区任职前,她在小镜区环保局监察队,从普通队员做到副队长,再到大队长,常年冲锋陷阵在执法第一线。为查企业排污情况,她加班蹲点,与违排企业斗智斗勇,节假日半夜巡河,暴雨天潜入排水口取水样,都是家常便饭。甚至谈恋爱时,王熠也夜夜陪着她在河岸上逡巡。最长的一次,她在一个村企蹲点了一个半月,每周至少有四个晚上工作到凌晨两三点。

有时候为查一个疑难案子,压力大得令人喘不上气,焦虑也经常折磨得人彻夜难眠。王熠曾问她:"你一个女孩子,这么拼究竟图什么?"关于这个问题,郑纯每每累得濒临崩溃,半夜瘫倒在床上像搁浅在沙滩上的鱼喘息困难时,也会在大脑里问自己,这么拼究竟图什么?

为了山更绿,水更清,天更蓝;为了我们生活的环境更干净,更美好,更健康;为了推动生态文明建设迈上新台阶……这么说似乎有点儿矫情,有些人也不会信你讲的是真话。有次一位同事面对媒体谈到自己的工作时,进行了类似的表达,立即被一些人讥讽为"冠冕堂皇"。郑纯看到后很生气,她心想,没有这些人不分昼夜在一线玩命,与各种污染企业做斗争,没准儿你们这些人还挣扎在遍地垃圾里,还能坐在窗明几净的房子里,到处冷嘲热讽,到处挑毛病吗?

倒不是夸自己有多么高尚的职业情怀。仔细想一想,当初高考志愿报环保专业,最朴素的愿望只有一个:当时听人讲这个专业未来好就业。走上工作岗位后,才发现环保工作的各种苦和累。但这条路是自己选择的,她必须履职尽责、全心全意干好分内每一件事。在小镜区环保局那些年,郑纯渐渐地发现一个事实,当时那个局长,除了人际关系方面是一把好手,在专业上基本就是一外行。她就奇怪了,那样的人都能当上局长,自己为什么不能往这个方向奋斗?为了实现自己的价值,争取更好的工作平台,她拼尽全力,努力工作,以扎实的业绩一步一个台阶地在职业道路上不懈前行。

结果她没能取代那个人,因为还没等她熬到升职,局长就因牵涉包庇一家化妆品企业污染事故出了事,被纪委留置了。郑纯自己也没想到,两年后,自己被派往平安区,取代了突发脑血栓的尹红。这叫人算不如天算。

言归正传。晚上填饱肚子后,三个人又在华美厂区附近转悠了五六个小时,把工厂围墙状况及围墙周边的状况摸了一遍。凌晨两点,三人在车内换上工作制服,来到工厂大门口,由老毕手持微型摄像机,进行全程摄像工作,郑纯与雷风行走到保安室门口,雷风行伸手敲门。

正常情况下,工厂保安室应该24小时有人值守,但保安室此时却黑着灯。雷风行手指叩门的声音持续了整整五分钟,并反复申明是环保部门监察人员,过来了解生产排污情况。然而门却纹丝不动,门里也没有任何声音,仿佛里面的人是聋子,甚至让人怀疑小黑屋里没有活人。郑纯来到保安室的小窗前,拿手电筒往里照,无奈窗子被厚厚的窗帘遮挡得严实,什么也看不到。

又敲了一阵,雷风行叩门的手指在空中停下来,问郑纯怎么办。

"翻墙。"郑纯说。

老毕吃了一惊,没想到这位年轻的女上司竟说出"翻墙"二字。

从法律程序上,环保执法工作人员前往存在重大排污嫌疑的企业进行检查,遇到企业"装死"不开门的情况,属于抗拒执法,为了正常执法,监察人员可以通过非常手段进入嫌疑企业,这在程序上没有瑕疵。在环保系统的内部网上,也经常看到某某检查组在深夜对嫌疑企业进行突击检查,遭遇企业拒检时,检查组成员毫不犹豫翻墙进入。从以往通报出来的案例看,越是拒检的企业,问题越大,监察员在强行进入企业后,十有八九人赃俱获。

但老毕在自己的工作单位,以前的老上司尹红在任时一向谨小慎微,始终主张"温和执法",每次遇到敲门不开,执法人员通常无功而返,改日再来。

雷风行与老毕相反,他似乎就在等这两个字,立即回应:"我先来。"

明人不做暗事,雷风行先从随身携带的工具包里掏出一个本子,翻开一页,用签字笔唰唰唰地填写了几个字,贴到保安室门外的墙壁上。这是环保局的格式化通知,内容是通知华美公司,某年某月某日某时,区环保监察人员前来执法,工厂拒不开门,监察人员不得已采取强力方式入内执法。

雷风行贴字条时,老毕仔细观察,大门两侧的围墙上布着带刺的铁丝网,而大门则是普通的铁栅栏结构,大门上方没有带刺铁网。雷风行贴好通知,随后从兜里掏出一支测电笔,在大铁门上下左右试了试,没有电流反应,便一马当先,爬上栅栏,翻墙而入。

紧接着,郑纯也纵身翻越而入。老毕从摄像机镜头里看到,郑纯爬上栅栏时,动作敏捷,像是专门训练过,看来同样的事情以前没少干。只是落地时,双脚没站稳,吃了个屁股蹲儿,这也正常,毕竟不是专业的。也不知摔疼没有,至少从她的神情上,什么也看不出来,连眉头都没皱一下。只见她单手摁地迅速从地上一跃而起,拍拍手上的土,看这状态,摔摔打打对她如同家常便饭。

老毕55岁,在环保系统工作三十余载,做办公室副主任、主任已有十五年,迎来送往数任局长,郑纯这种类型的局长,深更半夜带头深入"虎穴"翻墙执法的,还是第一次见。郑纯上任之前,老毕特意从内部网了解过她,也听闻过她的某些事迹,在亲眼见到之前,一直以为都是些夸大其词的宣传文章罢了。完全没想到,看上去身材娇小、面容清秀的弱女子,竟然是这样身体力行、冲锋在前的"女汉子"。

看见此情此景,老毕不由得心生感慨,这孩子,真是太皮实了,如果她父母看到,免不了要心疼的。为了不耽误工作,老毕也不能示弱,在保护好摄像机安全的前提下,也翻墙入厂。

月黑风高,郑纯与雷风行在前,老毕在后,三个人在厂区内仔细搜索了一遍。

前次雷风行入厂被拒,郑纯就怀疑厂内是否布有暗渠、暗坑、暗沟等逃避监管的偷排设施。这次深夜"拜访",就是这个目标。经验告诉她,很多不法企业的主要偷排手段有在厂房内部建造特别隐蔽的渗坑、渗井等,专门进行有毒污水的排放处理,工作人员经常在夜深人静时进行污水处理的操作。一旦造成重大污染事故,环保部门首当其冲要被追责。

有几栋建筑物亮着灯,机器有节奏地低声轰鸣着,应该是正在工作的车间。另有两栋矮层建筑物,没有声音,皆黑着灯。郑纯向雷风行递了个眼色,先快步走向其中一栋,找到大门,门锁着,但有宽大的玻璃窗,来到窗前,里面没有窗帘遮挡。郑纯把专用手电筒开到最强光,隔着玻璃往里照,玻璃有些反光,但还是可以清楚地看到内部的布局与陈设,这是一间大型的贮物仓库,里面整整齐齐堆放着如山的服装与大小不一的包装箱。郑纯与雷风行先后绕着几个大窗,通过不同角度往里面仔细看,没有发现可疑之处。

之后,两人又来到另一栋建筑物前,用同样的方法,拿手电筒隔窗往里照射。这是一间空房子,内部空间巨大,在建筑物室内的西边,竟然有一个圆形的大坑!郑纯心里咯噔一下,这个大坑,目测直径至少5米,这是干什么用的?蓄水池吗?有毒废水的暂贮地吗?如果判断正确,这个大坑有没有防渗防漏设施?坑内的污水最终又以何种方法进行处理?最终排往哪里?是否地下埋着暗管把未经处理的有毒废水直接偷排到厂区之外?一个个问号霎时间在脑袋里升腾。

正疑惑间,只听一阵杂乱的脚步快步朝这边走来。郑纯与雷风行不约而同转过身来。正好,郑纯想,正要找他们呢,人就来了。

脚步声越来越近。借着夜色,从身形判断是五六名彪形大汉,为首的一位像是主管。主管边走边厉声疾问:"什么人?在干什么?"边说边用手电对着郑纯一行人的身上直晃。

另一个人虚张声势地喊:"小偷！抓小偷！"

"乱喊什么?"雷风行大喝一声,拿电筒朝对面照去,同时亮出证件,说,"环保局的,例行检查！"

"环保局的有什么了不起?"一个声音接话,"半夜三更检查什么?抽风吗?"

"我们接到举报,这个厂子有违法排污嫌疑,过来了解情况。"郑纯不紧不慢,声音却是严厉的。

主管制止了旁边说话的男子,接过雷风行的证件,拿手电照了照,还给雷风行,又伸手要郑纯的证件。郑纯将证件递过去,对方低头仔细审视证件,又抬头用手电照郑纯的脸,反复与证件上的照片进行核对,手电的强光刺得郑纯眼睛很不舒服,但不得不忍着。

核对无误后,主管将证件还给郑纯,换了一种语气,指指厂区另一侧几个响着机器声的建筑物说:"你们要检查什么?去那几个车间查吧,那边有人。"

"先到这里面看看,"郑纯指着室内有大坑的建筑物,说,"把门打开！"

"不好意思啊,"主管说,"这个车间有专人负责,晚上不生产,拿钥匙的人今天不值班,不在厂里,打不开啊。"

"备用钥匙呢?"

"这不归我管,我手里没有备用钥匙。"

"拿钥匙的人在哪儿?打电话叫他过来开门！"雷风行呵斥道。

"管这个车间的是我领导,他在哪儿我不知道啊。"

"打电话！"郑纯说。

"半夜三更的,领导正在睡觉,我不敢打电话打扰呀,这会让我失业的。"

"电话号码!"郑纯忍住胸内升腾的无名之火,尽量克制着自己。

主管犹豫了一下,报出一串138开头的数字。

郑纯立即拿手机拨出。接电话的正是华美公司的负责人沈俊驰。沈俊驰一听郑纯自报家门,十分客气,哈哈一笑道:"郑局长啊,贵客呀贵客,您事先也不打个招呼,不知您大驾光临,不然我提前在厂里铺红毯恭候啦……实在是抱歉,您要了解情况的那个车间,确实只有我手上有钥匙,遗憾的是,我最近到广州出差,原计划两天前就回去的,没料到被疫情困在这儿,连续订了两次机票,航班都被取消。您看这样行不,我现在试着再订一下机票,如果有航班,无论如何我尽快赶回来,配合您检查,行不?"

如果沈俊驰就在跟前,郑纯真想把手机直接砸到他脸上。当然,她能做的是,必须继续忍耐。她压低了声音,以严厉的语气道:"沈总,你经营企业这么多年,《消防法》一点不懂吗?首先你这种行为,厂房没有备用钥匙不能随时打开门的行为,在《消防法》上你就通不过,你这个行为违反了国家《消防法》你不知道吗?万一厂房发生意外着了火打不开门闹出人命,你有几颗脑袋可以担着?我警告你,不要在这里跟我揣着明白装糊涂,现在我就不强行执法了,天亮以后八点半,我不管你在什么地方,不管你用什么办法,你必须配合我们进入这间厂房进行执法,听明白了吗?"

"多谢郑局善意提醒,"沈俊驰呵呵一笑说,"我一定会配合的。"

挂掉电话,四周一时变得寂静。少顷,雷风行在夜色里搓搓手,嘴里呵出一缕缕白气,他的声音打破寂静:"郑局,你和毕主任先回去,我暂时就在这儿值班了。"

"也好,那就辛苦你了。"郑纯点头认可。

郑纯明白,雷风行的意思是,守着这个大坑,待天亮后开门进去执法。以免在他们离开这个空当里,工厂对大坑进行填埋掩盖处理。

在拿到大坑贮存着污水的确凿证据之前,强行破门执法也存在风险,如果进去一无所获,企业反过来投诉你"不当执法、破坏私有财产",那又徒增麻烦,后续执法可能会因此陷入被动局面。遇到这种无赖的企业主,除了下死功夫跟他耗着,目前尚没有更好的解决方案。

郑纯拿出手机,通过工作群安排一名值夜班的监察队员,尽快赶过来与雷风行共同值守,安排妥当后,与老毕先行离开。

回程路上,老毕开着车,郑纯坐在后座,由于疲惫,一路无话。

行至半途,郑纯手机叮咚响了一下。

是王熠发来的信息,问她:"还在工作吗?啥时到家?"

郑纯回复:"正在回城的路上。"

王熠回复:"我等你。"

此时已是凌晨三时,有人在深夜里等自己,郑纯心底泛起一股暖流,渐渐驱散了工作受挫带来的不快。

王熠又发来长信息:"今儿请了一位陪护,和我轮班照顾妈。今天下午和周术大夫见了面,明天周大夫安排专家会诊,会诊后确定手术方案,手术时间定在周六下午……"

刚刚弥漫在郑纯心头的幸福感,顿时被婆婆手术的阴影给遮住了。

第三章 迷雾重重 | 119

3

早晨七时半,华美厂区的一间会议室,一张长方形会议桌,沈灵均、沈俊驰、赵长信以及其他三位副总围桌而坐。

平时公司是八点半上班,赵长信与三位副总,没有特殊情况,都在城区内的公司总部上班。今天情况特殊,几个人在起床前就接到电话通知,各自从主城区赶到工厂。最近被环保部门盯上,监察人员跟抽风似的动不动就突击检查,沈灵均与沈俊驰姐弟俩也跟着神经抽筋,动不动就通知加班或提前上班。

由沈俊驰主持会议。他面前摆着苹果电脑,会议桌前方墙壁上挂着一块大屏幕,一幅幅照片正清晰地投在屏幕上。

这是厂区内摄像头拍下来的摄像截图。其中一幅为郑纯从大门栅栏上翻进来落地时"吃屁股蹲儿"的镜头,其他几幅则是三个穿着制服的人,在夜色下的厂区内,两个人在前面探头探脑四处查看,一个人端着摄像机在后面摄像的身影。

一位副总说:"这些人疯了吗?为了所谓的政绩,大冷天的,半夜不睡觉玩命?"

另一位副总说:"昨晚室外最低气温零下12摄氏度,那个姓雷的,不知冻死没?"

赵长信说:"这个不用担心,冻死了咎由自取,我们不承担法律责任。"

又一名副总接话道:"最好不要冻死,如果冻傻或冻残了,被媒体当典型报道出去,起码可以威慑到一些干环保的,以后半夜出来抽风时要琢磨琢磨后果。"

此言一出,另外两位副总顿时笑了出来。

沈灵均黑着脸,轻轻咳了两声。

沈俊驰当场开训:"都什么时候了,火马上就要烧到眉毛了,你们还有心思在这儿调侃?拿钱的时候一个个争先恐后,遇到困难需要出力时怎么就不争先恐后想办法?"

三名副总立即住口,在一秒钟之内换上凝重严肃的神情。

沈灵均拿眼神制止了沈俊驰。她抬腕看看手表,开口向沈俊驰道:"八点半他们就来了,俊驰你既然说了在广州,就不要露面自己打脸了。"

沈俊驰说了声明白。

沈灵均向姓王的副总道:"王总,一会儿你出面接待下,不管他们检查哪儿,全力配合就是了。"

姓王的副总说了一声是。

沈灵均话锋一转,问赵长信:"上诉证据准备得怎么样了?"

"差不多了。"赵长信道,"第一,我们委托省环境监测中心最近一次对安乐村及华美厂周围二十户居民的家庭自来水样进行了毒理分析化验,并做出检测报告,没有发现相应规范值或标准限值超标情况。第二,华美公司生产中所用原材料本身不含 Pb(铅),无须使用 Pb(铅),碧城市环境监测中心根据公司废水处理设施排口的监测数据,出具了一份监测报告,结果显示,废水处理设施排口的 Pb(铅)监测结果为 $0.004mg/L$,远远低于国家安全标准,所以说,公司排出的废水中,如果含有微量铅,那也是自然铅。因此,我们的生产排放不可能导致成玉皎之女冯月月慢性重金属铅中毒。第三,一审法院认为华美公司存在污染环境行为,缺乏有效依据。华美公司的生产行为是否导致安乐村重金属铅污染,需要法院委托具有鉴定资质的机构在确保送交样本不被污染的情况下进行科学鉴定,否则不能认定华美公司对安乐村存在污染环境行为。第四,成玉皎认为华美公司偷排废水,纯属个人臆断幻想,没有任何证据支持,更没有证据证明其女的死亡与华美公司的生产排放行为存在因果关系。基于以上四点,请求二审法院撤销原判……"

沈灵均冷着脸问:"不还是那些陈词滥调?我问的是有没有拿到新证据。"

赵长信补充道:"除了上述四条证据,我们还可以提交最近五年内的《环境影响报告书》,以及相关排放数据,这些证据都足以证明华美的标准化操作与标准化排污符合国家安全标准。"

沈灵均皱着眉头道:"我只想知道,有没有强有力的支持华美公司与成玉皎女儿死亡不存在直接或间接因果关系的新证据?"

赵长信道:"一审法院当时之所以判我们承担部分责任,我认为主要问题出在我们的证据链不够全面,当时我们只提交了过去近五年内白天生产的排放数据,但我们的工厂是不分昼夜三班倒模式,我们缺乏近五年来夜间生产排放符合国家标准的有效数据。"

"为什么没有夜间的?"沈灵均问。

姓王的副总接话道:"近几年环保部门没有人在夜间过来查过,我们也没有委托具有专业资质的机构对夜间排水进行过监测。"

"如果有夜间的安全报告的话,是否有胜算?"沈灵均问赵长信。

"不敢说百分之百,但胜算概率肯定会直线提高。"

散会后,沈灵均回到办公室。

赵长信这个饭桶,之前拿了一笔钱说要打点法官那边的关系,到现在没个准信儿。沈俊驰有一次气急,说要找事由收拾一下赵长信,被沈灵均制止。这个人还要继续用下去,不宜撕破脸。刚才又说需要拿出近五年内夜间排污达标的报告,这是给华美出难题。之前没有夜间报告,现在上哪儿弄?请环保检测机构"补出"?什么叫"补出"?造假吗?在华美处于风口浪尖的时刻,哪家检测机构有胆量冒着犯罪坐牢的风险给你干这个事?

沈灵均明显感觉到,形势正朝着不利于华美的方向发展。

沈灵均靠在椅背上,在大脑里对事情来一次复盘,不得不进行深刻反思。最初成玉皎找华美时,沈俊驰说成玉皎是个下三烂,沈灵均不屑与之纠缠,后来成玉皎不接受和解,沈俊驰觉得她不识抬举,不再理会她。用沈俊驰的话说,这种人蹬鼻子上脸,越是给她好脸色她越不知天高地厚,随她告去,看她能折腾到天上去?对此,沈灵均给予了默许。

具体到官司,沈灵均又犯了一个致命错误:轻敌。她着实低估了成玉皎的战斗力。一开始只知道成玉皎会查县志,但没想到她会真的打官司。一般人不愿打官司,可这个成玉皎就不是正常人,偏执到不可理喻。一审没达预期,她竟然没受到打击,还要上诉。

成玉皎这个受迫害妄想症患者,终于成功地招引来郑纯这个战斗力爆表的工作狂。

郑纯一上任就雷厉风行,死死抓住华美,拿着放大镜挑华美的毛病,就算华美没什么事,也免不了会被抓出两道血印子。什么人经得起拿显微镜去窥探?谁脸上没颗雀斑?更何况是一家养着两千名工人的企业。

一件本来不算大的事情,竟然一点点发酵成大事。

然而,人生不能回头。

沈俊驰敲门进来。

"这场官司,不论胜算概率有多大,"沈俊驰直截了当地说,"对华美的声誉与正常生产都没有正面作用。"

如果只是一个成玉皎,不管她请了什么律师,只要她没法证明她女儿的死是因为华美的排污,任她折腾去,谅她也掀不起多大风浪。但现在郑纯参与进来,拿 X 光去照射你,这就比较麻烦了。

"成玉皎非要置华美于死地,我们不能坐以待毙。"沈灵均道,"你下午去一趟医院,就说一早从广州飞回来,下了飞机第一件事就是来医院探望王熠母亲,顺便与王熠同学做个接洽。"

沈俊驰说:"放心吧,我会办好的。"

早晨八点半,郑纯与老毕准时出现在华美厂区,与雷风行以及那位连夜赶来的监察员碰了头,一行人直接来到那栋建筑物前。华美的王副总拿着钥匙及时赶过来,边开门边解释说,这个车间一直由沈总直接管理,存放在厂办公室的备用钥匙长久不用,一时找不到,还以为丢了,沈总凌晨打电话责骂工作人员不该怠慢环保工作者,要求连夜找钥匙,呵呵,还真给找到了……对这些完全站不住脚的谎话,郑纯只当空气,左耳进右耳出,一门心思在那个大坑里。

她已经备好管状取样杯,老毕与雷风行也都随身携带着同样的采样容器,随时准备从大坑里采取水样。然而令她意外的是,几个人来到那个巨大的大坑前,不由得暗暗吃惊。

大坑里面并没有预想中的污水,里面堆放着五颜六色的零碎布头与线头。

"这是服装生产的废料坑,也就通常你们所说的废渣。"王副总落落大方地介绍道,"对这些生产废料,我们会进行专业杀毒杀菌的再处理工艺,最终由正规废品回收公司进行专业回收。"

如果之前真是污水坑,仅仅几个小时时间,而且这几个小时里,这栋建筑物大门一直紧锁,又有雷风行与同事在门外值守,没有看到人员进出,在这种情况下,把污水坑变为废渣坑,不具备操作条件和空间。除非变魔术。

当着王副总的面,雷风行对废渣坑进行了现场采样。

即将从工厂离开时,沈灵均突然现身。

两个女人首次直面交集。看到沈灵均的一刹那,郑纯暗自感叹,这位沈同学果然是天生丽质。她皮肤白得发亮,体形就像二十多岁的小姑娘,从外貌到气质都自带磁场,自己作为女人,都忍不住愿意多看一眼。

沈灵均盛情邀请郑纯一行人吃个午饭,体验一下工厂的工作餐,郑纯礼貌又不失坚决地谢绝了。

沈灵均送郑纯一行到停车场,莞尔一笑道:"郑局,说句心里话,对您的敬业精神,我非常敬佩,您这样不计后果的工作劲头儿,很少见的。"

郑纯听出了言外之意。她在暗讽自己凌晨突击检查的事情,后果?什么后果?这是威胁吗?如果害怕威胁,她在这岗位上还能干到今天吗?做环保监察这些年,什么人她没遇到过?每天启动汽车的时候,她都要检查车子有没有被扎胎。这就是环保人的日常生活,也不差你沈老板一个威胁。

郑纯笑笑,反唇相讥道:"沈总,我和您一样,我们各司其职,做的都是分内之事。"

郑纯心里却想,沈老板为了自己的生意,不惜代价做您要做的事,同理,我为了赋予我职责和信任的工作岗位,我必须查你,查出问题必须办你。往小里说,是职责所在;往大里说,受人之托,忠人之事,托我的是国家、百姓,我不能在岗位上拿着薪水,尸位素餐。

把样本带回局里后第一时间进行检测,没发现有毒物质,没有任何异样。

郑纯心里不知是失落还是欣慰。从私人角度讲,就凭沈同学对王熠的那份"恩情",她希望华美企业如同目前所展现的这样,一切符合国家标准,不存在任何违排问题。

可是成玉皎女儿的重金属慢性中毒是怎么回事?

这个问题,如一团疑云在郑纯大脑里始终挥之不去。

第四章　蛛丝马迹

1

吴成卸完一批从花卉市场拉过来的鲜花。小超市有个鲜花角，品种没花店那么丰富，只有玫瑰、康乃馨等常见花卉，仅满足那些手头宽裕，买菜时顺手捎把鲜花的顾客的需求。

卸完花，吴成在超市巡查了一遍。各类货品井然有序，供应充足，食品蔬菜与日常用品去化率还相当不错。吴成拿出手机看看时间，一会儿还要去拉一批货。开这家超市小两年了，人手一直紧张，主要是劳动力太贵，钱给少了留不住人，给多了又扛不住，两年来，雇员像走马灯似的换。为了缩减成本，吴成常年自己干，超市里所有工种，没有他没干过的。有些商品供货商送货上门，有些货物他自己去拉可以节省物流费。开业头一年，每天工作量动辄十五六个小时，一天下来累得睡觉时怎么躺都浑身疼，近一年经营运转进入正轨，也开始盈利，吴成的日子逐渐有所好转，但还没有完全得以解放。

从超市出来，吴成钻进小货车驾驶室，发动车子，启动油门。

车子正徐徐离开，突然间，右侧后视镜出现了一妇女的身影，正远远地朝车子招手,边喊着"等一下",边朝着车子奔过来。

吴成还没反应过来,妇女已奔到车旁,未经吴成允许,砰的一声拉开副驾座的门,一点儿也不见外地坐了进来。

得亏车速慢,万一——吴成惊出一身冷汗。

又是那个成玉皎。她简直是神经病!不要命啊?你不要命,我还担不起人命呢!

对于这个成玉皎,吴成已经不胜其烦。他拒绝加她微信,她和他的联系只能通过手机短信,这段时间,几乎每天都会收到她的骚扰短信。他从不回复,她已经习惯,且锲而不舍。

无非是那些无良企业非法排污的危害性,污染对环境、对空气、对水、对土壤,尤其对人的健康造成的严重后果。她不仅用文字轰炸,还图片轰炸,目的只有一个,迫使他良心发现,协助她完成她想做的事。他数次想把她拉黑,但最终没有付诸行动。这些信息偶尔会触动他的内心。

他还没想好如何妥善解决这个问题。

吴成踩住刹车,呵斥成玉皎下车。

成玉皎好不容易逮着他,怎么会轻易离开?她表示她要跟他谈谈,不用他赶,谈完会自动离开。

刚刚空出来的车位,瞬间被别的车占领。吴成的车子在超市门口的小路上堵着,后面有汽车直摁喇叭。无奈之下,吴成开着车,从超市门口驶离。

"成玉皎,你到底要干什么?"吴成问,"我说过我帮不了你,你为什么不放过我?"

"我相信自己的直觉,你了解华美公司的内幕……"

吴成疾声打断她:"成玉皎,我提醒你,说话是要承担法律责任的!"

"我会对我所说每一个字承担法律责任。"

从狭窄的小街驶出来,在一条宽阔些的马路上,吴成把车子停靠在路边。他不知该说什么,又不能抓住一个女人的胳膊拽她下车。街上人来人往,她若大喊大叫怎么办?不了解情况的,产生误会怎么办?

吴成摸出电子烟,抽了两口,沉默了一会儿,说道:"成玉皎,我这儿真没有你想要的东西,你凭什么咬死我手里有什么阴暗秘密?你希望我去举报华美?那也得拿出证据吧?我当初在那儿工作,也就一打工仔。据我所知,华美一直合法经营,你猜测的那些乱七八糟的事,我闻所未闻,平白无故的,凭什么要给人家扣帽子?"

"吴成,你以后会结婚吧?你会有小孩吧?你至少有父母吧?你拍着胸口好好想想,你愿意你的孩子、父母、亲人生活在被污染的环境中吗?"

"你下去吧,你认为你是受害者,该上哪儿告上哪儿告去,我没做过害人的事,没害过你,也真帮不到你,你没必要在我这儿浪费时间,我也很忙。"

成玉皎坐着一动不动。她眼神发直,望着玻璃风挡,似乎在思考什么。过了一会儿,她开口道:"那些商人为了牟利,丧尽天良,安乐村不仅我女儿一个人遭受祸害,前些年因病去世的人就不提了,就说最近三年,小小村子,仅仅100来户人家里就有27户村民家里有重症患者,平均每三个家庭就有一个大病患者,这是什么比例?时间倒退十五年,我们那个村子山清水秀,粮食蔬菜自给自足,没有这些大病怪病,自打华美建厂,仅仅十五年工夫,大病病例的发生率直线上升。华美非法排污的行为如果不及时制止,以后还会有更多的人受害,每一个受害者的背后都是一个家庭,每一起死亡事件都会导致一个家庭家破人亡、人财两空。就算你的父母家人不在安乐村,你确保你父母家人生活的地方就没有华美这样的污染企业吗?当然,我不是圣母,我关心不了太多,我只关心我的家人,我的孩子不明不白地没了,但我身边还有亲朋好友,还有他们的孩子,你真的以为这样的事永远只会发生在别人身上,永远不会和自己扯上关系吗?我告诉你,它就在不远处,就在你身边,近在咫尺!或许明天、后天,也许下一个就是你!"

"成玉皎,你在诅咒我?"

成玉皎没回应。吴成回过头,成玉皎脸上凝着深深的悲伤。

"你选择离开华美,我相信你是一个还有良知的人。"成玉皎语调平静地说,"我不诅咒任何人,我想表达的是,如果我们每个人都麻木不仁、视而不见,下一个受害者可能就是你我他,谁也逃不过。"

吴成沉默了。

"农村人得了大病,最后只有一个结果,要么死,要么整个人废了。有的人活着,但生不如死,你可能无法想象这些疾病给患病的家庭带来怎样的摧残和折磨。"成玉皎又说,"村东头老周家两口子都患了肝癌,查出来就是中晚期,老两口儿丧失了劳动能力,为治病,把住了二十年的小院给卖了,现在一边租房一边治疗。两天前我去村里,特意去他们家,和他们聊了聊,现在的困境是由于交不上下年房租,他们有可能被撵出出租房,面临无家可归的境地,眼看要过年了,他们怎么活下去,还是个未知数……"

吴成在华美工厂工作七年,日常最熟悉的地方就是安乐村。安乐村那些发生重症的家庭,或多或少有所耳闻。村头老张,治疗了几年骨髓瘤,瘤子好像治得差不多了,两髋的股骨头坏死了;村西口老成家的姑娘,才二十多岁,结婚没两年,查出心脏肿瘤,这是一种罕见病,做了手术没两年,又复发了,三年内一共做了三次开胸大手术,人瘦成纸片,靠心脏起搏器维持呼吸……

吴成皱着眉,双臂交叉搁在方向盘上,他说:"你到底要我做什么?举证华美污染环境?那得拿得出证据啊,空口无凭的,凭空把村里这些疾病跟华美扯在一块儿,你不知道诬告和诽谤罪的后果吗?再说,这些病哪儿没有?城市里少吗?"

"我不要求你为社会担责,至少要对自己和家人负责吧?你能确保你未来的孩子不生活在这块土地上吗?"成玉皎继续道,"你可能有顾虑,这个我理解,我也不是非要求你出庭做证,如果你愿意,只要把你知道的情况提供给我们,我和我的律师会替你保密,我的律师会设法保护你不遭到报复,或者你需要多少酬金,你告诉我,我想办法给你凑,可以吗?你好好想想,我等你回信。"

说完这句话,成玉皎拉开车门,主动下了车。

马路边的人行道上有等公交车的长凳,成玉皎坐下,两眼茫然地望着眼前的车水马龙。一位路过的行人看了一眼成玉皎,匆匆而去。

2

王熠从医院出来时已是晚上十点。

上午专家会诊出了手术方案。下午王熠陪母亲做术前检查,开单、缴费,各种排队,楼上楼下地跑,母亲被各种加强检查吓得不轻,数次询问自己究竟得了什么病。王熠告诉她手术前都这样检查,叫她不要胡思乱想。晚上终于服侍虚弱不堪的母亲躺下,交代完陪护若干事项后,开着一辆半旧的老款比亚迪送父亲回家,再回自己家,终于迈进家门时,王熠累得浑身像散了架。

郑纯也刚刚到家不久,正在厨房煮面条。煮之前她打电话确认了王熠的到家时间,煮了两人份。往锅里打鸡蛋时,不知脑袋里想什么,手一晃,蛋清包裹着蛋黄掉落在地上。看她笨手笨脚的样子,王熠不由分说地把她从灶台前拉出来,自己上手。

郑纯抽了两张抽纸,欲俯身擦去地面上的蛋液,王熠呵斥她出去,真是越帮越乱。语气就像对待犯了错的小孩儿。郑纯不得不承认,厨房这些事,她完全成事不足,败事有余。

两碗西红柿鸡蛋面香喷喷的,两人对坐餐桌前,郑纯三下五除二,连汤带面吃掉一碗。王熠吃得比较斯文。他一句话没有,往日乐观开朗的习惯性表情,此时不见踪影。也难怪,他在医院病床上躺着,他如何笑得出来。

饭桌上,郑纯问起婆婆的情况。

王熠似乎不想谈这个话题。他只告诉她,明天中午一点钟开始手术,之后便闷声不响。

郑纯觉得反常。他不想说,或没心情,她便不再追问。吃完后她把两只碗拿去厨房洗了,用抹布擦净餐桌,看看时间不早,叫王熠早点儿休息。她也疲累不堪,恨不能立即躺下。

正准备回卧室,王熠忽然从身后叫住她:"有个事和你确认一下。"

郑纯微微一怔。

"你是不是半夜袭击了华美工厂?"王熠问。

郑纯霎时明白了他闷闷不乐的原因。

"不是袭击,"郑纯小心翼翼地解释道,"这是正常工作,属于……突击检查。"

他脸色不好看。能好看吗?沈同学刚刚帮了他这么大的忙,转眼他老婆就深更半夜翻了人家大院的墙。在沈同学眼里,王熠成什么了?现实版白眼狼吗?在王熠眼里,沈同学那么仗义,他一个电话过去,那么棘手的事,人家二话不说就给办了。他竟丝毫没有感恩之心。这叫他情何以堪?

郑纯重新坐回餐桌前,心脏不由得皱成一团。不是怕老公,是害怕老公受到伤害。她尽量让自己放松,该来的总是要来。也奇怪了,生活跟自己有仇吗?干吗安排如此拧巴的难解命题给自己?

"为什么这么干?"王熠问。不是询问,是质问。

"我只是履行工作任务,这事跟你没关系。"郑纯言下之意是他没必要掺和这个事。

"从人情上讲,你觉得厚道吗?"

"我在工作,工作和人情是两码事,"郑纯尽量让自己平静。如果讲人情,这工作没法儿干了。

第四章　蛛丝马迹　| 133

因为有人情在，就不要工作了吗？昨天上午市局的视频会议上，周明局长一再强调，蓝天、净土、碧水保卫战，既是攻坚战，也是持久战，不能有丝毫懈怠，广大人民群众殷切期盼加快提高生态环境质量，作为环保人，要以对人民群众、对子孙后代高度负责的态度，做好生态环境保护工作。保护环境就是保护子孙后代，就是保护自己的生命，只有环境安全了，每个人才能安全活命，所以，生态环境的建设与保护，每个人都责无旁贷，更何况我们环保工作者。会议结束后，郑纯立即在区环保局的小会议室，向各位属下传达会议精神，反复强调工作责任及坚持源头严防、过程严管、后果严惩，治标治本多管齐下的工作要领。

但这些在会议上讲的话，怎能在家里讲？在家里讲别不别扭？婆婆在医院躺着，王熠心情不好，她帮不到他什么，至少要给他以体谅。于是郑纯耐着性子，斟酌措辞道："王熠，华美的前程命运你不用太担心，我们之所以这么安排，也是为了尽快查清问题，如果没问题，还华美一个清白，对沈同学也是好事。"

"我不担心华美的前程命运，我只关心妈妈的生死存亡，"王熠忽然激动起来，一字一顿道，"躺在病床上的是我亲妈！"

"也是我亲婆婆。"郑纯道。

凭良心说，婆婆很疼她。婚后这些年，小两口儿在公婆那蹭饭次数远超自己在家做饭的次数。郑纯爱吃饺子，婆婆经常包饺子给她吃。遇到郑纯工作忙时，婆婆经常把蒸好的饺子让王熠打包带回家，方便郑纯夜里工作后加餐。郑纯喜欢吃三鲜馅，婆婆专门做三鲜馅，一次又一次，不厌其烦。郑纯不得不承认，别人家都是婆媳关系难处，提到婆婆都是各种难缠与嫌恶，遇到这样的好婆婆，自己简直像中了六合彩。

想到这儿，郑纯换了语气，道："王熠，你有没有认真思考过，妈这个病是怎么来的？妈妈家族没有这种遗传基因，为什么会得这个病？"

"你不会认为妈的病也和华美排污有关系吧？"

"妈的病和华美排污扯不上关系，但和环境污染有没有关系，你想过吗？导致疾病的因素有很多，但如果我们每天呼吸的空气都是洁净的，入口的食物和水都是安全的，妈生病的概率会不会小一些？甚至有可能避免这种难治的病？从有关数据上看，比起十几年前、二十几年前，近十年重疾重症发生率是一个陡然上升的、令人触目惊心的曲线，这是为什么？你认真思考过吗？每个人都在追求幸福，幸福究竟长什么模样？首先至少是健康的，没有健康，一切都是零。健康如何保障？首先生活的环境是安全的。"

王熠愣了一下，挥挥手道："不要跟我讲这些大道理，眼下顾不上找病因，已经摊上了，马上面临手术。"

"行，先不谈别的，就说这个手术，"郑纯道，"我们不要怀疑周大夫的职业道德，周大夫能成为有口皆碑的名医，我觉得靠的不仅仅是精湛的医术，作为医生的基本素养与基本良知是必须具备的，否则他走不到今天。"

"我不怀疑周大夫的职业素养，但你这么做是不是过分了？人家出示的所有报告都是符合安全标准的，为什么还要半夜查工厂？"

"王熠，我不想把私人生活与工作搅在一块儿，这是两码事，有些违法企业的猖獗程度你不是不知道，深夜加班也是我们的工作常态。"

"小郑同学,这确实是两码事,我不会影响你的工作,但你有没有用脑子想想,选择这个时机合适吗?"

"沈灵均向你提什么要求了?"郑纯的眉毛拧起来。如果这样,她岂不是乘人之危、趁火打劫?

"沈同学不是那种轻易开口求人的人。"凭良心说,王熠到现在没听到沈灵均向他提过任何要求,沈俊驰今天下午以关心和探望病人的名义到医院,顺便说了几句工厂的事,郑纯的"突击行动"让王熠特别尴尬,觉得特别对不住沈同学。

"工作上的纠葛,沈同学可以直接与我对接,有必要把你搅进来吗?"郑纯的眉头皱得越发厉害。心想,妈妈面临重大手术,沈灵均突然派人跑去表示"关怀",这是威胁吗?这是一个善良之人的作为吗?这话她没说出来,否则好像她有意破坏王熠心中那个美好的人设似的。

果然,王熠道:"不要往坏处揣测别人,不管怎么说,沈同学对我们非常友善,人家帮我们这个忙,确切地讲,不只是友情,这是一份恩情!可是你的行为给人家造成打击,她心里有气,也是正常的。"

郑纯心里也有气。你如此卖力地理解美女同学,对自己老婆工作上的艰辛和不易怎么不给予同样的理解?

"我想再确认一下,"王熠道,"沈同学这个事,有没有商量余地?"

"合法生产,相安无事,"郑纯斩钉截铁道,"违排污染,势不两立。"

王熠恨恨地瞪着她。

她接住他的目光,补充道:"这是底线。"

治理污染,不是随便喊喊口号做做样子就行了,必须真枪实弹地干实事。欺上瞒下,敷衍民众,只能是自掘坟墓,死路一条。在平安区这一亩三分地,只要关乎污染的事,所有的状况、风险、责任都要她来承担,关键还要解决问题,目前的问题就是村民慢性铅中毒究竟怎么回事,问题到底出在哪儿。问题解决不了,不仅仅是不称职那么简单。之前小镜区顶头上司的下场就是前车之鉴。牵扯广大人民群众生命安全的事,不用心干,你以为老百姓能答应吗?徇私枉法打着自己的小九九,试图蒙混过关,不仅是自己玩忽职守,甚至还会连累上级领导。

不过这些话郑纯没说出来,她知道王熠是知道的。

但此时此刻,王熠心里最重要的是病床上的母亲。站在他的角度,他没错。他脸色的难看程度,让郑纯担心他会立刻跳起来,抓住她摁在地上暴揍一顿。他果然从桌前站了起来。但他没有抓她,更没有打她。他黑着脸往卧室走,走了几步,停下来又问了一句:"一点缓和的余地都没有吗?我是说,能否找到一个折中的办法?"

让我成为第二个尹红,睁一只眼闭一只眼吗?能蒙混过去吗?郑纯沉默了一下,道:"王熠,说实话,这事太大了,涉及原则问题,不是举手之劳,关键这不是我一个人的事,我不想成为平安区的罪人,更不想成为一个城市的罪人,让几百万百姓戳着脊梁骨骂,我想这也不是你愿意看到的。"

王熠不再搭理她,铁青着脸色,头也不回地进了卧室。他什么都不想说了,没办法和她对话。她这么高尚,衬托得他像个企图逼她徇私舞弊的犯罪分子。

郑纯坐在餐厅发呆,仿佛自己成了这个家庭的罪人。

过了一会儿,郑纯突然脑袋一垂,脑门儿磕在餐桌上,竟然一闭眼睡过去了。王熠回到卧室也一头栽到床上,头挨枕头就打起呼噜。但睡不踏实,一觉醒来,伸手一摸,身边空空的少个人,一骨碌从床上爬起来,下意识来到餐厅,看到郑纯竟然趴餐桌上睡着了,他不由分说将她拖回卧室,扔在床上。

一个人没抱负是性格缺陷,抱负太大也是性格缺陷。就是这种永远把职责放在第一位、一丁点儿人情世故都不懂的傻子,一旦进入工作状态就六亲不认,甚至一根筋、不要命。没办法,自己娶回来的老婆,摊上了,不能把她扔出去。

3

今天是周六,不用去学校。冰箱里空了,成玉皎打算去市场买菜,顺便采购些日常生活用品。打开门,一股奇怪的腥味扑鼻而来,正疑惑着,赫然看到防盗门以及走廊墙壁上,横七竖八地被涂抹上红色血迹。是的,是血迹,颜色稍有变暗,但依然血淋淋的,十分吓人和刺眼。而门口地板上,扔着一只被割了脖子的花母鸡。成玉皎浑身一哆嗦,脑袋嗡嗡响着,心跳骤然加速。鸡的惨状……她不敢看第二眼。

这已经不是第一次。之前有过一次被泼红油漆事件,她当时报了警。警察过来看了现场,拍了照。由于楼房是九十年代的老旧建筑,整个小区乃至楼道没有电子监控,物业管理混乱,小区几栋楼至少有一半住的是租户,单元门锁坏了很久没修好,什么人都可以随意进出,警察把现场照片带回去三周了,还没查出结果。成玉皎费了九牛二虎之力,使用汽油及去污剂,才一点点把油漆擦拭干净,还原楼道清洁。之后成玉皎自己花钱在入户门上方安装了一只微型摄像头,通过手机可以随时查看门前状态。

没想到这么快就有了第二次,而且进行了"升级",明目张胆扔来被杀的鸡。这是她之前没有想到的。大脑里有个吓人的念头突然冒出,那些人就这么巴望着自己身首异处?

对门邻居一位三十岁出头的女子刚好推开门扔垃圾,看到眼前这情景,吓得嗷地喊一嗓子,垃圾也忘了扔,拎着垃圾迅速退回室内,砰地关死了门。

女子受惊的一嗓子,让成玉皎受到二次惊吓。她惊魂未定,也急忙退回房内,一只手把门给反锁上,另一只手在胸前快速地抚着,安抚受惊的心脏。她自幼胆小,见不得小动物的死相,小时候每当逢年过节家里改善生活,父亲杀鸡时,成玉皎不敢看,每次都会捂上眼睛跑得远远的。

在房内待了一会儿,成玉皎拿出手机打开软件查看门前录像,然而图像里一片漆黑,什么都没查到。再出门踩着凳子查看摄像头,发现连接摄像头的数据线已被剪断。什么人剪的,使用什么手段,不得而知。

成玉皎回到房内,心乱如麻。实话实说,她确实感到害怕。想到上次在超市门口遭遇黄毛小辫无端的挑衅,不应是一起偶然事件。还不知道后面他们会做出什么举动来,想到这里,她不寒而栗。

这时候抬眼看到墙上挂着的女儿的照片,目光定格在女儿脸上,与女儿"对视"。月月两只眼睛如盈盈湖水,苹果般的笑脸纯真如天使。此时此刻,成玉皎多想把女儿搂入怀里,陪女儿吃美食,看儿童读物,给女儿讲故事,这样的周末,应该是她牵着女儿的小手出门逛街,买小花裙打扮小姑娘,或者去游乐场,笑声洒满走过的每一个地方的时候。曾经有计划待女儿稍大点儿,带她去上海迪士尼,然而这一切,如今都成了空想……与女儿"对视"一分钟后,刚刚还在大脑里作祟的恐惧感,刹那间一扫而空。

她的身体及胸腔再度被悲伤与愤怒填满。

再也回不来的女儿,让她无所畏惧,浑身重新充满力量。

成玉皎以"彩信"方式,将一组鸡尸照片发送到沈俊驰的手机上。

之后,拨打沈俊驰的手机。连续拨了三次,对方才接起来。

成玉皎打开录音笔设定录音功能,忍着愤怒,尽量让语调平和,她说:"沈俊驰,我今天打这个电话是要向你表示感谢的,你知道我这段时间为华美工厂污染的事情四处奔波,耗神操心的,你派人送来已经杀好的鸡,是要给我补身体的吧?你的美意我笑纳了,今天我就把这只鸡炖了吃掉,你听着,如果鸡肉有毒,我不幸出事,我的律师第一个联系的就是你。"

"成玉皎你有病啊,你在说什么?我根本听不明白。我很忙,没工夫跟你闲扯。"

"沈俊驰你这个浑蛋,你还装,自己干了什么你不知道吗?你放心,老天不会放过一个坏人的!"

不待她说完,沈俊驰挂了电话。

成玉皎放下手机,独自呆坐一会儿,再次拿起手机报警。很快来了两名警察,勘查现场,拍照,带走了鸡的尸体,带回去备案,叮嘱成玉皎清理现场,不要影响到居民生活。警察离开后,成玉皎找来汽油、酒精以及去污剂,拎了两桶水与一摞抹布,打开房门到走廊上,对墙壁和地面上的血迹进行清洗。

正干着活儿,房东先生突然出现在走廊里。蹲在地上埋头干活儿的成玉皎连忙起身,不失礼节地问候房东。

房东是一位五十多岁的大叔。大叔在走廊四处察看一番,最后目光锁定在成玉皎手里的抹布上,此时抹布已经被血色染红。大叔揉揉发红的鼻头,皱着眉毛,长叹一口气,开口道:"成老师,有句话我说了您别不高兴,无论如何请您体谅。"

"周叔,我有什么做得不好的地方,您尽管指教。"

"您还是换个地方住吧。"

"这是什么意思呢?"成玉皎心里一沉,"您不让我在这儿住了是吗?"

"不是我不让您住,您看看现在这事闹的,您的遭遇我十分同情,同时也非常敬佩您,也愿意支持您,可现在……"大叔摊开双手,"我也没办法啊,对门那户人家已经找过我了,要退租,说一家人不敢在这儿住了,人家家里有小孩,担心孩子被吓出个三长两短啊。我作为房东,我得为租户安全负责是不?我一家老小是靠房租吃饭的,现在弄得房子没法正常外租,我能怎么办?我是个小老百姓,不敢惹事,我们一家人只想安安稳稳地过日子,您这个事太大了,就算我想帮您,可能力有限,担不起这么大的事啊!还有左邻右舍的,不能因为我这个小房子,让这些无辜的邻居整天提心吊胆地过日子啊……"

"周叔,我们的租赁合同还没到期呢。"成玉皎想到重新找房的种种困难,几乎用恳求的语气说,"您看这样行不?等到期了我一定搬走,行吗?"

"我知道没到期,这事是我违约,咱们就按合同约定,该怎么赔偿我赔偿您,违约金双倍赔付,我对不住您,请成老师也体谅一下我的难处,算我求您了,好吧?"

话已说到这份儿上,对方是铁了心赶自己走,成玉皎不再徒劳挣扎。

房东临走,给了她一周的搬离期限。

房东离开后,成玉皎继续蹲在地上,一丝不苟地清洗墙壁和地板上的血迹。又干了三个小时,直到墙壁恢复如初。

下午成玉皎乘车去安乐村。

之前成玉皎与陈锦律师对村里的疑似受害者做了分析。安乐村日常居民目前共有166户,近些年家里发生重症患者的有27户(包括成玉皎已故女儿冯月月),但除了冯月月,目前尚没听说第二例慢性重金属中毒的案例。27户发生重症的患者,病情各不相同,缺乏共性。有一户生了脑瘫婴儿的家庭,所住院落距华美公司两公里左右,曾怀疑华美公司存在污染,脑瘫儿父母找过华美,华美公司不承认污染,但华美的大老板沈灵均对脑瘫儿家庭表示同情,给了四万元"人文关怀"抚慰金,脑瘫儿家庭从此再不出声,去年底又生了个孩子,健康。

陈锦叫成玉皎设法拿到脑瘫儿的病历。成玉皎先后三次登门谈心,好说歹说,没有效果,脑瘫儿父母始终都是摇头、拒绝,他们借口事情过去好几年了,当初那些病历都找不到了。他们都是老实巴交的农民,不敢得罪沈家大老板。成玉皎恼恨他们的懦弱,却也无可奈何。

其他 25 户发生重症的家庭,成玉皎曾尝试沟通,挨家挨户去找,试图说服他们,联合起诉华美的排污问题。有 15 户对华美工厂从无怀疑,笃信华美不会有问题,他们的理由是,那些没有工厂的村子,村民不也该生病生病?该死亡死亡吗?再一了解,这 15 户不想和华美对立的家庭,都有家庭成员在华美工厂打工。他们在家人查出重症后,各自接受了华美公司的"同情"和"关怀"。他们不仅笃信华美不会违排,而且对华美的大老板十分拥戴,他们称沈灵均"菩萨心肠",觉得成玉皎"作"。

有 5 户对华美的排污产生怀疑,但压根儿不愿意打官司。他们一致认为跟华美打官司,是胳膊扭大腿,无用功,坚决不干。成玉皎告诉他们,现在是法治社会,受到伤害就要向施害者索赔,沉默只会让伤害进一步扩大。一位村民神情黯然地质问她:"你官司打赢了吗?"

成玉皎一审败诉,成了村民眼里活生生的教训。

还有一位村民说:"成老师,你受那个律师忽悠,把环保局也给告了,当律师的有几个好人?都是为了骗钱吧?官方能承认自己存在问题?为了自己不担责,有没有可能反过来帮助企业逃脱责任?你就不怕两家被告联合起来整你?那可就是强强联合了。"

没法沟通。村民们胆小怕事这可以理解,但有些人的脑回路让成玉皎感到困惑,他们永远以一己之力把事情往最阴暗最丑陋的方向去推测,对官方的人毫无信任,他们为什么不会想到环保局成为被告后,环保局的人担心社会负面影响,从而触发足够的警觉与重视,对污染企业更加严格地监察监督?

另有 5 户有打官司的意向,他们已经准备了诉讼材料,复印了几份,但没行动。事情停滞在交诉讼费的阶段,一听要交钱,行动立即打住。这几位有意向的村民,目前最关心的是,律师费得多少,胜算有多大,别竹篮打水一场空。

陈锦叫成玉皎转告他们,胜算概率比较大。

成玉皎不敢忽悠村民,私下问陈锦胜算到底有多大?陈锦说,不管胜算有多大,都要这么说,给他们信心,叫他们看到希望,因为现在需要他们配合,他们不愿打官司没关系,只要拿出病历,愿意出来做证就行。

成玉皎今天过来,打算再到这五户村民家里继续谈心,跟他们分析利害得失,说服他们勇敢地站出来,早日把违排企业绳之以法,还村子以青山绿水。

然而这个下午又是无功而返。有四户家里仿佛商量好了似的大门紧锁,不见人影。来之前成玉皎与其中一户有过电话联系,难道他们听说她要来,不愿见面纷纷躲了出去?成玉皎感到奇怪,这几户原本有意向起诉华美的,怎么这么快就变了卦?成玉皎心生不解,但也无可奈何。最后来到通过电话的那户人家,接待她的是一对中年夫妇。他们家患者是一位老人,一年前得了脑瘤,做了两次手术,老人已经被折磨得不成人样。成玉皎上次来,临离开时悄悄在老人的枕边塞了一只信封,里面装着一千块钱。当时成玉皎还在回城的路上,接到老人的儿媳妇打来的电话,她说,成老师,你也不容易,你留下的钱我们不能收啊。成玉皎说那是给老人的祝福,不接受不好。对方也便不再推让。

令成玉皎寒心的是,这对一周前还在准备诉讼材料的夫妇,短短一周时间，突然就改了口风。老人的儿子说，成老师，既然你请的律师认为胜算很大，你就先去打，你打赢了，我们再行动。看着成玉皎满脸的失望，老人的儿媳似乎不忍，她说，成老师，我们知道你是好心，可我公爹眼下这个样子，下周又要做第六期化疗，我们俩实在没有多余的精力去打官司，我们两个儿子在广东打工，他们打电话回来，也不建议我们启动官司，多一事不如少一事，希望你能理解我们。

联合诉讼这个事，难以进展。成玉皎坐在回城的长途车上，靠在车窗边，默默地劝慰自己，我理解他们。打官司属于高成本冒险行为，对普通村民来说，打工、挣钱、吃饭比打官司重要。

4

下午一时，王熠母亲魏惜柔准时被推进消化外科手术室。

家属等候室，一排排座椅上，坐着形形色色的患者家属。这些人在等待不同手术室内要动刀的亲人。有人神情凝重，有人神色焦虑，还有一位女子在低声啜泣，也不乏面目麻木者。郑纯今天没上班，她在医院陪着王熠与公爹。王父在医院其实帮不到什么忙，但自从老伴儿入院，他每天都来，不让他来他就生气，一定要陪着老伴儿。

午饭时郑纯一个人出去买饭，在医院大门外的一家比萨店，买了三份比萨，趁着热乎，抱在怀里一路小跑回到家属等候室，给公爹和王熠各递一份，自己留一份。公爹接过比萨，吃得很香。王熠却不肯接受，坚决不吃，也不与郑纯说一句话。她问他饿不饿，他仿佛没听到，不仅不回应她，整个人如泥塑一样，视她为空气。郑纯也不介意，三下五除二把自己的比萨吃掉，先保持体力再说。

冬日窗外,被雾霾笼罩。王熠脸上阴云密布,仿佛遭遇雾霾袭心。

昨天中午在周术大夫的办公室,周术与王熠碰了手术方案。说是"碰",实际上是告知。作为主刀大夫,周术拿出他的方案,这也是专家会诊后的方案,对患者家属坦言相告。由于病人目前已出现肝转移,周术的方案是,做结肠手术的同时,把肝部的两个转移点一并扫除。患者遭一次罪,术后调养一个月,待身体恢复一下,接着化疗。

王熠当场就蒙了。

他不懂医学,按照对人体结构的常识性了解,肝与肠,都是人体重要脏器。腹部开刀,切除一段坏掉的肠子,对六十多岁的老人来讲,已是重创;如果同时在肝上动刀,肝部再受重创,病人岂不雪上加霜?身体能否扛得下来?

王熠心乱如麻、六神无主。得知这个方案后,第一时间向北京那位之前朋友帮忙联系的肿瘤专家咨询、求助,请教这一方案是不是最佳方案。这位专家表达的意思非常明确:没有亲眼看到病人,只是通过手机发来的病理检测图片,不能对手术方案随意定论。专家毫不犹豫地建议王熠:这个手术,最好听主刀大夫的安排。

王熠还是无法踏实。若两大脏器同时动刀,接下来还要面临化疗,他不敢想象母亲这具受创的肉体将面临什么。他担心这场手术以及后面的化疗会要了母亲的命……人命关天,手术在即,王熠希望与周大夫再谈谈这个手术方案,想商讨一下,有没有把病人创伤减到最小的更佳方案。昨晚离开医院前,他去周大夫办公室找他,被告知周大夫在手术室。两个小时后终于接通电话,周大夫答应今天早上八时给他半个小时见面时间。

今早王熠来到医院,提前十分钟到达周大夫办公室,不料却收到周大夫的临时通知:因参与一个重症病例的专家会诊,上午见面临时取消,下午手术如期进行。

也就是说,在母亲进手术室之前,与周大夫见上一面的可能都没有了。王熠有点儿崩溃,但毫无办法。母亲告诉他一个事,早上六时半周大夫前来查房,不巧的是,魏惜柔刚好去了厕所。周大夫在病房里等了两分钟,当魏惜柔从走廊的厕所出来回到病房,看到周术脸色严肃,以训斥的口吻问魏惜柔,下午就要手术,病人需要卧床休息,而不是到处乱跑。母亲感到委屈,问儿子,前两天周大夫待我态度十分和蔼可亲,为什么忽然变成这样?你哪儿得罪周大夫了吗?

王熠安抚母亲说大夫工作压力大,情绪焦虑很正常,一定不会针对病人,叫母亲不要多心。转过身,心里不由得犯了嘀咕,哪儿出了问题?联想自己与周大夫的约见被临时取消,便愈加纳闷儿。他甚至怀疑"专家会诊"不过是个借口,真实原因就是不想见他,不想和他交流……为什么会这样?对母亲来说,这是一个生死攸关的大手术,作为儿子,想与主刀大夫交流一下对手术方案的疑问,他为什么不给这个机会?

种种迹象,使王熠不得不把一些他原本不想挂钩的事情联系到一起。越想越不解,越想越生气,由于对母亲手术的担忧,所有的负面情绪汇集起来,最终忍无可忍,火力集中到郑纯身上。但他不会冲一个女人发火,内心的这番折磨,也不会告诉她。他能做的,就是冷着一张脸,不搭理她。

之前他曾委婉地提醒她,即使查华美工厂,至少也要等母亲这个手术做完以后,现在不要下手太狠,不要逼人太甚。华美公司是沈灵均当成孩子培育的企业,而沈灵均是周术的心头肉,你对人家一点儿情面不留,还怎么叫人家给你留情面?

此时此刻,母亲躺在手术室里。王熠不时地抬腕看表,时间一分一秒地走着,等待中的每一秒,对他来说都是煎熬的。万一手术过程中,周大夫的情绪稍有波动,手术刀稍有那么一丝偏差,哪怕不是故意……后果也不堪设想。

王熠控制不住胡思乱想。他甚至后悔当初这个决定,早知事情搞得如此复杂,就不该请周大夫做这台手术。

五个小时过去了,手术还在进行中。到了晚饭时间,郑纯去医院食堂买了三份盒饭拿过来,给公爹一份,公爹接过去。王熠仍然坚决不接受,连续两顿不吃饭,郑纯好言相劝,你真的不饿吗?还是非要给国家节省资源?国家不缺你这口粮食啊。王熠不理她。郑纯也不与他计较,他不吃,她吃。郑纯打开其中一盒,几分钟吃光。王熠似乎不想看郑纯那张正义代言人的脸,起身从等候室里走出去,在手术室外的走廊一端,来回踱步。

见王熠离开,王父把早晨周术大夫取消与王熠见面的事情简单和郑纯说了一下。

郑纯处理完空餐盒,从等候室里出来。

她明白他的心思。无非生她的气,不该在这个节骨眼儿上严查沈灵均的工厂,并因此产生连锁反应,对周大夫产生想法,担心手术失败什么的。做事从不纠结的大男人突然变成这个样子,可以理解。如今像他这样的孝顺孩子不多见了。

郑纯换着说法安抚他。

"当初是你求爷爷告奶奶非要找周大夫做这个手术,既然选择了人家,连基本信任都没有,怎么让人给治病?既然周大夫主刀,他一定对病人的实际情况及后续治疗的承受力做过评估,他拿出的方案一定是最佳方案,人家是内行,我们是外行,我们唯一能做的也是必须要做的,就是给大夫以信任。"

王熠不理她。

郑纯继续说:"做大夫的不容易,我刚才在医院食堂打饭,看到那些医护人员吃饭都跟打仗似的,周大夫没跟你见面,我觉得应该确实是临时状况,时间安排不开,你没必要自我折磨,周大夫这样的业界翘楚,我们没有理由怀疑人家的职业道德。"

王熠终于开口,他冷冷地瞅了她一眼:"我从不怀疑大夫的职业道德,但我更相信人性。"

"手术关系到大夫的声誉,哪位主刀大夫会拿自己的声誉开玩笑?"郑纯说,"再说你是通过你同学找的周大夫,相信周大夫会更用心地做这台手术。"

"我对沈同学和我之间的友谊不抱奢望,你不会幼稚地以为一个开保时捷的和开比亚迪的能做朋友吧?"王熠说,"她之所以帮这个忙,不是帮同学,她是帮环保局局长的婆婆。"

郑纯吃惊地看着王熠。之前他一直夸他这位同学如何豪爽、仗义、善良,称赞同学关系是世界上最纯粹的关系,可此情此景,事情原来是这样。

"你真这样认为?"她问他。

王熠认真地点点头。

"既然这样,"郑纯道,"我更要一丝不苟把工作做好,以确保妈妈的后续治疗得到保障。"

王熠盯着郑纯的脸瞅一会儿,不愿再与她理论,转身走开。

又一个小时后,手术门终于打开了。

周大夫从手术室里走出来,缓缓摘下口罩,整个人疲惫得连笑一下都笑不出来。他的助手从他身后走过来,向王熠和郑纯说了一句话:"手术非常成功。"

还在麻醉昏睡中的魏惜柔,被送进了重症监护室。

王熠从麻醉师那儿了解到,病人腹部开了小口,切了4厘米小肠,肝部做的是微创,手术很漂亮。这样的手术若别的大夫来做,术中出血两千毫升是平平常常的,病人随时需要输血也不意外。而魏惜柔这台手术,整个手术过程,出血量没超过两百毫升。

郑纯和王熠各自松了一口气。

郑纯对王熠说:"放心了吧?我的直觉从来没有出过错,你没有找错大夫。"

5

吴成有一种预感,遇到大麻烦了。

成玉皎反复提到"良心",以受迫害者的姿态,通过自以为掌握了真理与正义的视角,站在道德制高点对他进行道德绑架,好像他就是个特没人性的兽类。

良心是什么?成玉皎的律师既然调查过他的来历,她们可曾站在他的角度考虑一下"良心"这个事?

两天前,吴成赴沈俊驰之约,到尚湾吃了一顿晚饭。

尚湾,吴成并不陌生。这是沈俊驰维护人脉资源的主要据点。沈俊驰以自己的个人魅力,经常在这里招朋聚友,大宴宾客,夜夜笙歌。一个又一个星光闪耀之夜,来自世界各大名庄的年份红酒,各界精英与玩家,长歌对酒,笑傲江湖,快意人生。

而两天前那个晚上,沈俊驰宴请的贵宾只有一位:吴成。

这让吴成不能不受宠若惊。

他特意换了件比较显品位的休闲外套,以示对这次饭约的重视和尊重。华美是他的老东家,沈俊驰是他曾经的老板。尚湾,可以说是他与沈俊驰共同战斗过的战场。

两个人的关系,要追溯到大学时代。一段并不久远的岁月。他们在北京一所大学共同学习印染专业,作为上下铺的兄弟,两人一见投缘,吃饭打球,形影不离。沈俊驰家庭条件好,有钱,吴成来自农村,家穷,沈俊驰经常把刚买的运动鞋、运动服以及其他生活用品,以不合自己喜好又懒得退换为由,送给吴成。沈俊驰个性张扬、好胜,经常因为女孩子与其他男同学打架斗殴。每逢关键时候,吴成是他最得力的助手,该出手时决不退缩。

吴成自幼干农活儿,上学时一直是体育健将,有一身的力气。有一次沈俊驰动手与一个"背叛并出卖了他个人隐私"的男同学打架,没想到碰上硬茬儿,沈俊驰处于下风。千钧一发之际,吴成及时赶到,从地上捡起一块砖,冲过去一砖头迅猛拍向"背叛兼出卖者"的耳朵上。"背叛兼出卖",这是最令人深恶痛绝、绝不容忍的可耻行为。对方耳朵当即出血不止,随后被诊断为间歇性耳聋。沈俊驰家里出了一大笔医疗费,同时出钱进行私下和解,使得吴成免于刑事处罚。

　　大学毕业后,在吴成就业犯愁之际,沈俊驰热情相邀,吴成来到碧城,就职于沈家企业。在华美的七年,工作上,吴成是沈俊驰的左膀右臂,酒桌上,是不可替代的一员战将。两个人是圈里有名的海量,白酒一斤不倒。无论职场还是酒场,两人像战友一样并肩战斗,配合默契,往往一个眼神一个表情,就会对彼此的心思心领神会。

　　酒桌上,每每二人联袂出手,战斗力强大,就像太上老君炼丹炉里的混元珠,双剑合璧,无往而不胜。那些年,华美公司的大客户订单,至少有七成是沈俊驰带领吴成在尚湾的酒局上拿下的。每次沈俊驰喝得烂醉,都是吴成架着他的胳膊把他从酒场扶进车里的,送他回家。替他擦拭呕吐物,给他弄醒酒汤,类似的事几只巴掌都数不过来。当然,沈俊驰也送过吴成。有一回酒桌上吴成状态不佳,喝到中途自知不敌,从尚湾出来,倒在外面的草丛里睡过去了。酒局结束后沈俊驰带人从草丛里把他找出来送回住处。那是寒冬里最冷的一天,零下十几摄氏度,想想都后怕,若非沈俊驰及时找到他,他这条命就有可能冻毙于那个不堪回首的晚上。

　　那七年,算得上吴成生命中的峥嵘岁月。他从一名普通的技术人员,迅速成长为华美的管理人员,深得沈灵均与沈俊驰姐弟俩的信任与重用。七年是一段漫长的岁月,又恍若白驹过隙。其间,多少员工来来往往,旧人去,新人来,唯有吴成一直在。他的忠诚度,在华美所有的员工里,毫无疑问,属于顶级的。沈俊驰希望吴成在华美干一辈子,只要华美在,将来华美给他养老,给他父母养老。这话吴成深信不疑。他参加工作头一年,因农村的父亲突患重度红斑狼疮入院治病,得知费用高昂,父亲逃离医院,回家等死。沈俊驰得知,二话不说将十万元现金打入吴成账户,叫他立即送父亲就医。吴成当时打了一张欠条,沈俊驰当场给撕了,还说,不把我当兄弟啊?

父亲得救了,至今还活得好好的。连母亲都对吴成说,你在沈家公司一定要好好干,你爹这条命,是你老板给的。当然,那笔钱,吴成后来在工作中,分期还上了。

然而遗憾的是,沈俊驰与吴成那份兄弟感情,并没有如最初预想的那样地久天长。或许,地久天长这事,永远只是个传说。

三年前,吴成突然提出"希望自己创业",并以此为由,离开华美。

他的理由是,华美再好,也是别人的事业。纵然华美待他不薄,他亦感念华美的种种好,但总归是给人打工。打一辈子工,并非个人内心所愿。男人要有自己的事业,尽管创业艰难,但如果畏首畏尾,所谓事业愿景,将永远是零。

沈俊驰感到遗憾。以增加两倍薪酬的方式挽留,但吴成执意离去,他也不便强留。沈灵均的印象中,吴成是一名有志青年。但若心不在了,即使强行把人留住,他也不会用心工作。那就尊重他的选择,他有这个权利与自由。再说,吴成在华美,既有苦劳也有功劳,即使当初沈俊驰拿钱救回吴父一命,对吴成有恩,吴成拿七年青春卖命工作,也算给予了偿还。

吴成离开公司时,沈灵均与沈俊驰姐弟设宴送行,也是在尚湾。他们邀了圈里几位好友,干了一箱白酒,吴成喝得酩酊大醉,泪流满面,称得上好聚好散。

第四章 蛛丝马迹 | 153

三年时光倏忽而逝,那场送行酒,恍然如昨。

离开华美后吴成去了深圳。在深圳找了一家服饰公司做管理,薪水待遇还不错,但对于深圳的房价来说,仍是杯水车薪,想在深圳安家落户,是个遥不可及的梦。后来他又与人合伙投资化妆品厂,没想到出师不利,厂子运营的第二个月突遭一场火灾,这些年的积蓄全给搭进去了。那场火灾对吴成的打击是致命的,那以后他心灰意冷,打道回了碧城。休整一段时间后,重振旗鼓,租了网点,开了这家小超市。

得知吴成回到碧城,沈俊驰逢酒局还会习惯性叫上吴成。吴成去过两次。沈俊驰的酒场,参与者非富即贵,即使非工作性质的娱乐性吃喝,也都是些富二代之流。自打不在华美任职,吴成自觉身份上的尴尬,他在酒场唯一的价值,就是给沈俊驰当酒保。尽管沈俊驰的朋友们碍于沈的面子,不会对吴成流露出明显轻视,但吴成自己心理上会有障碍。在那个圈子,他永远摆脱不掉那种鸡进鹤群的不自在感,他融不进那个圈子。不同世界的人,硬往一块儿挤,表面吃吃喝喝、嘻嘻哈哈,内心却如隔山隔海。那不是他喜欢的人际方式。

之后沈俊驰再叫他,吴成就会找出种种理由婉拒。人穷,不能给人提供比酒保更有意义的价值,还是躲远点儿好,免得招人嫌。拒了两次,沈俊驰就不再叫了。双方就此渐行渐远,各自成为对方通信录中的一个头像。

这次沈俊驰突然找他,吴成敏锐地意识到成玉皎带给自己的麻烦,开始产生连锁反应。

尚湾的小餐厅里,沈俊驰与吴成相对而坐。

服务人员陆续端上来尚湾大厨精心烹饪的几道菜,每道美食色香味俱全,十分精致。沈俊驰开了一瓶二十年陈酿的白酒。

这是一顿颇具诚意的宴请,贵宾的规格。

吴成了解沈俊驰。沈俊驰个人生活极简,一个人吃饭的时候,清粥小菜或一碗面条,可以吃得有滋有味。两个人上学那阵经常在街边大排档喝扎啤、吃烤串,那时候没有人看得出沈俊驰来自富贵之家。

窗外是夜色中的万顷海面。久别重逢,两人竟然没什么生疏感。

每道菜厨师都做得精致、用心。但两个人各怀心思,至少吴成没吃出多好的滋味。他有一种预感,沈俊驰找他,不会是什么好事。

面对吴成,沈俊驰也不隐藏自己的真实情绪。连干三杯酒,聊过几句家常,沈俊驰便单刀直入,直奔主题。

"那个贱人找过你?"

几乎是一种默契,吴成瞬间意会了沈俊驰嘴里的"贱人"是谁。但他还是需要确认一下:"你是说成玉皎?"

沈俊驰点点头。

"这辈子所遇最晦气的人,没有之一。"他说。

"俊驰,"吴成沉吟一下,斟词酌句地说,"我退出印染圈已三年了,那个圈子的事,我不想参与,也不会参与,至于成玉皎想了解的事情,我一丁点儿都不知道,也不会在不了解事实的情况下,随意说什么。我现在只想本本分分做好我的小店生意,别无他求。"

沈俊驰的目光落在吴成脸上,与吴成对视,似乎在问:你真的什么都不知道?

但他没有问出来。这个话不能捅破。捅破了双方都会尴尬,不好收场。

第四章　蛛丝马迹

"老板当年对我有恩,"吴成补充道,"我从华美出来,就想做点儿自己的事,后来去深圳,跟朋友合伙投资一个小厂,梦想挣快钱,不料没发大财,反遭横祸,一场火灾,十年打拼心血转眼化为灰烬。自那以后我也认清了现实,还是脚踏实地,一步一个脚印比较靠谱。现在你也看到了,我的生活里只剩一家小超市了,别的事,管不了,没兴趣,我也不去做不切实际的幻想。"

吴成的言外之意很明确,你放心干你的大事,我过我的小日子,谁也别打扰谁。我的池塘水浅,淹不着你的大湖,我肯定不会打扰你的生活。念于老板曾经的恩情,也一定不会做任何对华美不利的事。

沈俊驰拿出一张卡,从桌面上推向吴成。

吴成吓了一跳:"这是干什么?"

"当初你离开华美时说要做生意,我曾经承诺给你投资,后来你去了深圳,再没与我联系。"沈俊驰道,"现在你回来开店,这是一百万,算是兑现当时的承诺吧,你拿去先用着,不够的话随时和我说。"

这张存了七位数现金的卡,如盛夏正午的烈日,令吴成不敢直视。

贫寒出身的人,为之奋斗的所有梦想,无非是有朝一日挣到大钱,摆脱现在的命运,成为一个有钱人,拥有属于自己的固定资产,过上优越的生活,像一个真正的有钱人那样从容度日,再不用狼奔豕突。为这一目标他一直勤勤恳恳、兢兢业业地工作。然而当一笔巨额财富突然摆在眼前,如此轻而易举不费吹灰之力,只要接受就可以属于自己时,他却步了。

他突然感觉到,这顿酒,更像鸿门宴。

吴成沉默许久,道:"俊驰,忽然想起当年在校园的时光,那时候多美好啊,还是听听我们年轻时都喜欢的一首歌吧。"

沈俊驰点点头。

吴成打开手机音乐,《睡在我上铺的兄弟》的旋律悠然响起。

这是一首老歌。其中一句歌词是:你曾经问我的那些问题,如今再没人问起。静静听了几分钟,两个人的眼圈都有些红了。

"以前的事,没人问就罢了,如果有人问,不管什么人,我向你承诺并保证,我是你兄弟,不知道的,我不会乱讲,这个你一定要放心。"吴成道。

吴成把卡郑重地推回到沈俊驰这边。

吴成又道:"我这小超市,池子小,用不上这些水,生意做多大,我过多大的生活,你的美意,我心领了。"

"既然是兄弟,一定要驳我这个面子吗?"沈俊驰脸色有点儿不好看。

吴成想笑笑,脸上肌肉有点儿僵。他还是尽量让自己笑出来,尽量放松、自然一些。他说:"俊驰,你是不是误以为我手里有金刚钻,会揽些瓷器活儿?我今天给你交个底,我手上什么都没有,瓷器活儿是做不了的。"

没有把话说透,但意思已经十分明确:请他放一百个心好了!

沈俊驰沉默着,一杯接一杯地喝酒,很久没说话。

玻璃幕墙外是城市奇幻的夜光。夜色里的大海,更深沉,也更魔幻。望着不远处倒映在海面上的月影,吴成深感,这顿美味佳肴,吃出了从未有过的诛心之感。

第四章 蛛丝马迹 | 157

6

成玉皎终于收到吴成发来的短信。

这是他第一次主动发信息给她。她还以为他良心发现幡然醒悟。打开却看到这样一行字:成女士,你的事情我确实帮不到什么,请你以后不要再骚扰我了。

成玉皎目光像钉子,仿佛要凿穿手机屏。苦口婆心费了那么多口舌,难道只是对牛弹琴?

她回复了一条信息:吴成,你遇到什么困难了?还是有人恐吓你?

不料信息没能发出去——她已被对方拉黑。

真是一个全方位、无死角的冷血动物,她在心里嘀咕一句。

清晨五时半,成玉皎起了床,简单做了口吃的,出门乘车去平安区。请了一晌的假,与别的老师调了班,学生的课耽误不得。

早上八时半,郑纯的车准时出现在单位门口,远远看见一名女子在保安室门外,与保安发生争执。女子声称要见局长,被保安拦着不让进。

郑纯没有走大门,掉头绕到办公楼后面,从后面一扇小门进了环保局院内。进了办公室,她叫来老毕,问外面是什么人。"那个人就是成玉皎。"老毕抱怨道,"这人太不讲道理,一大早跑过来,非要见局长,事先有预约吗?也不想想局长有没有会议,有没有其他事务安排。你想见就见吗?"郑纯没说什么,示意老毕叫她进来。

走廊上传来一阵细碎的脚步声,听上去这脚步走得小心翼翼的。眨眼工夫,成玉皎出现在办公室门口。门开着,她抬手在门框上敲了两下,郑纯回应一声,成玉皎大步走了进去。

郑纯抬头望着她。成玉皎在区环保局的名气很大,但郑纯第一次见到其人。

一张被忧郁笼罩的脸,眉心间很自然地拧出一个微微的结,似乎永远不会得到舒展。她的眼神之间有一缕掩饰不住的淡淡哀伤。

这不是那种讨人喜欢的面相。说实话,郑纯潜意识里并不喜欢这种面相,阳气不足。不过,倒也不讨厌。她虽然还没有自己的孩子,但同为女人,郑纯能够理解一位失去孩子的母亲的心情。

成玉皎挺不容易的,她想。

郑纯指指办公室靠墙的旧沙发,示意她坐。成玉皎坐下,郑纯起身沏茶,被成玉皎阻止,她说不用麻烦,我就几句话,说完就走。郑纯还是坚持沏了一杯红茶,大冷的天,喝口热水暖暖身子。成玉皎两只手捧着水杯,抿了一口,眉宇间有一股暖色氤氲开来。

郑纯示意她说。

"您是郑局长吧?"

郑纯点点头。

"有个事我很不理解,今天来拜访,是想了解一下。"

"您说。"

"我经常在微博向贵局'平安环保'反映问题,除了最初得到过一次'您投诉的事情在调查中'一句话回复,之后'平安环保'仿佛沉睡过去,再没给过我任何回信。我想知道你们的工作人员有没有看到我的信息,有没有尽职尽责。我有一点儿困惑,是你们的工作有什么难处?还是在有意回避什么?害怕什么?我真的不愿意看到,也不愿意相信环保部门与违法企业同流合污的事情发生……"

成玉皎尽量克制着自己,郑纯仍感觉到她谈到这个问题时内心的激动。

工作上的难处太多了,简直一言难尽。至于同流合污,这又从何说起?调查排污也得有个程序,得有个过程,是吧?环保部门每一步的工作都要敲锣打鼓向全世界宣告、向你成玉皎汇报吗?你的遭遇确实让人同情,但这并不是你毫无根据怀疑相关部门、抹黑我们工作的理由啊。

看郑纯黑着脸色,成玉皎自知言多必失,忙又道歉道:"对不起啊,郑局长,我不是针对您,我说的是一种现象。"

"没事的,成老师,您反映的问题我已经知道了,我会督促相关人员做好本职工作,"郑纯克制着内心的不快,让语气平和,"还有别的事吗?"

"我今天来,主要向您提供关于华美案一个有价值的线索。"

郑纯示意她说。

成玉皎把吴成的事情简单说了。说着,她从包里掏出一摞材料,递到郑纯桌上。在这份材料里,她把吴成在华美公司做了七年技术管理的事情,以及陈锦律师的分析判断,用文字阐述得十分清晰。刚才在门口之所以与保安发生争执,是因为保安听她来送材料,建议由保安室转交办公室人员代收,成玉皎不同意,必须亲手交到郑纯手里她才放心。

此次来找郑纯,是陈锦律师的建议。之前几次找吴成沟通,怎奈吴成如铁石一块,拿斧头砍都砍不出一条缝。陈锦再三琢磨,告诉成玉皎,解决这个问题最好借助官方力量,我们拿吴成没办法,环保局的人出面可能会有不同效果。

陈锦分析:"从目前情况来看,郑纯的行事作风,与前任尸位素餐的尹红截然不同,如果没有基本的觉悟与职业敏感性,这个人不可能这么年轻就走到这一职位。如今保护生态环境和治理环境污染的重要性及紧迫性,她比我们更清楚个中利害轻重。你去找她,不管用什么手段,务必把吴成的信息提供给她,这对她眼下的工作是一条重要线索,华美这个案子关系到她这名年轻干部的个人前程,我相信她应该有所作为。"成玉皎连夜写了近万字的材料。

郑纯当场翻看材料,A4纸打印而成,写满了六页。看了个开头,条理清晰,文笔流畅,而且有一定的文字功底。从行文看,成玉皎真不像传说中那种故意挑衅滋事的刁民。

郑纯从文字中抬头,语气间多了几分温情。她叫成玉皎放心,材料她一定会仔细看,她和同事正在竭尽全力办理这个案子。

看到郑纯认真的态度,成玉皎顿时起了几分敬意。

事情办完,成玉皎起身告辞。

第五章　背水一战

1

气温开始回升,河面上的冰,一层层融化了。

河水缓缓流动,远观像一幅恬静浩瀚的水墨画。

如此美丽的村庄,竟有幽灵般的毒素与重金属污染,诡异、魔幻,来无影,去无踪,鬼魅一样潜藏在人眼看不见、人心想不到的地方。

安乐村上空,一架人们注意不到的无人机,嗡嗡嗡盘旋了十几个小时。上午,观测安水河的变化,从河水颜色到水流,电脑同步数倍放大,细致入微地观测。下午,无人机转移到华美厂区的上空,监测厂区建筑物与建筑物之间的夹墙,寻找夹墙中是否存在排污暗管,不放过任何一条"缝隙"间的可疑迹象。以前有过这样的案例,企业负责人信誓旦旦地承诺按标准排污,无人机侦察三天,查出车间建筑夹墙里埋了排污暗管,只是手法比较高明。在证据面前,发誓赌咒的企业负责人无话可说,认罪服法……同时段内,郑纯安排人手在安水河上下游,反复寻找,是否存在不为人知的隐蔽排污口。

今天是周日。根据气温变化,郑纯昨晚在工作群发出通知,明天全局正常上班。对她来讲,不只是夜晚和周末,每逢节假日,不管严寒酷暑,所在工作群最常见的通知也是这句话。

无人机全天候侦察,从安水河水面看,没发现一丝异常,也没有找到隐蔽的排污口。无人机孜孜不倦侦察一周了,郑纯利用无人机试图从华美厂区建筑的夹墙中寻找排污暗管的想法,目前为止也落了空。

华美工厂仍正常三班倒生产,污水处理设施仍在运行,进水量与排水量无异常变化,在线监测装置的所有指标都指向正常。

"真凶"究竟在哪儿?铅从哪儿来?仍然是一团迷雾,郑纯与整个团队困于局中。

无人机巡河过程中,郑纯发现安乐村以北的两个村子——耿家村与柳家村,两个村子里各有一个泥塘似的洼子,里面没有多少水,周边荒草丛生,塘子里有大量垃圾物堆积。两个村子都在平安区的辖区内,出于职业敏感性,郑纯当即带了两名工作人员直奔现场,到两个村子分别进行了实地考察。两个塘子都不小,耿家村的塘子直径最长处约有一公里,柳家村的小些,但也在半公里之上。郑纯在村里就地走访村民,通过村民的回忆与叙述了解到,在二三十年以前,两个塘子都是天然的小湖,两个村子最初也都依湖而建,村民依山傍水,临湖而居。后来随着乡村经济的发展,村民们进行鸡鸭猪鱼等各类养殖,原来碧波荡漾的湖水越来越浑、越来越脏、越来越臭,湖里鱼虾几乎绝迹。最初住在湖水沿岸的村民们,有条件的都搬走了,剩下十多户没搬走,都是死活没能力置业迁居的老弱病残。再后来,不知什么原因,湖里的水渐渐地萎缩了,直至几年前,彻底干涸,原来的碧波变成烂泥。有不少在外打工赚了钱的村民回村第一件事就是翻新住房,不知从何时起,各种各样的建筑垃圾总是趁着月黑风高之夜,被拉到泥塘,倾倒入塘里。村干部也出面管过,但往往抓不住乱倾乱倒垃圾的人而束手无策,有不少村民向有关部门反映过、投诉过、举报过,有关部门也来查看过、清理过,但每次清理没多久又不知什么时候被倾入垃圾,渐渐地也就不了了之。另有一些村民看到这里既然成了垃圾坑,不产生后果,索性生活垃圾也顺手往里扔,如今这两个泥塘子基本上成了垃圾站。还有一位村民说,看人家安乐村那个湖,最初只不过是个巴掌大点的水洼子,后来华美建厂后,为了美化环境,在村委及相关部门的协助下,加之村民配合,华美出资拓大湖水面积,把安水河的河水引入湖中,实现湖里常年有水,湖岸栽花种树,村民每次路过都会赏心悦目,连呼吸都畅顺了许多。这么说的时候,那个村民脸上的表情满是羡慕与向往。

傍晚临下班前,郑纯将这耿家村与柳家村湖水干涸以及湖泊变成"垃圾站"的情况第一时间通过电话向周明局长进行了汇报。周明局长对她的细心工作给予肯定,指示她立即整理文字材料,直接报到"安水河流域地表水环境综合治理办公室"。当晚,郑纯埋首电脑前,加班至凌晨,用图片和文字的形式,将这些情况进行详细的梳理和整理。整理这些材料的时候,脑海中浮现出二三十年前两个湖泊绿水荡漾、鱼虾畅游,村民临湖而居的情景,看如今变得面目全非,心情说不出地沉痛。次日,郑纯在自己的职责范围内,针对这两个水洼子、泥埔子,向区水务部门、环境卫生服务中心、城管部门及两个村的村委会同时发出通报,责令相关人员该整改整改,该处罚处罚,该装摄像头的地方,就要全方位、无死角安装摄像头,要严查、严管、严抓那些乱倾乱倒垃圾的违法、违规行为,先把"垃圾站"从根源上给封堵、掐断。至于水湖能否恢复原貌、恢复到何种程度,还要看安水河流域沿岸的具体治理情况。

安水河汇入平安区境内,流经周家村、吴水沟、牛家坪等十余个乡村,沿河区域每年夏秋多雨之季都会由暴雨产生洪水,暴雨以局地性居多,一般历时较短,年际变化大,且上游大部分为黄土覆盖区,由于植被极差,每年夏季,小范围的突发性暴雨,就会产生强大的冲刷力,甚至产生凶悍的破坏力,每逢暴雨引发的洪灾,水土流失极其严重。安水河作为天然河道,是一条典型的山区河流,河道宽窄不一,遇到洪水,河床主流来回摆动,部分河段淘刷严重,行洪不畅,洪水泛滥,险情环生,河道两岸的农田与蔬菜多次被淹没或冲毁,数次给沿岸村民造成较大规模的伤害与损失。就在半年前,夏季的一次洪灾里,吴水沟的几位村民在河里采沙时遇到突发洪水,其中一个叫吴老三的瘸子由于行动迟滞,被洪水卷走,两天后在春雨区一个村落的河岸发现了他的尸体。这个事情引起碧城市政府的特别关注。夏末秋初,在魏鹏远市长的牵头下,成立了安水河流域地表水环境治理工作领导小组办公室,"治理办"成立后的1号工程,便是组织专家研讨、设计,由专业人员施工,实施平安区及春雨区境内,从周家村至安乐村沿岸十余个村段的堤防治理工程建设。

郑纯把耿家村与柳家村"湖水干涸""小水湖变身垃圾站"的文字材料,通过电子邮件发送给"治理办"的公开邮箱。她心想,如果能够借着这个机遇,争取一笔资金,采取有效措施,引水入湖,让两个村落的小湖恢复原貌,重新焕发生机,也算做了一件利村利民的事情。从这个角度看,华美工厂在安乐村引水入湖,绿化湖岸,美化村落环境,净化区域空气,不可否认是一件造福村民、造福千秋万代的善举。

但一码归一码。功是功,过是过,功过不能相抵。不能因为有功就忽略了过,也不能因为有过而否认了功。华美究竟有没有过,成玉皎到处告状是否冤枉了华美,还需要进一步查证。

2

又干了一整天。凌晨一时,平安区环保局的两层办公楼内,三分之一的窗口亮着灯。每一个亮灯的房间里,都有几个坚守岗位的环保人。这一群默默无闻的人,不是身披铠甲的战士,也非身经百战的老兵,每每深夜,鼻孔里最常闻到的,是煮鸡蛋和快餐面的味道,这是环境监察工作人员的夜宵,也是郑纯最熟悉的食物味道。

郑纯办公桌上排列着近一周内,华美工厂连续七个白天、夜间的检测报告。这些水样来自华美工厂正规排水口。

取样的任务皆由雷风行执行。雷风行带人日夜在河岸轮班蹲守,深夜取水,需凿开冰面半潜水作业。每次看到同事们为这类工作不得不玩命,反反复复被折腾个半死时,郑纯对违排分子的憎恶之意都会陡升。

参加工作这些年,与各种各样的违法排污做过花样繁杂的斗智斗勇,但从来未有哪一次,比这次更严峻。这是头一次,也是郑纯所遇最头痛、最难对付的一家企业。她一度怀疑,自己的侦破方向是否有错,自己是否犯了偏见与先入为主的错,犯了同情弱者、不顾是非的错。也许华美的确是一家正规生产、正规排污,所有一切都严格符合国家标准的企业？难道成玉皎女儿生前慢性铅中毒，只是一种科学都难以解释的现象，一直是成玉皎的偏执臆想在作祟？华美称成玉皎是重度受迫害妄想症患者，或许不无道理？

自打婆婆入院手术以来，王熠欠下沈同学的人情，郑纯内心竟然隐隐产生这样的愿望：愿意自己的判断出错。如果这一切忙碌奔波最终扑空，未必是坏事，一家好的企业，优质的企业，能产生经济效益，给当地民众带来诸项福利，又不存在环境污染，于公于私，于国于民，都是一件再好不过的事情。

那么，她更要扛起责任，铅从何来？把这个问题查清，还华美清白。

每每对自己发出疑问时，另一个声音就在脑袋里固执地盘旋：成玉皎四处告状，固然令人生厌，可她的叫喊也不无道理，难道铅污染是从天上掉下来的？不可能。

无论从哪个角度，华美的重大嫌疑都不能排除。

目前摆在桌上二十几份报告，监测结果显示：华美公司的 Pb（铅）排放含量仍然为 0.003mg/L，远低于国家安全排放标准。看着这样的结果，郑纯内心五味杂陈，说不清是欣慰还是失落。

两天前郑纯专程到碧城一所高校，拜访一位有着 30 年毒药学研究经验的专家，就这个问题特意做过请教。毒药学专家告诉她，慢性铅中毒是一个长期浸入的过程，如果五年内的检测数据都在安全标准之内，仍然不能完全排除企业的排污嫌疑。因为五年内的排污在安全标准，并不表明五年前不存在违法排污。如果在五年以前有过排放超标的行为，被重金属污染过的土壤和水，给人体造成的慢性侵蚀，在几年后发病,也不奇怪。如果数年前存在重金属污染,而近年排污已经改善,具体受害情况,与个体身体素质有直接因果关系。如果不是特别严重的致命污染,那些免疫力和抵抗力强大的人,或许有过轻微症状后,随着代谢毒素会慢慢消失,而另一些免疫力和抵抗力较弱的人,体内积蓄的毒素不能通过自身代谢排出,日积月累,出现慢性重金属中毒症状,这个可能完全存在。

老毕说,这些检测结果都在预料之中。假设华美之前有过违排行为,自打三年前成玉皎女儿查出铅中毒,华美所有的罪证都有足够的时间进行销毁。一年前成玉皎启动了官司,在风口浪尖上,他们只要稍有头脑,还敢乱排吗?肯定进行了相应的改善与处理。所以现在做多少检测分析,都不会有坏的检测结果。因为华美不会坐以待毙,等着环保部门去取证。所以现在频繁检测意义不大,而且还会造成人力、物力的巨大损耗。

老毕说得中肯。

郑纯问:"你的意思呢?"

老毕说:"不妨以静制动,静观其变,伺机而动。"

"不作为?"郑纯想到前任尹红,大约就因"伺机而动",所以始终没有行动。你不主动出击,哪来的机会落你手上?坐等举报线索?问题是我们有线人吗?铅中毒事件发生三年了,环保部门在重点嫌疑企业安插过线人吗?

"有所为,有所不为。"老毕说。

尽管老毕说得有道理,但郑纯并不完全赞同。以过往经验,对付违排企业,必须死死紧盯,丝毫不能松懈,每一次"侦破"都是一场艰苦战斗,而且持久战、日夜战十分正常。许多重大"案子"的突破,都是经过监察队工作人员奋不顾身、顽强无畏的战斗,才获得成功。在她的记忆中,没有一场战役是容易和轻松的,没有一场战役不是殚精竭虑、煞费苦心的。耗时耗力这是最平常的,有时甚至还会有意想不到的牺牲。两年前一位女同事因为长期到化工企业蹲守,导致意外流产,这都是身边真实发生过的事情。

老毕老了。郑纯想。自然规律,这不是老毕的错。人一老,安于一隅,不思进取,各种衰老的"副产品"自然而然就跟着来了。不论从心理还是身体上,都会产生自己都不能控制的懈怠。

无论如何,尽管目前还没能看到工作效果,但郑纯更愿意相信所做的一切不是无用功。她不相信山清水秀的自然界,铅污染会无缘无故地出现。

反推一下,假设华美存在违排,而目前从表象看到所有一切都是正常的,那么,郑纯凭着多年的工作经验,几乎可以肯定,华美工厂一定存在偷排的暗管。至于暗管到底排布在什么地方,这是一个谜,需要去寻找。寻找答案,有时候会很曲折,但绝不能轻易放弃。想放弃的时候需要先问问自己,用尽全力了吗?如果没有,那就继续。

正在举步维艰的时候,成玉皎送来吴成这条线索。

王熠在母亲术后每晚在医院陪床,家里没人,郑纯也就没往家里跑。自己开车不光耗体力,还耗油费,每月那点儿工资,买瓶高级护肤霜都要纠结半天,油费能省就省点儿。郑纯在办公室准备了一张折叠床,白天收起,晚上打开,她在办公室住了几晚,体验了临时军营的滋味。

第五章 背水一战 | 169

凌晨三时勉强入睡，五时突然从梦里醒来。躺在吱吱作响的窄床上，郑纯脑子里再次复盘成玉皎所说的集中在吴成身上的种种疑点。

3

沈灵均安排自己的女助理代替她前往医院探望术后的魏惜柔，离开时，留下了一箱营养品。王熠哪好意思收啊？拎着东西追出去，对方已消失在电梯里。

王熠把箱子拎到楼下停车场，放在后备厢打开看，吓了一跳，整整十盒产自印尼的特级燕窝，有钱人送礼都这阵仗？之前对这种东西只有耳闻，但未见过，更未见过这样的阵势。仔细观察一番，又从网上搜索价格，这才发现燕窝这东西论克卖，这种品级的每克按四五十元算，每盒250克的净含量，就是上万元。十盒，什么概念？王熠给吓着了，立即把东西重新装进箱子，从医院小卖部找来塑料胶带将箱子封好，没有任何犹豫，驱车前往华美大厦。

王熠知道这是好东西。有一次参加富二代同事母亲的生日宴，那位年近六十岁的女人皮肤白嫩如同三十岁。席间有人啧啧称赞，问是如何保养的。富二代呵呵一笑，轻描淡写地说："我妈没什么保养秘籍，也就一天一盅燕窝。"从此王熠记住了燕窝。当时还想将来有机会买来给家里两个女人尝尝啥滋味，但至今尚未实现过。记忆中母亲没有接触过这玩意儿，郑纯也没吃过，就算把这东西给她们，连做法和吃法都要现学。

车子抵达华美大厦楼下，王熠拎着箱子来到华美办公楼的楼层，将箱子交给前台值班的姑娘，打电话给沈灵均，直言太贵重不能接受。

王熠原打算放下东西就走,不料沈灵均恰好在公司,对王熠说,老同学既然到门口了,不妨上来喝杯茶?

尽管觉得不知聊些什么,因为怎么聊都会尴尬,可一味回避也是不妥。人家帮了自己这么大的忙,当面表达一下感谢,无论如何都在情理之中。

沈灵均办公室的茶台前,王熠坐下,忽然有种如坐针毡的感觉。他觉得特别对不住她。他遇到难处时她二话不说伸出援手,她遇到难处他却一点儿忙也帮不上。这感觉就像一个欠了债务却无力偿还的窝囊废。他不只是抱歉,更是羞愧难当。

沈灵均泡的是来自武夷山的肉桂,沸水冲下去,丝丝缕缕好闻的花香混合着奇妙的果香,随即在空气中弥漫。沈灵均用杯夹递了一碗茶放到王熠面前的台面上,抬头冲他嫣然一笑,非常大度的风范,让王熠恍惚之间产生一种亲切感。高中时的校花,现在还是那么美。可他必须让自己保持清醒,他凭什么能够坐在这里看到如此美好的如花笑颜呢?作为一个有着独立思考能力的高校工作者,王熠不会因为母亲一场病,智商与情商降到负数。

"医院那边有什么需求,你随时找老周。他平时工作忙,如果联系不上他,随时告诉我。"从沈同学嘴巴里出来的话也如此美好。

王熠内心的羞愧感就愈加强烈。所幸她至今未直接对他提出过什么要求,可能不愿让他觉得她乘人之危?但他清楚她需要的是什么。人与人之间,不就是个价值交换吗?你没有价值,人还和你来往个什么劲儿?她为什么要笑给你看呢?为什么给你喝这么香的茶,给你说这些好听的话?就凭两人是同学?

第五章 背水一战 | 171

这些年有各种不同的同学群,生活不在一个层次上的人,几乎不会往来,名正言顺的理由是,价值观不同,缺乏共同语言。就拿王熠自己来说,那些谁家有个红白事还在凑份子的小学群、初中群,他默默退出已经有些年头了。

可他确实不具备她期待的能力。他觉得有责任和她把话说清楚,能力所限,着实帮不到她什么,他不能骗她,也不能躲闪不明让她抱有徒劳的期待。

"特别感谢!"王熠道。这份感谢发自肺腑。如果不是她全力相助,请到周术这样医术精湛的大夫主刀,母亲现在会怎么样他不敢想。"老同学这个情,我记心里了。"

"客气。"她轻轻笑笑。

"你工厂里遇到的麻烦,我听说了一些。我和郑纯谈过这个事儿,她很坦诚地告诉我,她也是给人工作,听人指挥,很多事情不由她做主,她也希望尽快查出结果,还华美一个清白。"王熠一口气喝了三杯茶,像喝酒一样,一股脑儿把憋在心里的话撂出来。

说这些话的时候,王熠宁愿对方上前对他扇几个耳光,挨几十个耳光可能都比这种感觉更痛快些。可是沈同学修养实在太好,她脸上竟然没露出任何不悦之色。她很平静,呵呵一笑道:"老同学你在说什么呀?我帮同学的忙也不是一次两次了,如果不是你的妈妈,换了别的同学遇到困难找上门,我一样不会坐视不理的。"

"是啊是啊,你对同学的情谊,在同学群里是有口皆碑的……"

确实是发自内心的话。在同学群里,沈灵均几乎是女神一样的存在。

从华美大厦出来,仿佛完成了一项艰巨任务,王熠仰望冬日无云的蓝天,终于长长地舒了一口气。

4

一尘不染的玻璃幕墙外,一亩半面积的庭院,由园林公司打造成花园模样。即使寒冬,室外花卉也不逊春天。十几株怒放的巨型蜡梅袅袅娜娜列队而立,一朵朵黄色小花朵俏立枝头,暗香浮动,隔着玻璃都闻得到属于冬日的梅花幽香。

沈灵均坐在客厅东侧的茶室,茶具是清一色由景德镇大师手工打造的青花玲珑瓷,茶壶里沏着产自武夷桐木关的顶级金骏眉。茶汤金黄澄澈,入口甘醇,滑爽如缎。袅袅茶香中,品茶的人有些心神不宁,沏茶时,茶汤从杯子溢出很久而不被觉察。

几乎每隔一两分钟,她就会拿起手机看一眼,看看是否有遗漏信息。从昨天到今天,整个周末,都是这么过来的,堪称煎熬。

没有等来信息,等来了一个电话。

电话是魏市长打过来的。沈家与魏市长的交情还要追溯到父亲沈海天在世的时候。很多年以前,对方还是区领导,与沈海天关系交好。那时候的沈海天作为有名的企业家,日常交游可以说"谈笑有鸿儒,往来无白丁"。在众多朋友中,沈海天最欣赏就是魏鹏远。用沈海天的话说,魏鹏远这个人,有主见,有谋略,有担当,执行力强,关键是有公德心,处事公道,做事牢靠。加上两个人业余都喜欢书法,在一起总有说不完的话题,于是三天两头一起吃饭、品茶、喝酒,挥毫泼墨。沈灵均自幼称魏鹏远为"魏叔",魏鹏远也亲切地称她"灵均"。沈海天去世时,魏叔神情凝重地在葬礼上现过身,那以后随着职务变迁、工作的繁忙,以及华美的日渐没落,沈灵均与魏叔见面的次数越来越少。魏叔昔日对华美这种传统服装企业的关注,似乎逐渐转向其他新兴产业。但魏叔是个重义之人,七年前华美因产业升级需要改善排污设备,当时身为主管环保的副市长的魏叔前往企业蹲点后,批了专项资金,帮助华美升级了设备。近年来华美有两次遭遇贷款方面的困境,也都是魏叔出面帮忙与银行协调,华美才得以渡过难关的。当然,这些珍贵的资源,就像存折上的储蓄,不到万不得已,沈灵均轻易不会动用。

两天前沈灵均有意前往魏叔家里拜访,打电话过去想约下时间,魏叔说最近他特别忙,连他自己都不知道什么时候在家。之后她再打电话,魏叔就不接了。她打电话给秘书,秘书也是委婉推拒。无奈,沈灵均通过微信信息向魏叔述说了企业目前遭遇的困局,信息发出后就叮嘱自己少安毋躁,耐心等待对方复信。

在朋友圈,魏叔的微信头像下面,永远是一条横线。只有逢年过节她发问候信息过去,收到对方回复时,才能感受那个风轻云淡的图标后面,对应着一个真实存在的人。

"灵均,现在信息时代,各部门政务都非常透明,你要相信环保部门一定会秉公处理这个事情。我平常操心的事太多,分身乏术,着实不能面面俱到,企业的事情你直接与区里面主管领导或部门对接行了……先这样,我还有个会,挂了啊。"

熟悉的声音通过手机传过来。能帮的事情一言九鼎,帮不到的事委婉拒绝,这是魏叔的行事风格。她想说点什么,还没来得及出口,电话就挂了。

魏叔自从履职市长,联系到他就非常困难了,他能回个电话那是难上加难。沈灵均清楚,如果不是父亲的面子,能否接到这个电话也不好说。此时此刻她握着手机,感受着自尊心满地碎落的打击,告诉自己必须接受这个被拒绝的残酷事实。

市长政务繁忙,日理万机,不愿被打扰,她要识趣。

沈灵均忽然有些伤感,有些落寞。忽然对人性失望。人心沟壑纵横,褶皱繁杂,没事时都是风和日丽,阳春三月,遇到事转眼寒风萧萧,冰霜雪冻。难道曾经的魏叔现在的魏市长也怀疑华美有问题,从而对华美失望,避之唯恐不及吗?她不敢多想。

放下茶碗,沈灵均从茶室出来,在宽阔的客厅里走了几个来回,然后从客厅踱到餐厅。餐厅的窗前,有盛放的茶花与蝴蝶兰,周术坐在餐桌前,拿着小镊子,低头对着一只海碗里发好的燕窝,仔细挑毛。

他的静与她的动,反差鲜明。

周末是周术休息的日子,也是家里阿姨休息的日子,同时还是周术与沈灵均单独相处的居家时光。每逢这样的日子,周术都会做些力所能及的家务事,他很喜欢并享受这样的时光。炖燕窝是他的拿手绝活儿,和做外科手术一样精湛。

周术的专心致志,形成一种无形的气场。在这种气场的影响下,沈灵均终于停止了踱步。她在餐桌一侧坐下来,专注地观看他娴熟的挑毛动作。

与这个男人从恋爱到结婚的多年时光,沈灵均从未问过"你爱不爱我"这类问题。她觉得向另一半问出这个问题的人,基本上都是因为不确定对方是否爱自己,要么就是缺乏自信。因为不确定和不自信,才会反复追问这个愚蠢的问题。之所以不确定和不自信,是因为对方没有给出爱的安全感。她从未问过,因为不用问,她确定。从前,现在,即使他因为犯错被她从家里撵出去一个月之久,她曾一度对这份感情产生过怀疑,但他以实际行动进行了忏悔,并且以实际行动时时刻刻都能让她感受到——他爱她。

这些年为工厂的事情耗尽心血,每逢陷入泥泞、举步维艰的时候,耐心陪在她身边的人,安抚她的人,照料她的人,疼爱她的人,让她感觉不孤单的人,一直是他。

周术抬起头,目光落在她脸上,外科医生原本冷峻的眼神立即变得温柔。

自从他重新回到这个家,两个人除了没有夫妻之实,其他一切,貌似回到从前。他对她微微笑了一下,温和的笑。他说:"想说什么,就说出来吧。"

他像往常那样,每每她遇到过不去的坎,不论工作还是生活,他都是第一个倾听者,也希望自己是帮她解决问题与难题的人。

"那个病人,魏惜柔,可以出院吗?"

周术的笑容渐渐收起。没听错,她说的是魏惜柔。

"刚从重症监护室出来两天,身上的管还没拔完,出院还需要几天。"

"让她出院!"她说得很坚决。

一周前也是在这张餐桌,她恳请他设法给这位病人腾挪入院床位,要求这次手术必须成功,而且必须给予病人最好的治疗。此时此刻,周术望着沈灵均的眼睛,他情愿相信自己的耳朵出了问题,也不愿相信这样狠辣的话是从她的嘴里出来的。很遗憾,是她说的。说这话的时候,她仿佛变成一个他不认识的陌生人,脸上有一股冰冷的杀气,是那种在电影镜头里才见过的陌生气息。

"刀口还需要每天换药,现在让她出院,是要她的命。"周术实话实说。让病人出院,不难办到,他签字就行。但能这么干吗?

"他们在要我的命。"

"你不是坚持不存在违排吗?担心什么?"

"架不住有人造谣诬陷。"沈灵均道,"环保部门360度无死角对华美进行狙击,这是要逼华美进入死地的节奏。"

"这是两件事,我认为不可以让它们互为因果关系从而合并处理。"周术沉默了一下,注视着她,严肃道,"病人此时出院严重违背治疗规律,什么时候出院,你说了不算,我说了也不算,由患者术后恢复状况说了算。"

沈灵均不说话,两行眼泪夺眶而出。他很少这样直截了当拒绝她的要求和需求。别的不说,单就被他拒绝这个事本身,就足以让她满腹委屈。

尽管无比愿意满足她所有的要求,却无法突破自己的底线由着她胡闹。尽管一直在设法改善两人的关系,但不能拿此事作为机会。人命关天,容不得任性,他不能让步,他做不到不让她失望。

周术坦诚道:"之前收治这个病人,私下腾挪床位已经违背了一次原则,但你执意要帮,本着治病救人的情由,帮就帮了。但这时候违背原则让病人出院,我做不到。"

她还在吧嗒吧嗒地掉泪。她把他从这个家里撵出去时都没这么掉过泪。不过周术心里一点儿也没有记恨这个。他想的是，以最坏的打算，就算工厂有问题，天也塌不下来。就算她的企业被关停，他还可以撑着这个家。

他也不会因为她提出这个令人匪夷所思的无理要求，改变对她的情感。就算她有些阴暗的想法，他也理解。一个人在特殊时期和特殊情绪下，内心突然冒出极端的想法，他可以理解。他偶尔也会有阴暗的想法。比如去年，有个女患者住院两周了，家属却很少出现。有些事情需要跟家属谈，却难以实现。这患者有钱，请了三个陪护，每天在病房众星捧月般地伺候她。后来病情稍有好转，患者跟病友炫耀，她成功插足了一个家庭，让一个有钱的男人心甘情愿为她买房、买车、支付大笔医疗费，这些看护都是那个男人花钱给她请的，弥补不能陪伴她的愧疚。患者以此为骄傲，觉得自己魅力无穷、本领很大。这事在病友间传开，又在护士间传开，传到周术这里，他当时就想，这种像病毒一样祸害社会、祸害他人家庭的人渣，还有给她治疗的必要吗？让她自生自灭不是最好的处理方法吗？当时他被自己这个灭绝人性的念头吓了一跳。当然只是念头。出于医生的职业道德与基本素养，接下来他还是以最优方案给她做了一系列治疗。

"有时候帮助他人，不只是为帮人，也是给我们自己积福、积德、积善缘。如果每一次对别人的帮助都是为了回报，这个帮助就不叫善缘；如果每一次帮了别人，都得到了等价回报或超值回报，那么这份善缘也会同步被抵消。"周术像是对她说，又像是对自己说，"帮了别人不要老记在心里，耿耿于怀也会抵掉自己的福分。帮了就帮了，忘掉它，受助者能在心里感念你的好,就是在给你积福;他转眼忘掉,不记你的好,也没啥,善良是有轮回的,它不定在什么时候以什么方式回馈到自己身上。"

5

这个周日,成玉皎跟着中介去看了几套出租屋。在她能承受的价格范围内,要么位置偏远,交通不便,要么老破旧,缺乏安全管理设施。从一处房子出来,走在陌生的小区里,成玉皎告诉中介小王,她想找那种小区园区和入户门都装有摄像监控、物业管理好一点儿的房子。小王说:"姐,那样的话,你得提高预算。"

成玉皎咬咬牙同意了。

小王拿着手机快速滑动,很快找到一套房源。一室一厅,次新房,刷脸入户,安全设施一流,小区门口有公交车站,距成玉皎工作的学校七站车程。

小王说:"这套房子精装修,家电家具齐全,拎包入住,姐,我带你去看看?可以的话尽快定下来,之前的租客一周后到期,现在这种小户型的房源特别少,我同事手上好几个客户在排队。"

小王把房源信息与实地照片发到成玉皎手机上。成玉皎翻看一张张照片,室内窗明几净,采光充足,小区里闲适优雅,颇具田园风情。

这样的住宅,仅看图片,已令成玉皎心生向往。

"租金呢?"这是不得不问的问题。

"三千元一个月,物业、水电费另缴。"小王说,"这个小区物业费稍微高一点儿,一平方米四块九。"

"一室也这么贵啊?"

"姐,租金都涨了,这个还算适中的,这种小区两室的去年都要四千五百元了。"小王说,"一千多的也有,就你之前租的那种比较旧的小区,那种租金没怎么涨,物业费也实惠。"

成玉皎在寒风里苦笑一下,不得不放弃,连看的念头也打消了。

眼下在这所学校月薪满打满算能拿到五千五百元,早些年课余去培训班教课,能拿点课时费,近些年随着各种校外培训机构陆续关停,这部分收入没有了。前几年手头存的积蓄,为月月看病不仅用得一干二净,还欠下一位远房舅舅七万块钱。当时月月住在医院里,每天仿佛有碎钞机哗哗转,冯志浩也向他的亲戚借了钱,离婚后,两个人各还各的债。舅舅这笔债,在月月离世后,成玉皎每个月准时还两千元,至今尚未还清。如果花三千元在租房上,加上水电物业等杂费,再还两千元债务,基本生活就要停摆。

小王似乎看透客户的窘迫,善解人意地说:"姐,近郊的次新房性价比很高,就是远点儿,我再帮你找找。"

成玉皎摇摇头,自己没有车,上下班挤公交,不想住太远,每天花费太多时间在交通上。她告诉小王还是在附近找,小区老点儿没关系,家具她自己有几件,只要有监控,安全管理跟得上就行。

傍晚时分,成玉皎辞别中介回住处,顺路在农贸市场买了菜,到楼下时,看到单元门门口罕见地停着一辆奔驰S600。小区内人车不分流,住宅楼下的小道两旁每天被形形色色的车辆占满。平常在这里见到的,二十万以内的国产车居多,这种车子冷不丁出现在这个环境里,分外醒目。

昨天陈锦律师告诉她,沈俊驰近日可能会来找她。

用陈锦的话说,沈俊驰主动谈和,意味着我们取得阶段性的胜利。初听这话,成玉皎多少有点儿蒙,是胜利吗?习惯了挫折与碰壁,她对这样的消息一时还有点儿不适应。沈俊驰真的想谈和?那只被杀的鸡是怎么回事?

果然,成玉皎的身影刚出现在单元门门口,两个人从车子里钻出来,其中一个年长的朝她喊了一声:"成老师!"

成玉皎回头,看到沈俊驰和王先德。

"成老师,我和沈总等你半小时了,我们过来看看你。"王先德赔着笑脸说。

看什么呀?看我被官司折磨的惨样吗?成玉皎冷冷地瞅了他们一眼,没理他。以前和王先德打过交道,他的笑脸让她觉得毛骨悚然。她笑不出来。

"上你家坐会儿吧,我们需要认真地谈谈。"

成玉皎没回应,径自转身上楼。王先德和沈俊驰跟在身后上了楼。

客厅里仅有一个单人沙发,没有多余的座椅。王先德非常体贴地让沈俊驰坐到沙发上,自己从墙角找来两只小板凳,一只并排摆在沙发旁,一只摆在沙发对面,中间的小茶几像是临时谈判桌。

成玉皎去洗手间洗过手,王先德已经在沈俊驰旁边坐定了,他指指对面的小凳子让成玉皎坐下谈。

成玉皎没有坐那只小凳,转身从卧室搬来一只高些的凳子,在距茶几稍远一些的地方坐下。她坐得端直,没有正眼看他们,而是拿出

第五章 背水一战

手机,看了一下信息,这才开口道:"有事直说。"

"成老师,那我就直说了。"王先德笑笑道,"这段时间经过反复思量,我们一致认为,工厂这些年在村里,与村民互帮互助、唇齿相依走到今天不容易,我们原则上不愿与村民的关系搞得剑拔弩张,比如说打官司这种事,实在是劳民伤财、得不偿失,对你我双方都不是什么好事。"

"直接说你的目的吧。"成玉皎不想浪费口舌。

"很简单,我们决定撤诉,也希望你撤诉,当然,我们会给你补偿。"

成玉皎面无表情,没接话。

一直端着脸的沈俊驰开了口,他叫老王别绕弯子,不要浪费时间。

王先德从包里拿出提前备好的协议,在茶几上推到成玉皎面前,直奔主题道:"拯救地球,拯救苍生,那是精英们的事,咱们老百姓,先把自己的日子打理好,这才是实实在在的。为了表示我们的诚意,两百万现金,我相信这笔钱对你的重要性,别再闹下去了,做好家庭建设,好好过日子。"

王先德四下一瞥,成玉皎栖身之所,活生生诠释了什么叫"家徒四壁"。可以说,除了维持一个人活着所需要的最基础设施,这个家里没有一件多余的东西,连一张像样的餐桌都没有。

成玉皎仿佛被戳中了痛点。自家曾经也是小康日子,孩子生病后,体验了一病返穷的各种困窘。对方主动提出这个数额,这就是陈锦判断的阶段性胜利吗?这是一组她活了三十余年都从未想过的银行卡数字。

成玉皎拿起协议,翻看一下。协议中体现的还是"人文关怀",而不是"过错赔偿"。转了一圈,又回到原点。从法律上讲,补偿和赔偿是截然不同的两个概念。补偿,表明对方没有过错。赔偿,则是存在过错。

成玉皎坚持一个原则:要求华美承认存在过错,这笔钱属于过错赔偿。

这也正是当初拉开这场诉讼的"死结"所在。

成玉皎把协议推回去,说:"这个字我不能签。"

沈俊驰的脸色愈加难看。

华美遭遇企业创史以来最大的危机。成玉皎像一颗过河卒子,一步一步把华美逼入绝境。若他不把她干掉,她就要把他干掉。

经过再三权衡,沈俊驰尽管忍着一口难以下咽的痰,从大局考虑,还是决定私下和解,破财消灾,这也是眼下以和平手段化解危机的唯一选择。作为商人,沈俊驰对金钱的魔力与战斗力深信不疑,他坚信没有金钱攻不破的堡垒。

找成玉皎之前,他找陈锦谈过调解事宜。

陈锦表示,调解,她没问题,只要当事人同意即可。

可这个成玉皎太过难缠。如果华美愿意在协议上体现存在过错,这笔抚慰金何至于一而再,再而三地提高至这一数额?

沈俊驰向王先德再递个眼色,王先德也收起笑容,郑重道:"我们可以再加一百万,成老师,三百万,这是我们最大的善意和诚意,你签了这个字,我现在就把现金转到你账户上,从此之后,我们两相安生,互不打扰。"

成玉皎默不作声。面对这样一组从未见到过的人民币数字,很奇怪,她的心脏一丁点儿波动都没有。她抬抬视线,目光触及墙上月月的照片,小小的笑脸像月光一样皎洁,一双眼睛如闪烁星辰。

"成老师?"王先德小心翼翼地又喊了一声。

成玉皎仿佛没听见。

空气出现了短暂的凝滞。

"你是觉得少吗?"王先德说,"我们还可以再商量。"

成玉皎视线从女儿照片上收回来,落到王先德脸上。这是一张为主子拼力卖命的脸,脸上的讪笑让她产生强烈的恶心之感。她觉得不必继续浪费口舌。

"如果华美坚持用人文关怀的名义,那还是请回吧。"成玉皎从凳子上站起来,做了个送客的动作。

王先德还想说什么,沈俊驰已失去耐心。他从沙发上站起,抻抻衣襟,冷冷道:"成玉皎,我提醒你,不识抬举可不是什么好事。"

"那就滚吧。"成玉皎冷眼望向窗外,不想看那张脸,也不想再多说一个字,她的诉求已经表达得足够明确。

王先德察言观色也起了身,向成玉皎道:"成老师你再慎重考虑下,考虑好了回个话,只要你同意签这个字,这笔钱马上转到你账户。"

成玉皎不再理会。

二人走到门口,王先德又回过头道:"成老师,你可以打听打听,看看还有哪家的老板有这样的仁慈之心,别不懂珍惜。"

成玉皎砰地关上房门。

6

傍晚,吴成的小货车在超市门口缓缓停下,隔着前风挡,看到一对陌生男女站在超市门口的台阶上。男的五十来岁,身材中等;女的三十岁出头,身形娇小。吴成有一种预感,他们是来找自己的。

原想开个小超市,并没奢求发财挣大钱,只想过安宁日子,最近却仿佛被瘟神缠上,平静的生活一再被打破。事实再次告诉吴成,逃避是没用的。逃得过初一,逃不过十五。

来人是郑纯与老毕。

既然客人上门,不接待有失礼节。吴成下了车,招呼两名店员卸货,自己迎客而上。

郑纯与老毕也不多话,向吴成说明了身份,同时出示了工作证件。在上次接待过成玉皎的狭小办公间,隔着电脑桌,吴成与两位客人面对面坐下。

"我们不是没有依据地猜测,你也不要以为一走了之就没你什么事了。"郑纯道,"如果你是知情者,如果未来我们查证了华美工厂存在违排,作为知情者,知情不报,是要承担法律责任和法律后果的。"

吴成先是一愣,然后不卑不亢,像答复成玉皎一样答复平安区环保局局长,他当初从华美离职,完全是因为合约到期,想出来自己创业,与成玉皎女儿铅中毒事件没有任何关系。成玉皎及她的律师单方面的推测,没有任何依据。

吴成又说:"您讲的后果我清楚,我在华美七年,华美的排污设施一直是比较规范的,至少我没有发现过重金属元素超标现象。"

老毕晓之以理:"我们了解到你和华美的沈俊驰是大学同学,私交甚好,但牵涉环境污染这种涉及国家公共安全的重大事件,我有必要提醒你,你必须保持清醒头脑,目光放远,为了什么江湖义气,犯低级错误是不值得的,你还年轻,你是有将来的。"

"既然我说什么你们都不信,我也没办法了。"吴成摊摊手。

郑纯向老毕递一个眼色。

老毕又道:"时间倒回十几年前,每年冬天,都会有成群的骨顶鸡与青头潜鸭在安水河湿地越冬,华美建厂后,越冬候鸟逐年递减,后来渐渐绝了迹。七年前,安乐村有一位叫成忠贵的八旬孤寡老人,作为每年都要为越冬候鸟投食的禽类保护者,他通过观察,发现越冬候鸟绝迹与安水河水质变化有直接关系。安水河河水变黄、变灰、变浊,他认为河水受到严重污染,怀疑污染的源头极有可能就在华美工厂。他给我们单位写信,连写三封,一再呼吁。华美工厂在接受约谈后,先后进行了两次整改,而华美这两次整改,恰恰是你在华美工作的时间段内,你作为公司技术总监,华美当时的整改情况,不会不知情吧?"

这番话仿佛打到蛇的七寸,吴成沉默了。

近日郑纯对区环保局档案室相关材料进行彻查,几个人埋头干了三天,拆阅上千封村民来信,找到成忠贵老人的三封反映安水河河水受污染的举报信。继续查,发现了七年前华美工厂对排污设施进行升级换代的报备材料。在这份材料中,只说整改缘由是由于设备老化需要更新,对具体整改起因、整改内容以及整改措施避重就轻、语焉不详。

郑纯与有关工作人员交流当年这个情况。工作人员说,那时尹红在任,尹红对这个情况的处理是约谈了华美负责人,勒令整改。但具体整改措施停留在口头上,没有形成文件。并且这个事情一直被捂在区环保局,始终没有往上报。

郑纯又查阅华美五年之前的排污检测报告，发现其他方面存在不达标情况，但并没有明确的重金属超标显示。

铅这个事，成了郑纯心头最大的困惑与疑问。

"企业如果存在不正当手段进行偷排暗排，我们不查清楚是不会罢手的，否则我们也要承担责任与后果。"郑纯娓娓道，"而知情者，如果情节严重，有人命在里面，法律上要判刑。你在华美做了七年技术总监，按相关法律法规，重大公共安全事件，责任人是终身制的，如果华美有事，就算你已经离职，就算你一句话也不讲，也难辞其咎，想全身而退，那是妄想，你明白吗？"

眼前二位，一个人晓之以理，一个人普之以法。还有之前那个成玉皎，动之以情，以卖惨的方式试图感化他。他们都想从他这里得到什么？

吴成沉默一阵，语气有所松动，说道："我也负责任地讲，前些年华美在排污方面确实有过不达标的情况，但我可以肯定不是重金属超标，因为华美自己也经常做检测。被约谈之后，沈总花了巨资，对排污设备进行了升级改造，效果很好，之后情况直线好转，这是我了解的真实情况，其他还有什么事，我真的不知道。"

"不要以为华美只是一个安乐村的事，全国范围内，华美这样的企业不知道还有多少。"老毕语重心长道，"我们发现一个嫌疑企业华美，如果不及时进行必要的清查、遏制，不把真相说出来，不把它拿出来曝光，不让它受到应有的惩罚，其他违排企业就不会感到害怕而住手，安乐村这样的情况就会像病毒一样全国性扩散。你不要以为一问三不知就可以保证自己安全无事，更不要以为自己不生活在安乐村就可以保障安全,我告诉你,不把污染掐死在每一个源头,谁也没法保障我们呼吸的空气、吃的食物、喝的水都是安全的!"

吴成再次沉默。

"沉默不是金,很多时候沉默就是昧良心,是要人命。"郑纯道,"澳大利亚烧了半年的大火,你以为它只是别的国家的事,离自己很远是吗?非洲的蝗虫,你以为这种倒霉事永远不会发生在自己身上?不爱护环境,蝗虫随时会反噬掉我们的庄稼,大火随时会烧到我们身边。"

吴成紧锁眉头,双手捧住自己的头,左右手指摁在两边太阳穴,机械地揉着,一言不发。

不管郑纯与老毕如何苦口婆心,这次谈话没有收到立竿见影的效果。

两个人从超市离开,回到车上,老毕与郑纯讨论陈锦律师以及成玉皎对吴成的判断是否准确。

郑纯说:"这小子闪烁其词,说话的时候,眼光不时瞟向右上方,心理学上讲,这是说谎时的下意识动作。"

"这个麻木不仁的家伙!"一向好脾气的老毕气愤地说,"看他那个德行,我真想捶他!"

"捶他解决不了问题,"郑纯道,"我估摸着,这小子可能有什么把柄在沈俊驰手里,他不敢得罪沈家。"

7

傍晚回到家里,沈灵均走进二楼的衣帽间。

衣帽间为长方形,四十平方米大小,陈设如同商场的名品专柜,国际一线品牌的四季时尚在这里应有尽有。沈灵均是个包包控,左侧壁橱,整面墙的爱马仕、香奈儿、路易威登以及摩奈、德尔沃等经典款手袋,一应俱全。爱马仕的铂金包与凯莉包,不下20只,不同色彩,不同皮质,不同尺寸,她喜欢收藏手袋,就像收藏珠宝一样。人生第一只爱马仕是一款橙色的凯莉包,那时她还在上大一,暑假去巴黎旅行,通过提前预订以及一个月的漫长等待,才拿到手。当时打开那只橙色盒子,第一眼就被它精湛的工艺给震撼,从此爱上这个品牌。沈灵均视线从一只只精致的手袋上扫过,这些手袋没有使用过的痕迹,一只只宛若艺术品陈列。她伸手拿起一只30厘米大小的黑色鳄鱼皮铂金包,捧在手里,轻轻摩挲着,少许,又放回原处。再拿起一只大象灰的鸵鸟皮铂金包,摩挲一会儿,再次放回原处。想从中找出一只送人的礼物,在包柜间巡视好一阵,最终放弃。除了爱马仕的铂金和凯莉,其他品牌,分量又轻了些。而这两款,总有些不舍。不舍的原因,是这个品牌苛刻的售包制度所限,买到它们,有时候并不仅仅是有钱就可以办到。

沈灵均穿过包柜和衣柜中间的走道,来到这个房间的最里端,打开两扇隐蔽性很好的衣橱门,把挂得满满当当的一排连衣裙费力地往两边拨开,隐藏于衣橱内部的一只保险箱出现在眼前。

纤长的手指在液晶屏上轻轻触动,灰色屏幕霎时亮起。刷脸,摁指纹,保险箱的门无声开启。柜里有几只抽屉,拉开其中一只,像打开一只百宝箱,成套的红蓝宝石、祖母绿、钻石首饰赫然在目。沈灵均熟门熟路地取出一只装手镯的盒子,打开,是一只和田羊脂玉手镯,这只手镯器形玲珑,玉质细腻,白如凝脂。十年前沈灵均被它的美丽打动,花十五万人民币收进来的,因圈口大了些,始终未曾戴过。

沈灵均将一只手伸进镯子,轻轻一抚,镯子滑于腕上,举腕晃晃,还是大了些。也罢,或许这就是老天的安排?她把手镯摘下来,小心地放回盒子,在里面固定好。

晚上周术回来时,沈灵均已在餐桌边等他。玲嫂做的菜,可口的四菜一汤。晚饭后,周术启动车子,沈灵均坐于副驾,随身携带的包里装着那只大口径的羊脂手镯。

两人从家里出发,去往周术的大伯家。

大伯家住得不远,也在碧城东部,二十分钟车程。大伯周华强是一位退休领导,两年前在海军工程学院政委的位置上退下来,住在碧城著名的灵山脚下。小区里清一色的别墅建筑,分独栋与双拼两个类型,门卫武警把守。大伯住的双拼,院子有半亩,这里周术熟悉,一年里总要来上几趟。大伯的儿子,周术的堂哥周立在省卫生厅任职,生活在省城多年,偶尔周末回来看看。五年前大伯做胆囊摘除手术,三年前伯母膀胱炎住院,一年前九十五岁的爷爷去世安葬,都是周术跑前跑后,一手张罗。周立工作忙,顾不上家里琐事,爹妈住院时回来看一眼,在病床前坐一小时算是长的。

堂兄弟俩自幼感情好,周立一直说拿周术当亲弟弟。伯父伯母也说过,儿子不在身边,关键时候,周术比亲儿子还靠得住。

大伯很严肃,难得露笑脸。但每次看到大侄儿周术,都会露出难得一见的笑脸。周华强爱打高尔夫,家里的地下一层装了个小型高尔夫模拟练习场。这几年国内许多球场被铲除,已经很少出去打球,没事在家里挥两杆,周术每次来,老爷子都拉着他到地下球场去挥杆。

这次也不例外。

沈灵均与伯母朱雪在客厅里聊家常。聊着聊着,在沈灵均的引导下,话题很自然地转到美玉收藏。水到渠成时,沈灵均从包里拿出自己的藏品给伯母欣赏。朱雪好眼力,将手镯握在手上,一眼看出是羊脂玉。她也是个美玉爱好者,这等品级的羊脂玉,目前市场上已经看不到,若非资深藏家从保险箱里拿出来,还真是难得一见。

沈灵均看到伯母握住手镯的一瞬间,眼神是亮的。

沈灵均伸出纤纤玉指,拿起白玉美镯,娴熟地帮伯母戴于左手腕上。镯子口径大小,竟如量体打造,在伯母白皙的腕上,如一圈凝固的奶脂,闪烁着柔润的光泽。

伯母欣赏了一会儿,欲把手镯摘下来,被沈灵均阻止了。

"玉遇有缘人,我第一眼看到它的时候,就知道它跟您有缘。"沈灵均道,"伯母,下个月就是您的六十五岁大寿,这是我和周术给您提前准备的生日礼物。"

伯母是个伶俐人,她还是坚持把手镯摘下,重新放回盒子。如此价值不菲的物品,已不是普通礼物,而是重金,岂能随意收受?她道:"灵均,最近是不是遇到什么麻烦了?你有什么事,尽管直说,在我和他爸这儿,你和周术就跟自己的孩子是一样的,你直说就是。"

见伯母爽快,沈灵均也不再兜圈子。她把华美眼下四面楚歌的困境,一股脑儿全倾诉出来。

这两年着实太不容易。一方面筹建新厂;另一方面为了更好地传承华美,姐弟俩带领团队,殚精竭虑,高薪招揽技术人才,对服装制造的转型升级进行了艰苦的探索、研发与实践。按原计划，华美的新纪元即将开启，怎么也没料到这个节骨眼儿上遭遇铅中毒官司。更没想到事件一步步升级，到如今，一个到处告状的成玉皎，一个想出政绩的工作狂郑纯，还有一个隐藏在幕后的律师，她们从不同方向同时对华美残酷围剿，简直要把华美逼向绝路。前不久，公司两位重量级技术人员先后辞职，华美下一步的发展已经严重受阻。眼下尽管工厂机器每天还在隆隆响着，不过是在消化存量订单。手头几批订单完成后，还有没有新的订单续命，是个未知数。

接管华美以来沈灵均经历过金融危机、市场危机、客户危机、机械设备落伍危机、原材料和人工成本上涨危机等五花八门的危机，但生态环境危机严重到这一境地，还是头一回。华美左冲右突，仿佛麻雀被逼进死角。

说到委屈处，沈灵均花容失色，伤心落泪。她流着泪道："不管多难，我都不会屈服，华美走到今天不容易，我不能让它折在我手里。"

"我会和周立打电话，叫他找人了解一下情况，看能否从中协调一下。"伯母道，"但不能让你大伯知道，他不喜欢这种事，会生气的。"

"我明白，我叮嘱过周术，不会和伯父说这个事。"

伯母在人际上左右逢源，做事也讲规则。这些年相处下来，沈灵均了解老太太的个性脾气，只要她点头答应给办的事，一诺千金。

以周术与周家人的相处习惯，周术认为这不是什么复杂的事，直接打电话给堂哥就可以。用不着跑家里来，更不用送礼。但沈灵均以自己的交际习惯，认为来家里送个礼物与简单打个电话的效果肯定不一样。怎么说是堂兄弟，隔着一层，由伯母和她亲儿子叮嘱一下，效果又是不同。

回家的路上,关于工厂的事,周术要沈灵均给他交个底,他好在心里有个数。

沈灵均万分肯定:"我一直主管设计研发,排污技术的事,都是沈俊驰在负责,他说过,有点儿问题也是以前的事,现在没有任何问题。"

"那你为什么草木皆兵?"

"成玉皎那个人不依不饶,到处告,引得环保单位执法过度,严重影响到华美的正常生产,我想尽快了结,不想让事情越闹越大。"

"成玉皎为什么不依不饶?"

"沈俊驰和她谈过,主要目的是想多要点儿钱吧。"

"她要多少?那就给她吧,"周术说,"为了要点儿钱,闹了这么些年,也不容易,尽早解决了,对双方都不是坏事。"

"最近公司正在跟她谈,我的态度是尽量满足她。"

8

临近年底,公司最忙的是财务处和产品展厅。上游的染料厂、原材料供应商前来结账,下游的订货商、代理商前来看货、订货、洽谈合作,人来人往。沈灵均一度重新看到了熙熙攘攘的繁荣景象,她喜欢这种场景。

腊月二十三马上就要到了,小年,过了小年就是春节。沈灵均叮嘱沈俊驰,赶在过年之前,把该结的账都给结了,该付的工钱及时付了,该发的货及时发出去。当然,有些习惯性赖账的老赖,该催的催,该发律师函的发,毕竟大家都要过年。

第五章 背水一战 | 193

沈俊驰有条不紊,执行得力。不仅该发的货及时发出,仓库里还有两吨积压存货和两吨合作方已交定金与预付款但尚未付全款的新产品,通通从老园区转移到新园区了。

新园区仓库设施先进,超大容量,内部的通风与防潮防蛀效果远超老仓库。除此,因年前生产任务有一定削减,在不影响老园区正常生产的情况下,沈俊驰安排人员把近年添置的新设施完好地转移到新厂区。

新园区尚未正式启用,沈俊驰找人算了日子,正式搬"家"时间定在年后农历二月初二。老工厂的生产还没有彻底停工,环保机构的无人机如同鬼魅,说不定什么时候就会在园区上空盘旋,就像苍蝇在耳边嗡嗡嗡地叫,令人心生硌硬。

下午沈俊驰过来,谈完工作上的事,忽然说道:"姐,有个事情,我想跟你知会一下。"

"哪方面的?"沈灵均的视线落在沈俊驰脸上。

"老工厂的地下管道。"

"管道怎么啦?"沈灵均视线落在沈俊驰脸上,紧紧盯住他的双眼。

沈俊驰似乎不敢与姐姐对视,移开了视线。

"没……没怎么。"沈俊驰滚到嘴边的话忽又咽回去。

"有什么话直接说出来,你知道我最烦藏着掖着,"沈灵均皱皱眉道,"直说!"

"算了,"沈俊驰抬眼瞥一下姐姐的眼睛,似乎终于下了什么决心似的,说,"技术上的事,你不了解,当时没跟你讲,现在更没必要让你烦心了。"

"既然是烦心的事,那就别讲了,我也不想知道,你处理好行了。"

沈俊驰点点头。

这些年,在公司经营上,大是大非的事情上,由沈灵均决策。其他方面的事,比如公关人际,包括沈灵均不擅长的印染技术的提升与改善,排污设施的升级改造,都由沈俊驰全权做主。她信任他,他最大的长处是高度忠诚。至少对沈灵均和华美来说,沈俊驰的忠诚称得上一流。

对沈俊驰来讲,华美有他的股份,是他的安身立命之本,也是他在这个炎凉人世享有眼下一切荣华富贵与人脉资源的根本之源。没有华美这个平台,他可能什么都不是。幼年时在村子里一无所有、一贫如洗的日子,简直像噩梦,每每想起都不寒而栗,宁愿死他也不愿回到过去。

具体到华美的发展上,沈灵均相信再没有比沈俊驰更可靠的人了,他用起来也顺手。姐弟俩的关系,有时是战友,有时是合作伙伴,有时更像知音与朋友。沈俊驰不仅有能力,而且心细如发,在很多事情的处理上,两个人根本无须语言上的交流,往往一个眼神、一个表情,或一个手势,就能彼此心领神会。一直以来,对沈灵均与华美来讲,沈俊驰像阳光和空气一样安全可靠,不可或缺。

"俊驰,"沈灵均道,"我相信你所做的一切,都是基于华美的利益,我对你的信任,过去、现在、以后,从未变过,这次危机,我相信你可以处理好。我的要求只有一个,华美不能出事,华美这个品牌,必须传承下去,而且不能有任何影响声誉的污点与瑕疵。"

"我会处理好的。"沈俊驰脸上没有笑容,但也没有忧虑。还是一

第五章 背水一战 | 195

如既往地淡定。

沈俊驰的淡定可以让沈灵均心头的焦虑得以短暂地缓解。

办公室一隅的陈列柜里,摆放着沈海天在世时华美获得的各类荣誉。全国纺织企业先进企业、省服装行业技术贡献奖、中国式新女装设计展最佳艺术设计金奖,以及连续五届省运动会合作伙伴、多家五星酒店制服合作伙伴,各种奖杯、奖牌和证书……沈灵均打开柜门,将这些奖杯与证书一一收起,装进不同的包装盒里,整整齐齐码进几只箱子里。

这是华美昔日荣光的见证。工厂要搬家,它们自然要跟随她进入新园区。

当晚回到家,沈灵均一眼看见院里停着一辆熟悉的汽车,是周术伯父家的常用车。沈灵均心里当即咯噔一下,某种不好的预兆从心底升起,但她还是镇定地停好自己的车。看到伯父的司机小刘坐在驾驶座上。出于礼节,她招呼小刘进去坐坐,小刘腼腆地谢绝了。

伯父没来,伯母来了。

周术今天回来早,他正在陪着伯母东一句西一句聊家常。这不是他的长项,也没多大兴趣。沈灵均一进门,他像看到救星一样招呼她。伯母果然在等侄媳妇。

沈灵均上前寒暄两句,到洗手间洗过手,换了衣服,不管内心怎样波澜起伏,脸上还是换上温柔的笑意,走过来在伯母身边坐下。周术找个理由回房间去了。

"灵均,那天晚上你前脚离开,我就跟周立打电话了,他答应尽力找人了解一下这个事情,我一开始也觉得,不是什么大不了的事。没想到今儿一早周立回过电话,说生态环境这个事,属于重大敏感事件,牵扯面太广,这种原则性问题,就跟酒驾一样,一旦出意外,谁都救不了。"

沈灵均呆着,脸上的笑意不知不觉间消失了。

"这个事不管找谁,最终都要落实到那个郑纯身上。周立先后找了两个人了解情况,了解到的确切信息是,郑纯这个人,是个特别倔的人,以前她在小镜区做监察队队长,因为查一个她一手办的案子,谁打招呼都没用,查到最后,小镜区环保局一、二把手都给留置了。"

"伯母,我知道了,"沈灵均道,"谢谢您。"

伯母从包里取出一只盒子,当着侄媳妇的面打开,白玉手镯完好无损,她把它放在面前的茶几上。

"你收好了。"伯母说。

"伯母,过完年您就要过生日了,这是送您的小礼物,是我和周术的心意啊。"

"每年生日你都送我礼物,伯母没有什么回你的,这次听我的,这只手镯我戴不合适,你还是自己留着吧。"

伯母很坚决,站起来告辞。

沈灵均朝周术房间喊了一声,周术闻声走出来。

送到门口,伯母又道:"灵均,这次的事比较特殊,确实没辙。以后有其他方面的事,只要伯母能做到的,你随时开口。"

小院里司机已经立在车边,动作娴熟地帮伯母拉开后车门。

周术与沈灵均并肩站着,目送汽车消失在夜色中。

第六章　拨云见日

1

成玉皎如约来到律所,陈锦特意谈了沈俊驰目前提出的这个私了方案。她的意思是,如果在此基础上华美愿意继续提高合约数额,这个方案可以考虑。

成玉皎坐在陈锦对面,瞪着一双大眼睛半天不说话。

"难道你不需要这笔钱?"陈锦道,"拿到它们,最现实的问题可以立即得到解决,三百万到五百万,城区内一套中档商品房,你也不能总这么漂着,你不需要有个属于自己的家吗?"

成玉皎默不作声。

"如果能够提高到一千万呢?对你来说是什么概念,你想过吗?"

许久,成玉皎抬起头,眼睛忽然有些潮红。她直视着陈锦说:"陈主任,难道您被他们策反了,拿了好处费?"

"呵呵,我被策反,拿好处费?"陈锦笑了,"成老师,你可能不知道,这个圈子多少人盼我出丑闻,不能坚守底线,我怕是活不到今天。"

"好,陈主任,我明白了,谢谢您设身处地替我着想。不过我请您不用为我担心,我会料理好自己的生活。"成玉皎道,"我想过了,如果接受了他们的方案,那就是纵容犯罪,无异于同犯。另外,就算给我一套海景豪宅,我住进去,内心也不会安宁。"

成玉皎想到女儿那双纯净如水的眼睛,语气坚定。

"行,我知道了。"陈锦郑重地点点头,说,"沈灵均找过我了,我跟她说,这个事最终如何决定,必须尊重你的想法。回头她可能会联系你,具体怎么谈,成与不成,你还是跟她见一面吧。"

两天后的傍晚,成玉皎正在住处收拾家什,准备搬家事宜,沈灵均忽然打来了电话。

女儿出事至今三年多了,这位女老板第一次主动联系成玉皎。记得三年多前,她去过华美工厂,也去过华美公司,希望大老板能够出面解决这个事情。然而每次得到的答复都是,老板不在,或者老板出国了。那阵势,这位老板要么不在国内,要么在国内也不在公司或工厂。也难怪,出门坐头等舱的人和坐三等座的永远都生活在两个世界。想见一面哪有那么容易?

那时候的成玉皎,多么卑微,多么无助,哭天不应,叫地不灵,一度仿佛走在绝境里。当成玉皎早已放弃与大老板见面的念头时,傲慢的沈灵均居然放下身段,主动约她。

电话里,沈灵均邀请成玉皎去公司坐坐,协商解决问题的方案。

成玉皎考虑了一下,既然是对方找她,为什么要到对方的场地去呢?她提出到律所去。沈灵均却说,希望两个人先私下聊聊,如果顺利,正式签合约可以到律所。

成玉皎同意了。

于是沈灵均约定了第三场地，一家酒店大堂的咖啡厅。

今年气候有点儿反常。雪比往年多，而且每次下起来都比往年更要绵长浩荡。

下午四时，两个女人从不同地方出发，成玉皎乘坐公交车，沈灵均驾驶一款米色的帕拉梅拉，准时来到一家五星酒店的咖啡吧。

大雪天出来谈事，沈灵均本着最大的诚意。她点了两杯卡布奇诺、两块杜果慕斯。成玉皎第一次来这种地方，出于礼节说了声谢谢。

之前成玉皎从未想过，有一天会与沈灵均面对面坐在餐桌前。这是第一次和这位女老板近距离接触。对方浑身上下散发着某种磁场，就连散落在肩头上的鬓发，都流露着迷人的气息，与优雅的环境人景合一。相较之下，成玉皎的衣着打扮与这个环境有些格格不入。

不过，成玉皎没表现出任何拘谨之态。想到再也见不到的女儿，她的心是沉沉的。

沈灵均优雅地拿起小勺，小口抿食蛋糕时，示意成玉皎尝尝。

据说这家酒店的杜果慕斯是全城做得最好吃的蛋糕，广告词里写着"甜而不腻，入口即化，如丝绸般的感觉"。成玉皎没有吃过，但此时此刻她丝毫没有品尝的兴趣。她端正地坐着，说声谢谢，告诉沈灵均，自己不吃甜食，不喝咖啡。

沈灵均放下小勺，拿起一块纸帕，在唇上轻轻擦拭。

"成老师，那就不绕圈子了。"沈灵均放下纸帕，注视成玉皎的眼睛，说，"我们现在要解决问题，而不是把事情越闹越大，是吧？"

"是。"成玉皎点点头。

"我帮您分析一下，"沈灵均语气诚恳道，"成老师，对您来说，眼下有两条路可走:其一,走诉讼,以我方律师判断,这个案子大概率会维持原判,因为华美的排污没有任何问题,您很难拿出您想要的所谓直接证据。"

成玉皎望着她,没说话。

"其二呢,走调解,我们做生意,讲诚信,团队在经过商议后,可以把这个数额做到一千万,只要您愿意,唾手可得,您是数学老师,这笔账应该算得明白。"

"一千万?"

"你没有听错。"沈灵均语气肯定。

成玉皎暗自吃了一惊。之前陈锦提到过这个数目,她以为律师习惯了狮子大张口,不一定现实,也未必能实现。当沈灵均亲口说出这一数目时,成玉皎骤然间感到心脏被什么重物狠狠击打了一下。

她注视着沈灵均那双美丽的眼睛,盯着盯着,便有眼泪忍不住往外涌。但她没有让它们掉下来。她拿起纸巾轻轻把眼泪拭去。

沈灵均回视着她,神情平静。

好一会儿,成玉皎让自己平静下来,一字一顿地问:"为什么要拿这么多钱来了这个事?"

"没有办法,你在这儿死磕盯着不放,工厂不得安宁,已经影响到正常生产,"沈灵均说,"我想尽快回到正常的生产轨道。"

"你们情愿出这么多钱,也不愿承认过错?"成玉皎问。

"我们没有过错,为什么要承认?"

"没有错为什么要拿这么多钱?"

"法律一向同情弱者,虽然对企业不公平,企业也只能认了。"

"那好吧,"成玉皎道,"我不需要同情。"

"成老师,我告诉你,企业的善意,是有上限的!"

"沈总,我也告诉你,孩子的生命,多少钱都不能画等号!"

"你到底想要怎么样?非要鱼死网破吗?"一向好修养的沈灵均几乎是咬牙切齿了。

"我只想弄明白我女儿月月的铅中毒究竟是怎么回事!哪儿来的重金属?"

"你真以为自己是环保卫士吗?"沈灵均有点儿无法克制,声音不免有所抬高。

"这只是你自私而愚蠢的看法,我从来没有把自己当过什么卫士!"成玉皎反唇相讥。

两个女人唇枪舌剑,邻桌一对喝咖啡的小情侣朝她们投来诧异的目光。

一名服务员从远处走过来,在距离一米远的地方停下脚步,问有什么需要吗。沈灵均摆摆手,尽量使自己镇定。

公司对这个事情进行了专业评估,评估的结果是五百万已经属于极限,而且需要成玉皎签署保密协议。以律师的话说,如果泄露出去,每个家有重病的安乐村村民都认为借此可以索赔,一众村民内心的魔鬼由此被激发出来,那就不是几百万的事,那将是个无底洞。就算企业做慈善,也不能是这个做法。另外,作为补偿,给出的钱越多,说明企业认可这个事件的危害越严重,这对企业的伤害不可估量,极有可能带来无穷尽的麻烦,由此整垮企业也不是没有可能。

沈灵均之前和陈锦谈过。陈锦说,五百万,连谈都不用谈了。上次提出三百万成玉皎都纹丝不动,加二百万就能打动她吗？沈灵均一咬牙,自己做主,把这个数额加了个倍数。以她的判断,一个小学教师,面对这样一笔巨资,真的会不动心吗？她难以想象。

而这个女人仍然油盐不进。她还嫌少吗？沈灵均暗自决定,一分钱都不可能再加了。

不欢而散。临走,沈灵均还是忍着内心的不快,拿出最大的诚意,告诉成玉皎,请她不必急着做出决定,不要意气用事,一定要认清现实,好好考虑下进一步打官司所耗的成本——时间成本、情绪成本,对未必获得胜算的官司,如果最终仍是两败俱伤,究竟值不值？她等成玉皎的回话。

雪花依然在飘飞,路面上积了一层厚厚的雪。

从酒店回家的路上,沈灵均的心沉甸甸的。此番与成玉皎短兵相接,让她化干戈为玉帛的美好意愿严重受挫。那个女人装在胸腔里的仿佛是一颗铁石之心,面对这样一笔钱,竟然可以做到不为所动。沈灵均简直无法理解,难道成玉皎真的可以不食人间烟火？

这个雪天的傍晚,或许思绪走神,或许雪地路滑,或许车速过快,在离家还有几分钟的道路拐弯处,沈灵均的车子与一辆快速行驶的汽车迎头相撞。

这是一场交通意外。

沈灵均在这个世上最亲近的两个人——周术与沈俊驰得知消息,瞠目结舌。之前周术并不赞成她与成玉皎私下见面。他的理由是,专业的事由专业的人干,于公于私,于情于理,无论从哪个角度,这类事由沈俊驰和律师或王先德出面处理,都比沈灵均亲力亲为更为合适。

第六章 拨云见日 | 203

沈灵均与成玉皎这次会面,不仅周术不知道,公司成员沈俊驰与王先德也不知道,完全是她个人做主的私下行为。

他们搞不懂她为什么非要独自出门会见成玉皎。

当时沈灵均从昏迷中醒来时,已在医院妇产科流产室的病床上,肚子里孕育了两个多月的胎儿没了。周术大为震惊。他也是此时才知道沈灵均怀孕,自始至终她只字未提这个事。他在病床前握着她因失血而苍白的纤纤玉手,万箭穿心。

从医院急救床上醒来那一刻,麻醉过后,沈灵均感受着小腹揪心扯肺的疼痛。下体还在出血,腹部的疼痛牵扯着全身每一根神经,但最主要的打击还是来自心理上的:她的孩子没了!

周术没有说一句埋怨的话。他除了精心呵护她,不能在心理上让她雪上加霜。背着她的时候,他一度悲恸失声。一直以来,孩子是他所期待的。但他万万没想到,这个尚未见面的孩子,竟以那样的方式默默而来,又以这样的方式惨烈而去。

沈俊驰憋不住疑问,问了一句:"姐,你为什么私自跟那个人见面呢?我已经告诉过你,那个女人铁石心肠,不要再对她抱有幻想。"

沈灵均闭上眼睛,两颗眼泪从眼角滚落而下。

沈俊驰不再说什么,下意识地握拳头。

这是一笔血债。别说成玉皎至今没有证据证明她的女儿是因为华美排污导致的重金属中毒,退一万步讲,就算她的臆断被证实,这一命还一命,沈家和她也两清了。

2

中介人员带成玉皎去看一套房子，距学校一站路的新楼盘。其中一套一百三十平方米的三居室让成玉皎心动不已。房屋是精装修，小区内绿化如同花园，微风习习，成玉皎徜徉其中，感受着一种从未有过的惬意。中介在旁边说："姐，但凡条件许可，哪怕踮着脚尖，也要买套属于自己的房子，租房不划算啊，拼死拼活一年到头都给房东打工了，租金省下来还房贷，再苦再累心里也乐意啊。"

哦，这话说到成玉皎心坎里了。在水泥丛生举目无亲的城市里，她内心怎不渴望拥有一个属于自己的窝，从此安定下来，再也不用蜗居在狭小逼仄的空间里，再也不用小心翼翼看房东脸色，再不用像狗一样被房东撵来撵去，再不用悽悽惶惶地四处寻租房？……

在中介的引领下，成玉皎走进那套新房。

好美啊！时尚休闲的法式装修，别有一番浪漫情调，进门有一排鞋柜，造型简约却十分实用，客厅电视墙配合柔和的背景灯，营造出一种温馨亲切的氛围感。墙壁刷着米色乳胶漆的餐厅里，天然大理石桌面的餐桌，配着四把浅蓝色的软垫餐椅，餐厅的窗前慵懒地垂着与餐椅同色系的纱帘，美得像童话……走到客厅的落地大窗前，一览无余的海景摄人心魂。

成玉皎张开双臂，在宽阔的客厅里像跳舞那样尽情地旋转起身体……忽然一个声音喊："姐，姐，这个小区出门就有地铁口，交通特别便利，你每天步行去学校十分钟就可以了，不过这套房子也挺贵的，要七八百万呢！"

成玉皎一头栽倒在光洁如镜的大理石地板上,骤然清醒。

美丽的房屋海市蜃楼般消失了。周围灰蒙蒙的,成玉皎揉揉眼睛,伸手在床边轻轻一摁,头顶的吸顶灯亮了,映入眼帘的是墙壁因雨天渗漏留下的大面积水渍,地图一样呈现在面前。

还在出租屋里,刚才是一场梦。成玉皎伸手用指甲在脸颊上使劲儿掐了两下,掐出痛感,嘴边露出一抹自嘲,你可真会做美梦,也奇怪,怎么可能出现这样的梦境?梦中场景在哪部电影里见过吗?事实上,自己未曾想过买房的事,一套房产证上写着自己名字的海景房?那是真正的诗和远方,太遥远了,根本连想都不用想。

看看时间,赶忙起床。今天是周日,也是房东限定的最后期限。昨天刚刚敲定了一处出租屋,租金在可以承受的范围内,也是个老小区,没有电梯的多层住宅,但小区管理还可以,有电子监控设备,这让成玉皎觉得安全可以得到一定程度的保障。

之前网约了搬家公司,搬家定在下午三点。早饭后成玉皎带着清洗工具,先过去进行了一番彻底清洁,擦地,擦窗,卫生间和厨房用酒精和84消毒液进行了全面消毒,先后把几块抹布反反复复投洗无数次,角角落落给擦得一尘不染。房内没什么家具,因为她自己有几件,专门找的这种空房,租金比带家具的同类房屋每月省了七八百元。

做完清洁,成玉皎返回原住处,简单做了午饭,填饱肚子,马不停蹄地进行最后的整理。之前网购了15个搬家用的包装纸箱,将衣物被褥、锅碗瓢盆、油盐酱醋以及其他日常家用、瓶瓶罐罐,一一装箱打包。破家值万贯,自己使用过尚可以继续使用的东西,哪样都不舍得丢,哪样重新购置都会造成经济负担。15个纸箱被装满,其中书籍所占比最大,有 8 箱,而她个人的四季衣物占比最小,总共就 2 箱。

剩下就是几件大件,床、床垫、单人沙发、茶几,冰箱和洗衣机各一台,整理就绪,通过手机缴费结清了水、电、燃气费以及物业费,最后又将房子简单打扫一遍,回头把钥匙交还房东,至少是个清清爽爽的样子。

下午三点钟,搬家公司的工人师傅如约到来。一名三十多岁的男子,手里拎着一捆污迹斑驳的粗绳子。男子在屋内转了一圈,对需要搬运的几件家具进行一番审视,然后站在码成小山的纸箱前问:"还有别的吗?"

"全部在这儿。"成玉皎说。

"那边几楼?有电梯吗?"

"五楼,没电梯。"

"我给评估了,搬您这些东西,一千块钱做不了,需要加钱。"

成玉皎顿感惊诧。之前联系搬家公司时,她通过微信如实报出需要搬运的家具及装箱清单,一千元是搬家公司报的价格,她觉得有点儿贵,但考虑到工人的不易,也为了顺利搬家,并没有讨价还价。此时此刻坐地起价是何道理?

看着成玉皎满脸的疑问,师傅道:"大姐,您这边六楼没电梯,那边五楼没电梯,两头爬楼梯,至少另加五百块钱才能做。"

"必须要加钱吗?"

"不加做不了。"师傅说得十分肯定。

成玉皎只觉一股血流往头上涌。所有家什物品都已打包待搬,箭在弦上,工人临时加价,如此不讲诚信的行为,没办法让人不愤怒。她拿起手机拨通搬家公司的电话,质问为什么会发生这个状况。对方叫她先别生气,因为当时她没有讲明两边的房子都没有电梯,现在人力成本很高,爬楼梯每一层都要加价的。成玉皎质问对方当时为什么没有询问她有没有电梯,而她并不知道有电梯和没电梯费用差价可以高达50%。对方继续解释,他们雇用工人都是花钱的,工人现场评估表示做不了,那一定是做不了,公司不能倒搭钱做这单本就没有什么利润的生意。对方又说:"大姐,您要是觉得不能接受,另找别的公司问问吧。"

成玉皎压抑着怒火,不再争辩。对方铁了心坐地起价,根本没道理可讲。她挥挥手,叫工人哪儿来回哪儿去,不用他了。工人师傅有点儿意外,他问成玉皎:"你不搬了吗?"成玉皎说:"搬,但不用你。"

工人掉头离去。成玉皎临时上网联系了一辆厢式货车。货车司机是一位五十来岁的大叔,报价三百元,只负责运输,拒绝搬货,理由是年轻时做搬运工伤了腰,干不了重活儿。成玉皎决定自己搬。在大叔的指点下,车厢内先装大件,再装小件,于是先从家具开始。

受前面那位工人师傅的启发,成玉皎从小区门口的杂货店买来一条结实的绳索作为协助工具,先把床体进行拆卸,床头、床尾、床板一件件往下扛。床是那种密度板用材,比重比纯实木还要大,1.5米的单人床头,成玉皎用绳子勒起来,扛上肩头。体积并不大的家什,扛起来像一座小山。六层楼梯,成玉皎咬着牙,一层一层地往下挪,下到三楼时,两条小腿控制不住地打哆嗦,每下一层,要停下来换口气,缓一缓,想一想女儿,忽然又有了力气,扛起来继续挪。大冷的天,在驾驶座上等待的大叔冻得直发抖,成玉皎扛着床头挪到楼下时,身上出了一层汗。

大叔从驾驶室里出来帮着装车，问她为什么不找搬家公司？

从衣着打扮看，大叔也是穷苦出身的人，问这个问题就和"何不食肉糜"一样不接地气。成玉皎白了他一眼，没回答，继续上楼搬运。大叔在身后喊了一句："你能不能速度快点儿？我晚上还有一单货要拉，不要耽误我干活儿啊。"

床尾与床板，一件件以同样的方式扛下去。床垫是个老大难。成玉皎把床垫立起来，左挪一下，右挪一下，一步一步地腾挪，从室内倒腾到室外，再把床垫倒腾到楼梯的扶手上，慢慢往下滑。所幸事先用塑料布把床垫包裹起来做了保护，避免了搬运过程中受污受损。五楼拐角处摆着几只花盆，因为担心撞到花盆，成玉皎格外小心，即便如此，腾挪过程中一个动作失衡，床垫从楼梯扶手上掉下来，重重地砸在她右腿上。整个人一时没反应过来，直接跪倒在地，钻心的疼痛从小腿传遍全身。她在地上跪了一会儿，生生将眼泪给憋了回去。待疼痛有所缓解，她重新站起来，把床垫立起来，往扶手上靠。也是此时，忽觉手上的重量奇怪地减轻了，仿佛有人在另一端帮她负重。伸头一看，果不其然，走道里多了一个人。

正是冯志浩。他一言不发，帮她把床垫抬起来。以前一起生活时，成玉皎没怎么干过体力活儿，家里所有的力气活儿，冯志浩一人承包了。那时他常说的一句话是"放那儿，我来"。此时面对一张床垫，他试图一个人扛起来，试了几下不成功，便与成玉皎配合往下抬。两个人分开已经很久，协作起来竟然像过去一样默契。

单人沙发、茶几、冰箱、洗衣机，都是冯志浩扛下去的。成玉皎也一刻没闲着,沉甸甸的箱子一箱箱往下搬。天擦黑时,货车将全部家什拉到新租的住处,在楼下卸了货,冯志浩负责大件,成玉皎负责小件,一趟一趟地往楼上扛。成玉皎搬完一只箱子下楼时,冯志浩正扛着床头爬楼梯,她看到他脑门上密密麻麻布着汗珠,歪向一旁的脖颈青筋毕露,面部表情因为负重有些变形。成玉皎心底忽然生出一种清晰的心疼,有个之前从未有过的念头倏忽一闪:自己离开这个男人真的是正确的选择吗?

不过只是一瞬间,她迅速调整思绪,从短暂的凌乱中回到现实。在女儿的事情水落石出之前,她不允许自己想太多。

再次搬着一只沉甸甸的箱子上楼时,一名陌生男子迎面从楼梯上下来,走过成玉皎身边,成玉皎正欲躲闪,男子却莫名其妙撞到了成玉皎手上的箱子。成玉皎想提醒对方小心一些,不料男子先发制人,劈头斥责道:"没长眼睛啊!"

明明是对方撞到她的,怎么还反咬一口?但事情已不容她细思,男子仿佛受了委屈,一拳将成玉皎抱在怀里的箱子打翻在地。成玉皎意识到什么,转身欲逃,不料楼下蹿上来另一名陌生男子,堵住去路。两名男子一上一下把成玉皎逼到楼梯拐角处,灰暗夜色中,她看不清对方的脸,楼道的灯不明所以地失去照明功能。

"你们……要干什么?"成玉皎心脏怦怦跳着,与对方对峙。

对方一言不发,回应她的是骤然而来的雨点般的拳头。成玉皎被打倒在地,头晕目眩中用双手拼命护住脸和头部。两名男子用穿着尖头皮鞋的脚,狠狠地有节奏地踹在成玉皎肩上、腰上、腿上和后脑勺上。冯志浩听到动静一边大喊"住手",一边从楼上冲下来,他从裤兜里掏出手机欲报警,一名男子动作娴熟地一拳打落手机,又一拳朝冯志浩挥去。冯志浩与对方扭打在一起。肉搏持续了两分钟,有一家住户房门打开一条缝呵斥行凶男子并喊着报警,两名男子这才匆匆逃离。

冯志浩扶起成玉皎,回到出租房内。刚搬进来的家什凌乱地散落在狭小的空间里,冯志浩将那只单人沙发摆正了,扶成玉皎坐上去。成玉皎一只眼睛被打得青里透红,另一只眼睛肿胀成一条缝隙,双颊和额头上都渗着血。她抱着双肩坐着,身体微微地抖动。

"想哭就哭出来,别憋着。"他说。

她一言不发。

冯志浩打完报警电话,一连拆了几只箱子,终于找出一只类似小药箱似的盒子,从中取出酒精、棉签与云南白药。半蹲在成玉皎身边,为她脸上的伤口进行消毒处理。

处理完伤口,冯志浩坐在一只未拆的纸箱上,说:"他们找过我,希望我劝说你停止这件事情。"

成玉皎望着冯志浩。

"他们给出的条件是帮我出一本书。"

冯志浩业余写的稿子有五六十万字了,这些年陆陆续续在报刊发的豆腐块也有上百篇,但从未出版过。让思想和文字变成出版物,一直是他的梦想之一。

成玉皎抱着肩的双手颤抖得更厉害了。

"我拒绝了,"冯志浩说,"我知道你不会同意。"

"是他们干的,所有的一切!"成玉皎咬咬嘴唇道,"他们给我带来的痛苦,必须加倍还回去!"

冯志浩沉默着。他能说什么呢?承认自己的懦弱和无能,让她受了太多委屈?

成玉皎忍着脑袋和身体的疼痛,起身找到自己的包,从里面取出手机,拨通沈灵均的电话,一字一顿道:"沈女士,关于你提出的事情,我经过慎重考虑,正式答复你,眼下对你来讲,也有两条路可走:其一,承认有毒排放污染环境,对受害者进行过错赔偿;其二,等着出庭,接受法律审判!"

沈灵均还在医院里,靠在床头举着手机怔了好一会儿。不可思议,她给出的可是一个整数啊,一个数学教师,真的不会算数?她没疯吧?确定脑子没那个大病?

"成老师,你确定?"

"确定。"

"不后悔?"

"绝不。"

周术拎着一罐粥从门外进来,问她谁来的电话,有事吗。

沈灵均掩饰着内心的波澜,神色恢复了平静,敷衍说公司电话,一点儿工作上的事。

喝完一碗鱼片粥,沈俊驰打来电话,问事情谈得怎么样。沈灵均神情黯然,不愿多说什么,只说了四个字:"谈判失败。"

沈俊驰在电话那端骂了一句粗话。

3

王熠母亲出院几天了,恢复得还不错,王熠的心情开始好转。但内心里总觉得欠了沈同学很大一个人情,心想从今往后,但凡沈同学用得着他的地方,只要不牵扯到郑纯,他必会全力以赴,还这个情,报这份恩。

父亲不会厨房里的活计,照料不好母亲,出院时王熠直接把母亲接到自己家里,父亲自然也一块住过来。王熠向郑纯提出希望老人住在向阳的房间。郑纯二话没说,将自己和王熠的铺盖从主卧卷出来搬进向北的小屋里,将一套洗净晾干的全新纯棉床上用品给公婆铺好。每天上班间隙,王熠网购各种新鲜食材,下了班就往家跑,以往那些吃吃喝喝的社交活动基本谢绝了,朋友们也都理解。

母亲这个病不能吃鸡,王熠便煲鸽汤、鸭汤、鱼汤等各种汤,每天不重样地给母亲补充营养。母亲经常对儿子说:"你不要把精力都放在我身上,郑纯工作累,你也要把她照顾好。"沾婆婆的光,郑纯的生活品质跟着婆婆直线上升,每晚疲累交加回到家,一碗鲜美可口的营养汤下肚,通体舒畅。在母亲的指导下,王熠竟然学会蒸花卷、蒸馒头,厨房里的活计越发精湛。感受着热气腾腾的生活,郑纯经常会想,或许自己上辈子拯救了银河系,这辈子才遇到了好人家。

腊月二十三,农历小年,恰逢周末,郑纯起了个早,这两天她心情特别好,上次给"治理办"的邮件,没想到这么快就得到回复。她反映耿家村与柳家村内湖水干涸的问题,领导非常重视。"治理办"近期全力推进安水河沿岸十余个村落河段堤坝的建筑建设工程,尚没顾得上村内的湖环境,但她提供的线索与材料非常宝贵,目前已进行建档存档,"治理办"希望她拿出干涸湖泊整改的具体方案,按"治理办"的程序进行正式申报,在合理预算内,"治理办"将给予相应资金及人力支持。

前天在办公室收到这份回复,郑纯高兴得从椅子上蹦起来,踮着脚尖在办公室内转了两个圈儿,哼了两句小曲,拿起电话与"治理办"一位副主任进行接洽,得到明确答复后,立即放下手头工作,重新坐定,用了一天时间又熬了一个通宵,将自己大脑中关于如何改造这两个水洼子、泥塘子,如何从安水河引水入塘,如何在不影响村民居住及正常生活的前提下,使水洼子合理扩展面积,最终恢复湖水原貌的一番设想,整理成文字材料。这个方案尚是雏形,并不成熟,下一步还要请专家进行实地考察与专业论证,但足以令她欣慰与期待。

周末的早晨,在这种愉快的情绪中,郑纯以有限的时间回馈老公与老人,力所能及地为这个家做点儿贡献。在厨房里手脚并用、吭哧吭哧地忙碌了两小时,曲奇饼终于出炉了,做出来的曲奇饼貌似一坨坨黄色的泥巴,吃起来有股焦煳味儿。郑纯表示自己已经很努力了,王熠哭笑不得,尝了一块,说:"也好,也好,这表明你的手艺还有巨大的提升空间。"

午饭后稍事休整,郑纯出发去了平安区安乐村。

目前了解到的信息是,华美工厂已全线停工,小年这天给所有工人放了半天假,她去取水样,查下华美工厂在机器不运转的情况下,河水的水质和成分与平常机器 24 小时运转时有何变化与不同。

原本这个任务是由雷风行执行的。计划总是赶不上变化。就在昨天早上,雷风行检查另一个村的化工企业排废气情况,不小心从烟囱上掉下来,摔断了三根肋骨,正在医院接受治疗。郑纯索性单枪匹马亲自上阵。

晚上七时零五分,六百万碧城人的手机被一条爆炸性消息刷了屏。

平安区安乐村一家印染厂发生不明原因的大爆炸。

事故发生于当晚七时零三分,区消防救援队在接到报警八分钟后赶到现场。碧城市消防救援支队在接警后,第一时间调集距离安乐村最近的6个执勤中队的19辆消防车、108名消防指挥员,8个专职消防队共8车48名专职消防员,赶赴现场实施救援。

爆炸来自工厂地下,初步怀疑地下管道为爆炸源头。正在家里过小年夜的安乐村村民起初以为发生了地震,纷纷从室内跑了出来。爆炸从晚上七时零三分开始,持续近五分钟,引发的火灾持续了半小时。救援人员在搜救中发现,工厂内部有人员被困,两名救援队员冲进火光四处迸溅的爆炸区,先后将两男一女共三名被困人员抢救出来。

截至新闻发稿,三名被救人员正在送往医院的途中,其中女性受伤较轻,两名男性,一名轻伤,生命体征平稳,另一名受伤较重,目前生死不明。

王熠与父母围坐在餐桌前吃小年夜的饺子,把郑纯那份特意给留了出来,速冻在冰箱里等她回来再煮。腊八蒜的味道充溢在空气中,客厅里的电视机前,王父边吃边听本市新闻,可能是职业习惯,老头子对这类事故格外敏感。正听着,老头子手中的筷子停下来,王熠与母亲同时屏住气息。

"快联系郑纯!"他向儿子命令道。

王熠冲到电视机前盯着画面瞅一眼,迅速抓起手机翻动最新本地新闻,安乐村火光冲天,浓烟滚滚的骇人场面,仿佛世界末日正在降临。发生爆炸的正是华美印染厂,村干部正在组织附近村民撤离……王熠的大脑像被雷击了一样。被困人员,是工人吗?是死是活?目前还有多少人被困?郑纯下午去巡河,爆炸发生时她在哪儿?一连串疑问如雷滚过。

王熠连拨十几遍电话,始终无人接听,王熠握手机的手开始发抖。又拨打老毕的电话,接通尚没开口,老毕就在电话那头沉痛地说,郑局总是要求大家全心全力做好环保工作,她可是用尽全力了啊,她是个好领导,她才三十出头……老毕语无伦次,说着说着就掉泪,仿佛郑纯已经牺牲在一线。

王熠举着手机,大脑一片空白。

王母身体虚弱,腹部还缠着绷带。她忽然流泪了,哽咽着呵斥儿子:"还愣着干吗?赶快去现场!"

王熠挂了电话,抓了外套拔腿出门,在楼下发动父亲那辆旧车子,飞奔上路。

巡河巡河,恋爱时代,他曾天天陪着她去巡河,白天巡,晚上巡,那时还觉得挺浪漫。结婚后,他对巡河已心生厌倦,她依然保持着持之以恒的热忱。每次她饥肠辘辘巡河回来,都累得四仰八叉瘫在床上恨不能睡个三天三夜才解乏。有时候他会觉得跟她的关系不像夫妻,更像哥们儿,看看她那张脸,看看她那双手,看看她那个发型,才三十岁出头,女人的温柔妩媚哪儿去了?点点滴滴生活细节涌上心头,他觉得她可怜极了!

想着想着,王熠忽然眼泪哗哗地落,心乱如麻。此时此刻他觉得这世上再没有比巡河更可恶的事了,只要能让他见着完好无损的她,他一定下决心要求她辞职,不要再干这个工作了,他只要能一起吃饭过节的媳妇儿,不要什么忠诚于职业的环卫战士。他必须得规劝她了,再这么让家人提心吊胆下去,是对家人的严重不负责。

冯志浩一个人在家里吃晚饭。他吃得很简单,一碗小米粥,一个小馒头,一份炒黄瓜。他吃饭时不看电视也不玩手机,但手机在这时忽然响起来。一个久不联系的朋友来电。朋友问:"华美工厂发生了大爆炸,是成老师打官司的那家企业吗?"

冯志浩吓了一跳。大脑中冒出的第一个念头是,多行不义必自毙,估计那些人没少干坏事,被上帝惩罚。第二个冒出来的念头是,成玉皎在哪儿?她这个时候不应该回村里吧?

当然,她在哪儿,在干什么,不需要跟他汇报。自打分开以来,除了他时不时去她那儿看看,她没有主动跟他联系过。而他也没有理由对她提任何要求。在女儿的事情上,他内心是有愧的。他对不起女儿,对不住她,可他又能做什么呢?更多的时候,他不愿回顾,不敢直视那道伤痕。

冯志浩推开吃到一半的饭,一口也吃不下去了。拿起手机给成玉皎发了个问候信息,几分钟过去,没回。拨出电话,关机。

冯志浩坐不住了。他起身抓起外套,不过去看看,这颗心一刻都没法安宁。

陈锦律师还在律所加班,刷手机时看到这个消息,感到震惊。她最近时不时眼皮跳,右眼跳完左眼跳,也不知跳财还是跳灾。每次眼皮跳时,都会伴随着一种莫名的预感,隐隐觉得会有什么事情要发生,但无论如何,想破天也没想到,会发生工厂大爆炸。

昨天成玉皎来过律所,很严肃地向她知会一个事:沈灵均宁愿付出一个整数的"人文关怀",也不愿承认存在污染,谈判再度失败。这时候陈锦对华美存在违排一事已确信无疑。她是从逻辑上分析的:如果华美行为规范,何至于出巨资来消灭这场"次生灾害"?

可是成玉皎拒绝了。这让陈锦产生隐隐的不安。一千万是个什么概念?对于不法之徒,这是一个足以要人命的数字。她叮嘱成玉皎,出门注意人身安全,不要再与华美方面的人进行任何理由的单独接触。接下来就是环保部门以及法律方面与华美的过招,待环保部门有了一定结论,成玉皎再继续民事诉讼。成玉皎对此表示认可。

万万没料到,工厂忽然爆炸了。此时此刻,陈锦首先想到的是,如果发生人员伤亡,沈灵均恐怕面临巨额赔偿,那么成玉皎后面的官司,即使打赢了,能否顺利执行也成了问题,到时候上哪儿要钱去?陈锦盯着手机上被刷疯的消息,大脑中飞闪着各种念头,爆炸是意外还是人为的?被困受伤的三个人是什么人?那名女性是成玉皎吗?

想到这里,陈锦脊背发凉,想打个电话问问,拿起手机又放下。如果是她,此时正在送往医院的路上,是没办法接电话的;如果不是她,也就不必徒劳地操心了。

工厂爆炸的时候,成玉皎确实在安乐村。

她在母亲的房子里。以往每年的小年,她都会回来跟母亲和女儿一起过,今年也不例外。唯一不同的是,以前带着冯志浩,今年就不用带他了。下午她就过来了,先是扫屋,把房子和小院彻底打扫了一遍,把母亲和月月的照片抱在怀里,反反复复地擦拭,擦得一尘不染,然后一个人在厨房里包了饺子,分别包了素馅和肉馅的,给母亲和月月各煮了一份,摆放在她们的照片前。

一盘饺子没吃完,窗外不远处突然雷霆阵阵,火光冲天,紧接着室内的灯突然灭了,脚底下的地面微微颤动,仿佛不曾经历过的地震正在发生。

稍事冷静,成玉皎起身来到窗前,望向发出火光的地方,这才确信真的出事了。

从黑暗中摸出手机,查看新闻,果然看到华美工厂发生爆炸后的最新镜头:

沈灵均的汽车出现在所住小区的大门口,被几位记者以及网络主播死死堵住。沈灵均从副驾驶座打开车门,苗条的身影出现在镜头里。面对记者的各种提问,她泪流满面,第一句话是:我现在最关心的是工人的受伤情况;第二句话是:悲痛欲绝,没办法接受采访。

一位身材高大、面容冷峻的男士,从驾驶座那边下车,三步并作两步绕过车头来到沈灵均身边,他一手扶住沈灵均,另一手挡住记者镜头,不失礼节地说:"发生这样的不幸,是我们没想到的,我们内心充满了悲伤。我太太她几天前刚做过一个手术,身体尚未恢复,但现在她更担心工人的受伤情况,一定要亲自赶往现场,请大家理解,请借过……"

男士扶着沈灵均钻进车里,关上车门,又快步绕回驾驶座,启动汽车。

第六章 拨云见日 | 219

记者和主播们自动让开一条道。

车子在夜色里绝尘而去。

沈灵均梨花带雨悲痛欲绝的脸,与一句"最关心的是工人的受伤情况",瞬间传遍了网络。短短几分钟,这个短视频转发量数十万,几千名网友给出"最美女老板"的好评。

成玉皎把这个视频看了许多遍,看得内心五味杂陈。有那么一瞬间,她觉得这位天生丽质的沈老板没去做演员,可能是演艺界一大损失,不然颁一座奥斯卡小金人给她也不过分。

手机铃声骤然响起。

对方自称某视频网站记者,开口就问:"请问是成玉皎老师吗?我们了解到您近年执着地起诉华美工厂重金属污染的事,今晚华美工厂突发爆炸,这个事故您怎么看?"

"视频网站?"

"是的。"

"你们打算吃人血馒头吗?"

"不不,您误会了,我们只想了解真相。如果您愿意接受采访,我们可以以小时为单位支付您酬金;如果您愿意配合做一期视频节目,酬金由您报价……"

成玉皎二话不说,直接把电话摁断。

手机铃声却再次响起来,又一个陌生号码。接起来,又是一个自称记者的人。这位记者循循善诱,然后话锋一转,单刀直入地说:"成女士,据我们最新得到的消息,您因女儿重金属中毒病亡一事,与华美公司的纠纷至今没有达成和解,您向华美提出的一千万巨额索赔遭到拒绝,您对此是否怨恨在心?我们还了解到,这次事故中受重伤的是华美前技术总监吴先生,据说最近您反复找吴先生,让他为您对华美排污问题出面做证,遭到吴先生拒绝,这中间会有什么隐情?"

成玉皎沉默了一下,道:"要我说,你的问题非常浑蛋,你这些猜测恶心透顶!"

"哎哎,成老师,有话好好说嘛……"

"不好听是吗?那就别打听了!"成玉皎挂断电话,直接把手机关了。

按照这个浑蛋逻辑,难不成他们认为成玉皎对华美怀恨在心才炸了华美的工厂吗?因为吴成拒绝出面做证,顺便她把吴成也给灭掉了?

想到这里,她突然又一个激灵,出事的是吴成?成玉皎惊惧不已。自己找吴成的事,除了陈锦律师和郑纯局长,自己没和其他人说过呀,什么人把这个消息散布出去的?吴成为何会在爆炸中受重伤?吴成为何在这个时候出现在华美工厂?

4

吴成昏迷了三天三夜。

此时他躺在医院病床上,头部被绷带缠得密不透风,只有一双眼睛露在外面。颈部与身体被医疗设备固定住,动弹不得。

恍惚中记得,身旁有喊叫声,有人说了一声"还活着",之后身体被几只手扒拉着,又听到一个声音说"太惨啦",还有一个声音说"小心别弄伤他的头",然后他感到身体被抬了起来,摇摇晃晃地离开一个地方,往另一个地方去。

听到救护车的声音。一路上似乎有人在身旁讨论他,叫什么名字,从哪儿来的,为什么到现场去……他听得到那些声音,但是没有办法回应他们。他张了张口,却是徒劳,仿佛成了哑巴,发不出任何声音。

那个过程,吴成没有任何疼痛感觉。

是啊,他为什么跑去工厂?吴成在回忆里艰难地跋涉,试图寻找事情的起因。

忽然听到一个声音在耳边轻声响起:"他流泪了。"

吴成感觉左脚的脚趾动了一下,又动了一下,他试着抬脚,转瞬间,椎心的疼痛从左小腿弥漫开来,刺向全身,全身每一处关节都被破碎和断裂般的疼痛撕扯起来。想翻个身,却无法如愿。

眼皮上仿佛有千斤重担,吴成十分艰难地缓缓睁开双眼。

大颗眼泪从眼眶里滚出来。周围一片惨淡的白色,这是病房特有的底色。墙上有一扇小窗,窗外的天空是铅灰色的,气压很低,阴沉沉地压到心上,这使他被桎梏的肉体更加痛苦。

床边站着一名年轻的护士,此前她似乎观察着他,此时看到他的动作,她有些许欣喜,再次轻声说:"醒过来了,醒过来了……"

吴成望着一张陌生的戴口罩的脸,说不出一个字。

也是这一刻,记忆仿佛突然开闸的潮水,汹涌而来。

尽管那两个女人,成玉皎和郑纯,排兵布阵般轮番"攻击"他,给他各种施压,试图击溃他,从他这儿寻找突破口,获取她们想要的信息,他内心也曾一次次受到触动,有过焦虑与烦躁,甚至感到空前的压力,但从没有产生过动摇。

他与沈俊驰四年大学同学,七年华美同事,十一年时光,像一个个细小却结实的铁环,连接成一条无比坚固的金属链子。链条上的铁环,环环相扣,紧锁着他与沈俊驰的兄弟情谊。是啊,曾经的兄弟,至少他是这么认为的。

什么天更蓝啊,水更清啊,山更绿啊,空气更干净啊,拒绝污染啊,不管成玉皎和郑纯说什么,什么"生态环境关系到每个人的健康安全""山水林田湖草是人类命运共同体"等等,全部叠加在一起,在他心里,那都是官话,都不是自己的事情,那些关于大义大爱的道理,再怎么义正词严、冠冕堂皇,也抵不上他这个兄弟在自己心中的分量。这是那些拿着国家工资的公务人员需要考虑的事情,轮不着自己一个草民操心。作为老百姓,他更在乎的是身边人的生活、情感、利益和感受。换一个角度,为了什么所谓大义,做一个出卖者、背叛者?那不是他的风格。不能让曾经睡在上铺的兄弟,把自己视为一个小人,不能干对不住沈俊驰的事情,这是他对自己的基本要求。

尽管沈俊驰的很多行为他是看不惯的,哪怕是内心被撕扯得最厉害的时候,他最终还是忍住了。尽管现如今两个人各自奔波在不同的人生路上,甚少交集,而且也可以预见,往后余生已无交集的可能性,但无论如何,他都曾经是自己的兄弟。男人之间的兄弟之情,很多女人是不懂的。至于成玉皎认为他不敢得罪地头蛇,那是她狭隘的个人臆想,他与沈俊驰的友情,别人不会懂,任何其他人也不需要去懂。这是两个男人的事情,他无须跟任何人讲。

这是一次心理博弈。如果就这样坚持下去,只要吴成不松口,沈俊驰不动作,把这种平衡维持下去,吴成可以保证成玉皎和郑纯一无所获,不管她们如何猜测、推理,那也只能停留在没有依据的猜测推理层面,只要她们拿不到证据,沈俊驰与华美的安全基本可以得到保障。也就是说,只要沈俊驰坚持住,他就不会有事,华美就不会有事。

然而令吴成遗憾的是,沈俊驰绷不住了。

就在几天前的一个深夜,干了一天活儿的吴成回到住处,万万没想到,他的家被抄了。

所有的抽屉、柜子都被翻了一遍,手提电脑被人拎走了。

吴成通过对现场的观察与分析,第一判断,这事是沈俊驰派人干的。难道沈俊驰怀疑他电脑里藏着对华美不利的秘密?但吴成还是抱着一线美好愿望,宁愿自己的判断出错,也不愿相信沈俊驰对自己干出这样的事情。

他怀着侥幸与期待打去电话,质问沈俊驰是否拿走了自己的手提电脑,让他失望的是,沈俊驰承认了。

吴成很痛心。如果说之前吴成只是觉察到沈俊驰对自己有猜疑,但不确定沈俊驰是否知道自己知道什么,或者沈俊驰不清楚自己对这个命脉掌握到什么程度,那么,沈俊驰这个"抄家"动作,无异于宣告,他已经认定吴成手里握有对华美可以一剑封喉的某种证据。最重要的是,沈俊驰已经不再信任这个曾经睡在下铺的兄弟。

吴成很受伤。自己在各种重压之下,苦苦撑着那条情感的链条不断掉,但沈俊驰猛然挥刀,非要把链子砍断。吴成感到受辱、愤怒——我已经向你明确承诺,不会说任何不利于华美的话,不会做任何不利于华美的事,你却仍然不信任我!

我一直视你为上铺的兄弟,你却对我图穷匕见!

吴成在电话里毫不客气地表达了自己的失望,同时痛斥了沈俊驰的劣行。原本他还真是高看了沈俊驰,一直以为他是一个有定力的人,没想到关键时候变成了软蛋,更没想到他视之为兄弟的人,对自己的信任如此不堪一击。或者说他从未真正信任过自己。

面对吴成的暴怒,沈俊驰并没有针锋相对,而是采取迂回战术,承认自己一念之差,用人不当,做了愚蠢的事,他很后悔,也正在反思。他劝吴成息怒,希望和吴成面对面坐下来,好好谈谈,顺便把手提电脑完璧归赵。

想必沈俊驰从电脑里没找到想要的东西,留着电脑也是累赘。而电脑却是吴成的另一条性命,里面贮存着超市相关的所有产业链、上下游客户资源,以及每天的流水账单、财务资料。

电脑必须得取回来。

但仅仅是取回电脑这么简单吗?沈俊驰已经不再念惜兄弟情感,吴成为什么还要傻傻地坚守原地?实话实说,那个小超市,他早就干够了,每天累得像驴,累死累活每个月的收益,赶不上沈俊驰宴请狐朋狗友们一顿饭钱!既然已经不再信任,不如一拍两散相忘于江湖。

吴成与沈俊驰的谈判就此展开。他告诉沈俊驰,他想要的东西根本就不在电脑里,他可以把东西还给他,但需要评估一下它的价值。为了让沈俊驰明白东西的价值,吴成通过手机发了一段几秒钟的小视频给沈俊驰。

沈俊驰让吴成开个价。

吴成经过一个不眠之夜,报出了一千万这个价码。这是他慎重思忖之后,基本可以断定沈俊驰愿意交易并且不会太费劲的一个数额。沈俊驰很痛快地同意,只是说由于近两年生意难做,年底现金流紧张,一口价五百万可否?吴成一口答应,但要求现金交易。继而考虑到现金存取不太方便,双方经过郑重商议,最终把价码谈妥为10公斤黄金现货。以前吴成在华美时,有一年公司生意不错,年底沈家姐弟用到手的分红收益购买了一批金条,存在银行的保险柜里。当时到银行办理保险柜业务,还是吴成陪着沈俊驰去的。

时间和地点是沈俊驰定的,小年夜在华美印染厂沈俊驰的办公室,两个人"聚聚"。沈俊驰的办公室有两处:一处在城内的华美大厦,一处在安乐村的华美工厂。之所以到工厂,沈俊驰的说法是,年底这段时间,他在工厂的时间较多,小年夜他给工人放了假,自己在工厂值24小时的班。

对此吴成毫不怀疑,逢年过节等重要日子,领导值班是华美公司的老传统。

出发前,吴成做了最坏的打算,他带了两把匕首别在身上,特意穿了双军靴,一把插在靴子里,一把挂在腰上。这就是一场赌博,他想。赌赢了,小超市就此关门歇业,他离开这个城市另行择业。输了,反正也是烂命一条,干什么不得付出点儿代价?

小年夜晚上六时五十分,吴成如约来到华美印染厂。

约好的见面时间是晚上七时。他与沈俊驰都是守时的人,多少年来,一约既定,风雨无阻。每次见面,他都会提前几分钟到达。

熟悉的道路,熟悉的厂区。这是吴成曾经奋斗过的地方,阔别几年,一切还是那么熟悉。进厂时发现门卫岗亭里亮着灯,但没有看到保安。在吴成记忆中,华美工厂小年夜会给工人放假,但保安尤其是门卫,是需要值班的。以前看门的大爷是安乐村村民,不知现在是否换人了。人不在,是上厕所了吗?

吴成大脑里划过这个疑问,但没有多想。车子驶近岗亭时,电闸杆自动感应启开,熟门熟路,吴成径直驾车来到工厂的行政楼,一幢三层钢筋混凝土的老式板楼。楼前宽敞的停车场,泊着沈俊驰的车子。这辆车吴成熟悉,是一辆驾驶了多年的S系奔驰。

沈俊驰办公室在二楼。吴成在奔驰旁边停好车,上楼。

办公室的门虚掩着,里面亮着灯。这是一个近百平方米的大通间,相比沈俊驰在华美大厦那间办公室,这里装修简单,但仍然不失艺术情调。室内有一些根雕装饰,靠着墙角的"五子登科"摆件,还是五年前吴成从一个搞根雕的朋友那儿搞来的。

橙色灯光倾泻在靠窗的茶台上,有那么一瞬,吴成的感觉被拉回过往时光。这张茶台太熟悉了,他和沈俊驰曾经无数次在这里谈工作、谈合约、谈发展、谈未来,也曾经为一些技术问题争执个面红耳赤,讨论得热火朝天。

此时此刻,吴成一眼看到茶台边上立着一只崭新的黑色行李箱,难道金条就码在里面?而他那台手提电脑摆在茶台边上。茶台中央,茶具里正沏着茶,一只茶壶,一只茶海,两只精致的小茶碗,茶碗里沏着澄清的茶水。看上去几分钟之前,有人坐在这里泡茶。

却不见沈俊驰的人影儿。人去哪儿了?上厕所了吗?

大脑中再次划过一缕疑问,吴成一边努力驱赶那种怪异的疑问,一边不由自主地提高了警惕。这是一种说不清原因的心理,沈俊驰最坏能对自己做什么？杀掉自己？五百万对沈俊驰来说并非什么大数，不至于犯下命案吧。赌场既已踏进，就不再有退路，愿赌服输，吴成定定神，让自己镇定下来。

手机铃声忽然响起，是沈俊驰打来的。两人之间的感应竟然还在。沈俊驰告诉吴成，自己刚才到大门口接他，没想到中午吃坏了肚子，不停地上厕所，此时正在门卫附近的卫生间。他叫他坐下喝杯茶，等他一下。

果然在卫生间，自己的判断是准确的。吴成走到茶台前，试着拎了拎那只箱子，沉甸甸的。他将箱子原地放好，在以往常坐的座位上坐下，心里暗自祈祷，希望菩萨保佑，今晚之事顺利完成。

坐下之后，觉着旁边有一种压抑之感，这是以前从未有过的感觉。

扭头看去，一只高度差不多顶到顶棚的巨型贮水罐靠墙而立，是那种贮存印染液体的水罐。这幢楼房的层高比普通房子高，至少三米五的高度，而这只水罐，不仅高度接近屋顶，直径也有近两米。这就让吴成感到困惑，记得以前，沈俊驰这间办公室是没有水罐的，现在弄一只巨型水罐放办公室干什么？沈俊驰是个工作狂，莫不是要做印染染色剂的实验？

也不对啊，以前做实验，都是在专门的印染车间。

吴成疑惑中，端起一只盛着茶的小茶碗，送到唇边。这时候手指的触感，让他又觉得哪里不对。茶碗在空中停住，吴成把茶碗放回茶桌，伸出一只手指用指尖碰触茶水，茶水竟然是凉的。他又下意识地触摸茶壶和茶海，二者都是冰凉的。

吴成大脑中的怪异感觉霎时占了上风，一股莫名的寒气，沿着脊背嗖地冲上头顶。

吴成站起来,考虑是不是离开这里。

却怎么也没想到,就在办公室门口,突然出现一个人影。不是沈俊驰,而是一个女人。有过一面之缘,那个叫郑纯的女人。

她怎么会在这个时间出现在这里？吴成惊愕不已。

只听郑纯不由分说,大声向吴成命令道:"危险！快跑！"

丢下这句话,郑纯率先转身撤离。

吴成已没有时间继续惊愕,迈开两条长腿拔腿就往门口奔跑。

也就二十几秒的时间,吴成已经明显感到脚下一阵晃动,接着就是地动山摇,仿佛突然发生八级地震。这时候吴成已飞奔到办公室外的走廊上,郑纯已经不假思索翻越栏杆从二楼跳了下去,并大声要求吴成也跳下去。吴成稍有犹豫,感觉脚下的楼板即将碎裂,索性眼睛一闭也翻栏而跳。身体刚刚落地,三层小楼就在身后轰然倒塌。

爆炸并不止于这幢老式旧楼。震感是从地下呼啸而来,绵延不绝。

这是吴成有生以来经历的最恐怖的灾难。他被倒塌的混凝土水泥板埋葬起来,疼痛湮灭了他的正常思维。恍惚中,他感到某种滚烫的液体伴随着水泥碎屑从身边哗哗流过,之后,彻底失去了意识和知觉。

5

那天下午郑纯到安乐村巡河。取完水样,没有立即回城,而是在安乐村四下转悠。这是职业习惯使然,得空就到处察看。

天擦黑时,郑纯转到工厂大门附近,朝着栅栏向里观望,厂内静悄悄的，没有机器声音，也不见一个人影儿。小年夜的鞭炮声零星从村里传过来，心想小年夜给全体工人放假，这家工厂还算人性化。原本没打算进去，正打算离开时，忽然发现一辆车子从厂门口的小道上渐渐驶近，驶向工厂大门。郑纯连忙躲在大门旁边的一棵大树后。

隔着风挡玻璃，发现竟然是吴成。郑纯感到惊讶，吴成来这里干什么？他不是早就辞职了吗？他和沈俊驰约好的吗？沈俊驰葫芦里卖的什么药？他们两个人要谋划什么事情吗？成玉皎一直怀疑吴成有什么事，可吴成坚决否认。她和老毕也与吴成认真谈过，吴成一口咬定自己辞职后与沈家工厂不再有任何关系，可此时跑来工厂又如何解释？上次与吴成面谈时，她就明显感觉到他在撒谎，此时吴成的行动岂不验证她的直觉没有出错？

怀着这些疑问，也为了进一步验证自己的判断，郑纯改变马上回家的念头，决定进入工厂一探究竟。如果吴成与沈俊驰合伙要什么花招，最好让她给抓个"人赃俱获"，那么，目前面临的工作困境，或许就可以迎刃而解。

郑纯像上次"夜访"那样，先到保安室敲门，敲了半天没有任何动静，便在门口贴了"执法通知"，从大门栅栏上翻了过去。翻墙这事，真不是个人喜好，她甚至发自内心痛恨"翻墙"这一行为，如果所有的企业都能踏踏实实、规规矩矩、依法生产、合法排污，不作妖、不整什么幺蛾子，哪来执法人员"翻墙"一说？可以说，每一次"翻墙"都是无奈之举。

进厂以后，随着吴成汽车行驶的路径，郑纯一路来到厂区的行政楼，只见二楼一间办公室里亮着灯，也是整个楼唯一亮灯的房间。因为心里各种疑问难解,便顺着灯光上了二楼,走到那间办公室门口。

这时吴成刚刚进入办公室不久,室内只有他一个人,室门半开半掩。只见吴成东张西望一阵后,接了一个电话,然后在茶台前坐下来。看样子他在等人。除了等沈俊驰,还能是谁呢?郑纯愈加心生奇怪,沈俊驰既然与吴成"有约",吴成来了,他跑哪儿去了?

整个厂区,包括室内,过于安静的氛围,都让郑纯感觉到不同寻常。她还思忖着,如果沈俊驰突然出现,看到了她,她也真人不说假话,坦坦荡荡直接亮出证件,来个节假日执法检查。她一边思忖着,一边在门口悄悄向室内探望,观察吴成这个可疑分子的动向,也是这时,她忽然发现距茶台两米之遥的那个巨大的贮水罐,顶端开始咝咝地往外冒热气。她死死盯着水罐足足十秒钟,这只水罐实在太诡异了!直觉告诉她,这间房子可能要出事!

意识到危险的一刹那,郑纯再也顾不得多想,不仅大声命令吴成离开,自己也在第一时间快速撤离危险之地。

果不其然,几十秒工夫,工厂突发爆炸,并引发火灾。

万幸的是,这些年的职业训练,郑纯爬树、爬墙、爬烟囱、跳河下海,不仅练就了灵敏的嗅觉与直觉,身体素质也相当不错,暗察时可以静若处子,逃命时能够动若脱兔,关键时刻确保了自己的安全。

吴成被倒塌的楼房混凝土板给砸到了,郑纯幸运地躲过一劫。她受了轻伤,送医院的途中,除了胳膊和脖子承受了剧痛,意识很清醒,只是随身携带的包不知哪儿去了,手机在包里。还好,次日一早,救援人员从废墟中找到她的包和手机,特意送到医院。

在医院住了两天,郑纯就出院了。华美工厂不是一直口口声声宣称安全生产吗?怎会突然发生爆炸?出院后的郑纯,越发觉得这场爆炸来得离奇。

吴成苏醒过来的当天下午,先后有两拨人过来问话。

一拨是公安局刑警队的,一拨是平安区环保局的。

吴成的心是乱的,但大脑已彻底恢复清醒。虽然浑身的伤口在麻醉剂的作用下仍然以难以形容的钝痛折磨着他,他还是努力从混乱思维里理出头绪,把自己经历过的事情尽可能清晰地表达出来。

如果说那晚去工厂的路上,他还没有往最坏的方向去想,那么在看到那只巨型水罐、感觉出异样,在突然冒出的郑纯的大声提醒下,撒腿逃离的那一刻,作为赌徒的侥幸与幻想已彻底破灭。他不清楚郑纯为何出现在那里,或许这就是冥冥之中上帝的安排,没有她,他这条贱命可能真就当场交待了。

是的,哪怕迟疑半分钟,那只巨型水罐将在他的头顶发生爆炸,那么此时的他,就不是躺在医院的病床上吸氧,而是出现在殡葬场的炼尸炉里了。如果他葬身于"意外事故",那么,关于华美工厂地下管道的秘密,将深埋地下,永世不见天日。

想到这里,全身被纱布包裹着的吴成,再次惊出一身冷汗。他恼恨自己,更加痛恨沈俊驰的狠辣。当他对沈俊驰还抱着幻想的时候,沈俊驰已然是你死我活。沈俊驰啊沈俊驰,即便你占尽优势,也不能为所欲为、丧心病狂到如此程度!

从哪里说起呢?五年前,工厂的地下管道某处发生渗漏,本来这种事叫下面人干了就是,但沈俊驰对工厂的排污排水问题特别重视,一定要亲自来。沈俊驰找了一个工头过来维修。工头姓郑,头一次没修好,第二次返修时,沈俊驰恰好出差在外,就安排吴成接洽,叮嘱他,师傅干苦力活儿辛苦,一定要好生接待。

恰是大冬天,吴成看郑师傅干得辛苦,中午吃饭,吴成从食堂替师傅打饭时多打了两个鸡腿,并顺手从自己办公室里拿了瓶二锅头送给师傅。郑师傅从地底下爬上来,一边吃一边和吴成多聊了两句。

师傅说,眼下出问题的这个管道,是当初沈俊驰亲自设计的。在郑师傅眼里,沈俊驰是一个有着独立思想的管道设计人才。在工厂地下做了一个内置循环的双管道设计,比一般的管道复杂,既可以排水,又可以吸水。何谓双管道设计?其中一条管道的一端,深向安水河最深处,主要功能是从安河吸水,只要工厂机器启动,这条管道就每天吸进来一定数量的水;另一条管道的一端,在地下悄悄接入工厂的排水管道,正常往外排水。

郑师傅这些话是无意中透露出来的,不是故意的。因为他并不知道,这个吸水管道,从河里吸水进厂是为了做什么用。做了几十年管道施工,第一次见到这样的设计,他对这种复杂的设计流露出一种疑问和纳闷儿,但并没多说什么。

郑师傅无意中的透露,在吴成内心投了一颗炸弹。吴成偷偷研究了印染厂每天的进水量与排水量,在这个过程中,他发现一套隐蔽的排水控制设备与一个经过特别设计的水泵。水泵有一个控制按钮,只要启动水泵,这个吸水管道,从河里往回吸水,根据需要,想吸多少就吸多少,电脑操控,并且可以随时控制工厂全天的排水量与入水量。后来手机办公,这套操控系统由沈俊驰通过手机随身携带,亲自实施,从未经过他人之手。

这一偶然发现,令吴成暗自震惊。沈俊驰简直是管道设计方面的天才,仅这个内置循环的双管道,足以称得上管道发明界的创新之举。吴成悄悄做过分析,这个天才般的隐蔽地下内置循环,每天从安水河吸进来与印染厂排出大致相当的水量,而这些水并不使用,主要作用是走一下排水管道,这样,工厂排出去的水,都是与安水河里生态标准一致的无污染河水。因为这些排水就是安水河里的水,在这个内置循环的暗中作用下,环保监察人员根据正常流水量与水流速度,每天监测到的印染厂的进水与排水量,从无异样。也因此,工厂排水口的水样,任凭环保监察人员如何神出鬼没、昼夜不分地监测检查,十八般兵器使出来,也查不出非正常结果。

那么,印染厂正常的生产污水排向哪里去了?吴成一次次暗中追根溯源,经过合理的科学推理与分析,他判断工厂大概率暗藏着地下井,专门用于排放未经处理的生产废水。但这只是他的假想和推测,想寻找真相,却一次次寻找未果。始终没找到地下井的入口与真实踪迹,只是偶然发现了一个疑似控制往地下压水的电泵。因为好奇,他对那个电泵录了小视频,存在手机里。

直到现在,那个地下井是否存在,藏于何处,一直是个谜一般的事情,直到离开华美,吴成都没能弄清楚。他内心里也曾一度挣扎,他不是执法人员,没有执法权,不能去查华美工厂的地下管道。也没有勇气撕破脸面,毁掉与沈俊驰的关系,向环保部门举报。没有证据,不能乱讲。因为他毕竟没有亲自钻进地下,也没有亲眼看到那套天才般的地下内置循环管道系统。

有时候长夜无眠,突然热血奔涌时,他很想找沈俊驰谈谈,这是断子绝孙灭绝人性的犯罪啊……却始终没有勇气。他不清楚沈灵均是否知道这个事情,她似乎不知道,从她姣好的面容与日常做派,吴成压根儿看不出来她是可以做出这种事情的人。可作为公司的一把手,这么大的事,她真的不知道？真是沈俊驰背着她干的？她是假装糊涂,还是真不知道,到现在也是一个谜,吴成从来没有弄懂过。但有一点可以确定,沈俊驰和沈灵均的姐弟情感,沈俊驰对华美公司的一腔忠诚,是毋庸置疑的。

既然沈俊驰不想让吴成知道,吴成也就假装不知,始终没有说破过。好几次酒后想说,都强迫自己管住嘴巴,忍住了。因为他知道,沈俊驰的灵魂早已被企业利润牢牢绑架与控制,他不会听他的劝,他不会听任何人的劝。而吴成也不认为自己有能力叫醒一个装睡的人。

倒是有一次沈俊驰喝多了,打开话匣子,说过"生意越来越不好做,市场竞争太残酷没办法,不得不想些法子降低生产成本,不然公司生存空间更加艰难",又说"其实他自己无所谓,主要是姐姐看重这份事业,姐姐的梦想就是他的梦想,把品牌经营下去,发扬光大,为了姐姐,他会想尽一切办法"。沈俊驰没有明说,但吴成听得明白。为了降低生产成本,为了工厂活下去,为了品牌不倒,为了沈家的事业,他愿意做任何事。

因为有环保部门的数据支持,华美工厂所有的工人都相信工厂不存在违法排污,工人们似乎更相信华美这个品牌,不,更愿意追随沈灵均的号召。在华美工厂,沈灵均似乎有一种魔力,能够做到让所有工人都相信她是一个良善之人,是一个好老板,配得上工人们的爱戴。彼时吴成也设想过,假设有一天自己对外界说出这家工厂存在问题,估计不等有人相信他,他就会被工人们视为叛徒给打死。

直到有一天,成玉皎家出了事。吴成数次暗自提取在车间印染罐里的印染水做检测,奇怪的是,白天检测一切正常,夜晚时间段,确实数次查出过重金属铅超标。为了确认这是事实,不是神经错乱出了幻觉,他当时把这些检测一一做了小视频进行保存。他也由此判断沈俊驰经常在夜间进行这些诡异操作。得出这一结论后,吴成得了重度失眠症,几乎夜夜失眠,头发一把一把地掉。

尽管华美给吴成开出的薪水远超社会其他企业正常薪资标准,但他承受不了内心的煎熬。不是他多么高尚,他只是担心后果,担心摊上大事。他为此特意查过法律条文,违排的法律后果很严重。

更可怕的是,那个管道工死了。在成玉皎女儿查出慢性铅中毒的第二年,曾因拿高酬金而独自一人承担华美工厂地下管道升级改造的郑师傅,在一个深夜,车子在马路上突然冲上绿化带,当场车毁人亡。事后,警察查出,郑师傅车祸的原因是酒驾。

这个事促使吴成下了决心,离职华美。当然,他没有立即提出来,而是在劳动合约到期之后,找了个借口,走为上策。

尾声　绿水青山

安河水畔,郑纯、老毕与几位同事再次现身。

郑纯脖子上还套着医用颈箍,右臂缠着绷带被吊在脖子上,走路的时候,上身稍一活动,脖颈与臂膀就隐隐作痛。她已经下不了水,雷风行还在养伤,而此次行动,是在安水河水流最湍急、河床深达十九米的河段执行任务。

一位95后的男孩——刚参加工作不久的年轻环保监察员江晨,自告奋勇,潜水执行任务。

江晨头戴泳帽,眼戴泳镜,穿着并不专业的"潜水服"——冬泳泳装,抱着水下摄影设备,一头扎进水里。郑纯、老毕与另两位女同事小刘和小何在岸上盯着,听着脚边的湍湍水流声,心里暗自捏一把汗。

下水前老毕还是不放心,啰里啰唆地问,小江初次下水,有把握吗?

江晨看出老前辈的忧虑,在岸边回过头,微微一笑,似乎回答老毕,您老不用担心,出了问题我自己扛。

郑纯以肯定的眼神朝江晨点点头。这个事情,不仅需要坚韧意志和不畏艰险的精神,更需要技术。以前这都是雷风行的活儿,江晨是雷风行手把手带出来的徒弟,郑纯深信不疑,这个团队,后继有人。

江晨在岸边屏息凝神,像运动员一般一头扎入水中。

江晨在水下的每一秒,郑纯的心脏都提到嗓子眼儿了。瞅瞅身旁的老毕与两位年轻的女同事,三个人貌似平静,平静的表情下,已做好了各种应急措施。

一分钟后,江晨像鱼一样从水底下钻出脑袋。在水面上深吸一口气,又潜下去。又一分钟后,江晨被排水口的异味熏个正着,第二次浮出水面,深吸一口气,再次潜入水中。

江晨第三次奋力从水里游出来,朝领导和同事们做了个 OK 的手势。

在正常排水口下方,垂直相距 8 米的深水处,江晨找到一根直径 50 厘米、连接内置循环的地下吸水管道。

江晨用水下录像设备,把它们录了下来。

上岸后江晨有些狼狈,主要是冷。回到车上,江晨抱着双臂,冻得上牙磕下牙。老毕把车内空调拧至最大,协助江晨换下泳衣,擦干身体,换上羽绒服。此时,室外气温是 1 摄氏度。小刘和小何钻进车里,两个女孩子冲着江晨大加称赞。

江晨喝过小何递过来的一杯热水,迅速缓过来,他满不在乎地冲大家一笑,说道:"小意思啦,小时候练过冬泳,有底子。"

小何和小刘向这位大男孩投去仰慕的神情。

老毕很感慨。每次面对 80 后、90 后这些朝气蓬勃的孩子,他会有羞愧感。因为在他的职业生涯中,几乎没有干过什么拿得出手的称得上勇敢的事。只恨如今年迈,又是糖尿病又是高血压,要不然真想大干一场,待将来年暮,在儿孙面前,也有个值得炫耀的资本。他原来那一套"有所为有所不为"的价值理论,不被眼前这些年轻人接纳和认同,已被大势所淘汰,相比以前当一天和尚撞一天钟浑浑噩噩地度日,他更喜欢眼下这群年轻人顽强战斗有所作为的精神状态。

郑纯坐在车后座上,拿出摄像机,仔细查看刚刚拍出来的这段影像。

做环境监察十年,这种手段她第一次见。环保局日常监测非常细致,工厂里包括生活用水、工业用水、厕所用水,都有监控,细化非常清晰。这家企业在用水量和排水量上完全对等,就此判断不会有偷排水量,却竟然没曾想到过这块儿——偷吸水。

真是道高一尺,魔高一丈。这"创意"在所有违排犯罪中,称得上高手级别了。

也算被狠狠上了一课。

老毕忍不住说了一句粗话:"沈俊驰真他妈是个人才,只可惜脑子用错了地方。"

而那个推理中的地下井,诡异地消失了。

郑纯带人在被炸得千疮百孔的印染厂进行了掘地三尺的专业寻找,没找到地下井踪迹。但是也有收获,找到了一处特别隐蔽的疑似地下渗坑的土壤结构,找到时渗坑已经被填埋,通过对此处土壤样本检测分析,发现 Pb(铅)含量赫然超出国家安全标准。

郑纯带领团队把自己任职以来,对华美工厂实施的 24 小时监控的资料全部调出,进行了全面研究,没有发现有人为毁灭证据的动作。无人机有红外镜头,工人即使深夜地下作业,因人体自身热量,也可以通过电脑把地下工作的人影照个一清二楚。但是,从现有资料中,尚没有发现华美工厂类似的举动或疑似动作。

郑纯由此推断,只有一种可能,那就是在自己任职之前,沈俊驰那套系统已经停止运转,并且成功完成了对地下井与隐蔽渗坑的填埋灭迹行动。掌握确凿证据后,平安区环保局对华美公司以逃避监管的方式排放水污染物的违法行为,处以行政罚款人民币一百万元,并依法向平安区人民法院提起环境污染民事公益诉讼。

为维护社会公共利益,依法追究华美公司的生态环境损害责任,平安区公安机关对该公司涉嫌污染环境罪的行为进行立案,同时对华美印染厂的爆炸事故,立案调查。

三个月后,平安区法院公开审理了两宗案子。

一宗是由平安区生态环境保护局作为原告,提起的环境污染民事公益诉讼案。这场诉讼,也是整个碧城市内,首宗生态环保单位作为原告提起的环境污染民事公益诉讼。区环保局以"该公司私设地下管道,存在主观故意行为,以逃避监管的方式与特殊手段,致使含有重金属铅的水污染物,通过地下渗坑,渗透入土壤深处及安水河流域,对周边村民健康带来风险与危害"为由,向华美公司追究其相关责任。面对这一指控,沈俊驰大呼冤枉,坚决否认,并痛斥诉讼方"毫无根据地猜测、臆断、造谣、构陷"。

直到原告方在法庭上摆出"地下吸水管""厂区内疑似被填埋渗坑深处土壤重金属铅超标检测报告"的确凿证据,同时吴成作为人证现身法庭,出示当初亲自检出"铅"超标的相关资料,沈俊驰这才停止百般抵赖。

当时政府扶持华美的用于改善排污设施的专项资金,一部分用于排污设施,一部分被沈俊驰挪作他用。在华美做高管这些年,沈俊驰习惯了大手大脚、挥金如土的行事作风,为了自己的面子和所谓"公司门面",日常用于招待、应酬、公关、人情往来等方面的各项开支花费,数额惊人。有时候财务周转不灵,沈俊驰就拆东墙补西墙,左右腾挪。但这些他从未向姐姐透露过半个字,在她面前,他永远都能做出把公司各项事务安排得井然有序、运筹帷幄、云淡风轻的样子。

参与庭审的沈灵均,当庭了解到这些事实,简直是目瞪口呆,五雷轰顶。她做梦都没想到,这个从小一块长大的弟弟,她寄托了无限厚望与信任的弟弟,一次次在她面前信誓旦旦保证华美排污不存在任何问题的弟弟,竟然干出这样令她惊掉下巴的事。她无法相信眼前眉目清秀的弟弟身体里竟然住着一头魔鬼。她满脸惊愕与委屈,当场失控,泪流满面,哭着质问沈俊驰:"这是真的吗?这不是真的!我不相信!告诉我这是有人在栽赃陷害……"

被告席上的沈俊驰远远地望着沈灵均,缓缓吐出几个字:"对不起,姐姐。"

直到这时,沈灵均如同从噩梦中惊醒,相信了这不是诬陷,而是事实。她用了极强的意志力,稳住神,没让自己当众昏倒。

法庭当庭审理后,一审判令被告华美公司立即停业整改,消除对环境公共利益的危害风险,向社会公众公开赔礼道歉,并处以环境污染惩罚性罚款人民币一百一十五万元。该赔偿款支付至平安区生态环境公益基金账户,用于生态环境保护。同时,支付平安区环保局已支付的各类鉴定费等相关费用合计三十二万三千元人民币。

第二宗案子,是由平安区公安局对华美公司环境污染案以及华美印染厂爆炸事故立案侦查后,由平安区检察院向华美公司以及被告人沈俊驰提起公诉的刑事诉讼案。

三个月前的爆炸事故中,沈俊驰是"三个被困受伤人员"之一。爆炸发生时,他刚从门卫岗亭附近的卫生间出来。那天他的确腹泻,有医院当天开的腹泻药方与药物为证。他自述当天约了吴成谈事,当时到工厂门口接吴成,由于腹泻频频发生,不停地跑厕所,因此错过了与吴成见面,他无论如何也想不到,几分钟后工厂会发生爆炸。他声称对工厂爆炸的原因,自己至今也一头雾水,并深表愤怒和痛惜。法官问,吴成曾是工厂老员工,他来工厂谈事,沈俊驰作为老板为什么要到门口接他。沈俊驰称,在他心里,他与吴成一直像亲兄弟一样,兄弟俩好久不见,心情激动,受情感驱使,忍不住跑到门口等他。

公诉方当庭摆出已经查证的沈俊驰通过化名、改头换面、虚假身份等方式,以网络隐蔽手段,从山西某矿区某作坊主购买炸药等诸项确凿证据,沈俊驰这才哑口无言,对所犯罪行供认不讳。

"私设管道""渗坑""爆炸"这些事皆为他个人私下所为,姐姐沈灵均虽然是董事长、股东,但在公司只负责设计工作,不负责具体管理经营,对这些事情毫不知情。当时为了地下排污,他确实私下打过一口"地下井",但后来政府监管越来越严,又悄悄做了填埋处理。做这些事情动机只有一个,为节约经营成本,实现利润最大化。爆炸事故是一念之差,为掩盖排污行为。但他坚决否认故意杀人,吴成之所以受伤,是因为时间安排上出了漏洞,发生意外……

法庭当庭审理后,根据《中华人民共和国刑法》第三百三十八条及

第一百一十四条规定,以环境污染罪、爆炸罪、危险方法危害公共安全罪,手段恶劣,情节严重,判处被告公司华美公司罚金人民币一百六十万元;判处公司法人即被告人沈俊驰有期徒刑七年零六个月,并处罚金人民币五十万元;另根据公安机关的调查取证,已抓获数次伤害成玉皎的犯罪嫌疑人共三名。三名嫌犯对所犯罪行供认不讳,并供出幕后指使者为华美总经理沈俊驰。法院并案审理,人证物证充分,法庭以故意伤人罪判处沈俊驰有期徒刑三年,并处罚金三万元,数罪并罚决定执行有期徒刑十年,罚金共计人民币五十三万元,立即执行;目前尚拿不出有效证据,来证明华美公司的董事长沈灵均是私设管道、渗坑、爆炸事故的知情者,也没有任何证据证明沈灵均参与相关犯罪活动,或为相关犯罪活动提供支持,公司法人沈俊驰的犯罪活动均系个人行为,与沈灵均无关,因此,沈灵均本人无须承担相关法律责任。华美公司与沈俊驰当庭表示服从判决,不上诉。

而吴成以包庇罪与敲诈勒索罪,被检察院提起诉讼,因戴罪立功,法庭从轻判处有期徒刑一年,缓刑一年执行。

随后,碧城中级人民法院针对成玉皎与华美公司环境污染纠纷双方上诉案,进行了合并审理。法庭判决华美公司对冯月月重金属中毒及死亡承担全责。关于冯月月生病至死亡等各项赔偿金,陈锦做了全新的计算,并提出诉求,共计赔偿二百二十九万六千元,法庭对此给予支持,华美公司没有提出异议。

关于对平安区环保局的诉讼,成玉皎主动撤诉。

当时爆炸事件发生次日,华美制衣的股价一度跌停。公司很快发布公告,阐明出事工厂为已经废弃的老厂区,没有造成工人伤亡和重大财产损失,此次意外对公司的正常生产、经营和年度业绩也不会造成负面影响。公告发出后,股价当天回升8%并快速企稳。之后几场官司下来,股价再次应声下跌,先后掉了五个跌停板,落入上市以来最低谷。短短几日,公司市值蒸发掉十几个亿。

郑纯把华美工厂污染案的相关材料进行了系统的文字整理与总结,向上级单位进行了详细汇报。周明局长在一季度工作总结会上,对平安区的环保工作给予充分肯定。同时又提出更多、更高、更细致的要求,比如偏远地区一些在自家房屋、小院里进行生产的乡村手工作坊,由于条件受限,如何保障标准排污?如何确保当地土壤和水源的安全?这都需要环保人员及时掌握实情,有困难的帮助解决困难,有问题的及时解决问题,盯紧与百姓生活息息相关的空气、水、土壤等质量问题,建立起一套长久管用、能够调动各方面积极性的体制机制,切实改善环境质量,实现宜居乡村的朴素愿望……这天郑纯从局里开完会出来,开车回家的路上,她告诉自己,无论如何,都需要休整一阵了,多抽出时间陪陪家人,把曲奇饼做出好看的样子和香甜的口感,是她短期内给自己设立的一个小目标。

几天后的周末,成玉皎的身影又一次出现在陈锦的律所里。她制作了两面锦旗,一面由顺丰快递到平安区环保局,一面亲自送到陈锦的律所。

陈锦还是那么忙,案头堆着如山的卷宗,几乎没有时间接待成玉皎。成玉皎刚进去,便有一个电话进来,只听陈锦对着手机讲:"刘先生,您这个事,我建议最好协商解决,能协商的事儿,尽量不走诉讼。"

放下手机,陈锦示意助手给成玉皎沏茶。成玉皎朝陈锦感激地笑笑,说:"陈主任,您是一个好人。"

陈锦呵呵一笑说:"我不喜欢用好人或坏人的标签去定义一个人。"

两人目光对接,仿佛多年的老朋友,千言万语尽在其中。

成玉皎没有过多打扰,放下锦旗,一杯茶后,起身告辞。

从律所出来,成玉皎抬头仰望一碧如洗的蓝天,感觉空中飘浮的云朵都在朝她微笑。已是春天,蔷薇花和樱花的香气在空气中弥漫,在路边看到一簇粉色的蔷薇,成玉皎拿出手机拍了几张花朵的特写。几年了,整个身心从来没有像今天这样感到舒展。在公交车站等车的时候,她低头翻看刚拍的花朵,翻至女儿的照片,心里道,亲爱的宝贝,妈妈尽力了。

说完这句话,两行眼泪情不自禁再次落下。不知是欣慰的泪,还是思念的泪。她用手背擦去眼泪,给冯志浩发送一条信息:"今晚我包三鲜馅包子,你能过来一起吃吗?"

无论如何,这个世界上唯一在深夜里惦念她安危的人,是这个男人,尽管他也有许多缺陷。

冯志浩立刻回复:"我来,不见不散!"

一辆公交车摇摇晃晃停下来,成玉皎收起手机,闪身上车。

转眼一年过去了。华美老工厂完成了一次历史性的转身,如今被赋予了新的使命。在区政府的协助下,沈灵均投入巨资,在专业人员的指导下,对遍布伤痕的厂区地下及地表的土壤环境进行了悉心修复,如今已看不出被炸过的痕迹。走进老厂区,可以看到青砖新砌的外墙、精致的拱形门、中式的手绘浮雕窗台花纹,印染厂与服装厂车间

尾声 绿水青山

的老机器、老设备已经停产,但模样与摆放的位置没有太大的变动,时光凝固在这些不再轰鸣的机器上,又仿佛无声地诉说着往昔故事。

沈灵均将老厂区改造成一个以印染与服装生产为主题的工业博物馆,免费向公众开放。在这里,可以看到华美建厂之初染出来的第一匹布,了解到华美请来的第一位设计师的设计理念,观摩到第一位走进华美工厂的女工的手工作品。华美每一次转型期政府给予的政策支持,全体工人挥汗奋斗的历史场景,在展厅都有着清晰、翔实的记录与展示。

如今华美的新厂区,印染厂主要以激光、光子印染作为主要生产力,因一些特殊面料的特殊需求,工厂仍然保留了部分传统印染的设施与技术。尽管新厂区的排污设施在建设之时已升级为与国际接轨的最先进水平,为确保万无一失,在魏市长的亲自过问与协调之下,华美再次申请到一笔专项资金,专门用来进行排污设施的保养与日常维护。

新厂投产后,沈灵均以高薪及干股的形式,请来两位在国际上获过大奖的大师级时装设计师,在公司设立全新的大师工作室。秋天,沈灵均带着团队与新作品,先后参加了上海与香港的秋季服装博览会,华美的新款女装以时尚与国际范儿的时尚理念,受到客户青睐,收获的订单初步估略一下,车间内所有的机器开足马力日夜生产,也要连续生产一个季度才能完成。

为了回馈社会,沈灵均在一年内先后三次捐款给"安水河流域地表水环境综合治理办公室",共计人民币六千万元。平安区及春雨区境内,安水河沿岸十余个村落河岸堤坝建设工程进展十分顺利,工程从春天开工,在保证安全和质量的前提下,历时十一个月,新修堤防和护岸二十二公里,新建沿堤巡堤踏步6处,越堤道18处,防冲墙28处,此项工程保障了安水河沿岸从周家村至安乐村等16个村落13000名村民与近万亩耕地以及基础设施的安全,对推动新农村建设、促进平安区乡村振兴起到令人振奋的作用。沈灵均的三笔捐款,皆由她个人指定用途:第一笔三千万用于堤坝两岸的绿化工程,借用天时地利的自然资源,打造河岸湿地公园;第二笔两千万用于支持政府解决沿河两岸一些村民手工作坊的排污设施的优化工作,她的初衷是,从源头做起,绝不能让华美犯过的错,在其他刚起步的小工厂身上重演;第三笔款项一千万元用于支持政府改造耿家村与柳家村的引水入湖工程,这两个水湖完成改造后,与安乐村的小水湖相互呼应,碧波荡漾,并称为平安区华美三湖。

如今平安区及春雨区境内安水河两岸,芳草萋萋,绿树成林,安乐村与春雨区河堤接壤处新建了一座公园,名为"华美湿地生态公园",公园面积不算很大,但园内小桥流水,回廊亭台,在蓝天碧水的映衬下,如同一幅幅美丽的写意画,成为沿岸村民、老人孩童娱乐悠闲的主要活动场所。

初夏的一个周末下午,成玉皎回到母亲的小院。在屋内屋外清扫一番后,拎着一袋香蕉信步走出小院,沿着湖边的林荫小道一直向南走,一路清风习习,水碧树秀,不知不觉竟走到华美公园。公园是敞开式的,她在巨大的"华美"二字旁边驻足停留,少顷,深吸一口气,挺胸抬头大步进入园区。公园依河而建,岸上成排的垂柳袅袅娜娜,成片的白桦树新绿初绽,走在河边的木栈道,呼吸着略含湿气的空气,心情变得轻盈,沉积在时光缝隙里的尘埃仿佛被涤净。

安水河的河面上,成群结队的红嘴鸥相互嬉戏。这是一种鸥类的水鸟,俗称水鸽子,水鸽子们时聚时散,时而潜入水中,时而展翅在河面飞翔盘旋,看到有人过来,它们并不躲避,有的直接游到岸边,有的干脆飞落在河边水草上。成玉皎站在湖边,从袋子里掏出一根香蕉,剥皮后掰成小块,撒入河中,大片的水鸽子迅速聚拢过来,在河边激起一片片水花。

眼前的安水河,河水如同流动的翡翠,让成玉皎想起小时候与小伙伴常来河边玩耍的童年时光。那时候的河水,就是这个模样,清澈得可以看到河底的石头。

投完几根香蕉,成玉皎不由自主在岸边一只长条的防腐木椅上坐下来,望着河水出神。

忽然听到一个似曾相识的声音喊道:"成老师?"

成玉皎转过头,看到斜阳下一个人影远远地朝她走来。

从娇小的身材和矫健的走姿看,像是郑纯。成玉皎忙站起身,走近了,果然是郑纯。

"郑局,大周末的,您还过来巡河?"

"我今天加班,在电脑前干了大半天,总算得一会儿清闲,来河边透透气……"郑纯大踏步走到长椅边,径自坐下,后背往椅子上一靠,招呼成玉皎坐。

两个女人第一次并肩坐在安水河畔,河水潺潺中,只听郑纯问道:"成老师,您最近还好吧?"

"挺好的,没什么心事了,胖了两斤。您呢?工作还是那么忙吗?"

"比刚来那阵轻松多了,但还是闲不下来。"郑纯朗声笑道,"这跟我的性格有关,天生的强迫症,治不了,哈哈,河边全是负氧离子,每次加班到腰酸背疼的时候,我都到河边来,看看这些鸟儿,特别治愈。"

"我对沈总曾经有误解,"成玉皎喃喃冒出这么一句,"我以前做梦也没想到,这个地方现在会变成公园,会变得这么漂亮。"

"过去的事就让它随水东流吧!"郑纯话题一转,伸手指着河里一对水鸟,惊喜地说,"成老师,快看,这两只鸟长得与那群鸟不太一样,您看这是什么鸟?"

成玉皎顺着郑纯手指的方向望去,盯住那两只正在河水里酣畅游玩的鸟儿仔细观察,发现它们从样貌到羽毛与红嘴鸥确实不一样。这两只鸟通体褐色,颈部至腹部略带粉色,而颈部两侧则为黑色,密密麻麻的白色斑点,像"珍珠"散落在颈部,整个外形十分别致。成玉皎忽然想到以前从科普书中看到一种鸟,正要说出口,不料旁边的郑纯已脱口而出:"珠颈斑鸠!"

"对,这应该就是珠颈斑鸠,"成玉皎欣喜道,"我还是第一次见这种鸟,比图片上漂亮多了。"

"以后来这里安家的鸟群可能越来越多,"郑纯道,"我们没见过的品种可能也会越来越多……"

一对珠颈斑鸠仿佛听懂了两个女人的对话,又仿佛有意展示自己的美丽,微微扇动翅膀,在河水上方飞翔起来。余晖如金子洒在河面,飞翔着的珠颈斑鸠,像一对翩翩起舞的精灵。